Ein Glückskeks zum Verlieben

Rita Roth

Verlag:
Zeilenfluss
Implerstraße 24
81371 München
Deutschland

ISBN 978-3-96714-124-5

Text: Rita Roth
Bildmaterialien: © Adobe Stock – Alekss / detry26 / thayra83 / Christian Pedant / Leigh Prather / New Africa / elovich / Christine
Cover: Grit Bomhauer, www.grit-bomhauer.com
Korrektorat: Dr. Andreas Fischer
Satz: André Piotrowski

Ein Glückskeks zum Verlieben

Rita Roth

ZEILENFLUSS

Für Ada.

Prolog

Zwei Monate früher

Die Mottoparty – Glück! –, auf der ich nur meiner Freundin Ludmilla zuliebe gewesen bin, war genau so verlaufen, wie sie es mir prophezeit hatte. Bevor der Song *Close your Eyes, make a wish* abgespielt wurde, hatte der DJ das Partyvölkchen aufgefordert, sich aus einer Silberamphore auf einem Stehtisch einen Glückskeks zu angeln. Dann sollten die Gäste ihre Augen schließen und intensiv an einen Herzenswunsch denken.

Ich stand hinter einer üppigen Grünpflanze und sah zu, wie ein Großteil der Gäste der Aufforderung nachkam. Auch ich schloss für einen Moment die Augen, nippte an meinem Cocktail und dachte an meinen Herzenswunsch.

Nein, es war nicht einer, es waren drei Wünsche, die mir in den Sinn kamen und erfüllt werden wollten. Und sollten. Man darf doch auch mehrere Wünsche haben! Oder?

Die Sache mit den Glückskeksen war Punkt eins auf meiner Liste. Der ist somit abgehakt. Mein Abenteuer beginnt jetzt, in diesem Augenblick. Schließlich waren die kleinen Glücksbringer mein Beitrag zu dieser dämlichen Mottoparty. Es war meine Idee, und ich, Paulina Kleemann, habe sie in einer einsamen Nacht gebastelt und mit einer besonderen Botschaft versehen. Habe ich schon erwähnt, dass ich Mottopartys hasse?

Lu hat während des Songs neben mir gestanden und mich so verschwörerisch angegrinst, als hätten wir eine Bank ausgeraubt und stünden als stille Beobachter des Polizeieinsatzes mitten in der Menge. Sie war es, die die Glückskekse heimlich auf dem Stehtisch platziert hat. Niemand weiß, von wem sie sind. Außer Lu natürlich.

Wir haben auf das Glück, auf unsere Herzenswünsche und das Leben angestoßen, und als der Song verklungen und mein Glas geleert war, gab es für mich keinen Grund mehr, noch länger zu bleiben. Ich habe meine Mission erfüllt. Was also, bitte schön, soll ich noch auf dieser hippen Party, auf der alle glücklich zu sein scheinen?

Mich hat das Glück verlassen. Ich bin sauer auf das Glück, und ich wünsche mir nichts sehnlicher, als dass es wieder zu mir zurückkehrt. Nun bin ich sehr gespannt, was aus dem Projekt wird und wann ich den ersten Anruf bekomme.

1

Auf meinem Esstisch spielt das Wunschkonzert des Lebens eine ziemlich schräge Glücksmelodie. Eng beschriebene Notizzettel liegen verstreut auf zwei Quadratmetern massiver Eiche herum. Meine Freundin Lu will gleich vorbeikommen, da muss ich wohl noch schnell ein bisschen Ordnung in das Chaos bringen. Doch das nervige Brummen meines Handys hält mich davon ab.

›Anonymer Anrufer‹, steht auf dem Display. Es würde mich nicht wundern, wenn das wieder jemand ist, der meine Telefonnummer in einem Glückskeks gefunden hat. Ich atme tief durch, und dann zwitschere ich fröhlich: »Paulina hier, wer da?«

»Hallo Glückskeks!«, begrüßt mich ein Mann mit einer wohlklingenden, tiefen Stimme. Dann kommt erst mal nichts außer Schweigen. Gott sei Dank kein schweres Atmen oder gar Stöhnen. Sein Schweigen wird nur von Räusperern unterbrochen. Als ich ihn frage, ob er einen Frosch im Hals hat, fängt er an zu hüsteln. Auch nicht besser. Nach seiner Schweigeminute findet er jedoch die Sprache wieder und kommt nun ohne Umschweife zur Sache. Der Unbekannte fragt mich aus, was es mit seinem Glückskeks, auf dem meine Nummer und der Monat März vermerkt sind, denn wohl auf sich hat. Geduldig erkläre ich ihm, was dahintersteckt, aber irgendwie werde ich das Gefühl nicht los, dass dieser Mensch einen Fragebogen vor sich liegen hat, den er nun Punkt für Punkt abarbeitet.

Mit einer Ruhe und Besonnenheit, die ich normalerweise nur bei Angstpatienten in unserer Praxis an den Tag lege, beantworte ich all seine Fragen. Die Stimme des Unbekannten ist verdammt angenehm, fast schon sexy, sie geht mir jedenfalls unter die Haut, sodass ich es nicht fertigbringe, den Mann abzuwimmeln. Vermutlich habe ich schon Fusseln am Mund von meinen Beteuerungen, dass ich ihm nichts verkaufen und ihn auch nicht an eine Sexhotline weiterleiten will. So ähnlich stelle ich mir Gespräche bei der Telefonseelsorge vor, als ich ihm abschließend erkläre, dass das Leben im Allgemeinen kein Wunschkonzert ist, es bei ihm aber eine Ausnahme macht.

Nach seinem Wunsch befragt, druckst er herum, erst mal fällt ihm nichts ein. Er meint, er hat alles und ist wunschlos glücklich. Ha, wer's glaubt! Aber so schnell lasse ich nicht locker, jetzt will ich's erst recht wissen und komme immer wieder darauf zurück, worüber er sich zumindest ein ganz kleines bisschen freuen könnte. Nach längerem Zögern fällt ihm dann doch noch etwas ein. Ich hab's doch gewusst! Zufrieden vor mich hingrinsend mache ich eine Notiz, dass Mister März einen Baum pflanzen möchte.

»Wenn's mehr nicht ist …« Ich lache ins Telefon. »Das sollte nicht so schwierig sein. Also, wenn es nicht gerade eine alte Eiche ist, die umgepflanzt werden soll.«

»Keine Angst, es ist ein junger Baum, ein Ginko«, sagt er nun deutlich amüsiert.

»Na also. Geht doch«, rutscht es mir raus. Ich lasse mir die Adresse geben, und wir verabreden uns für den ersten Mittwoch im März. Mister März hat angebissen, er ist neugierig geworden und will meinen vollen Namen wissen, und auch, ob ich wirklich zupacken kann.

»Paulina Kleemann?«, wiederholt er, als hätte er mich nicht verstanden. Ich buchstabiere meinen Namen und sage meinen üblichen Spruch dazu auf. »Kleemann wie das Kleeblatt.«

Mit einem tiefen Seufzer lege ich Mister März anschließend zu den anderen Notizzetteln.

Was habe ich mir bloß bei der Aktion *Glückskeks* gedacht? Wieso sind die Menschen nicht hellauf begeistert, wenn man ihnen etwas Gutes tun will? Als mir die Idee in den Sinn kam, habe ich mir das ganz anders vorgestellt! Irgendwie einfacher, mit mehr Begeisterung und Freude. Was ist denn daran nicht zu verstehen? Jeder hat doch Wünsche und Träume. Wieso tun einige sich so schwer damit, sie auszusprechen?

An der Glückskeksbotschaft kann es nicht liegen. Die ist unmissverständlich. Alles Wesentliche steht drin, sogar der Monat, in dem ich die Wunschfee spielen will. Idiotensicher! Selbst Lu hat es sofort kapiert und mir spontan ihre Unterstützung angeboten.

Für alle Fälle vergewissere ich mich noch einmal, was ich auf die Zettel in den Keksen geschrieben habe, auch wenn ich den Text im Schlaf runterleiern könnte.

Glück gehabt!

Du hast einen Wunsch frei! Vielleicht ist es auch ein Stück vom Glück? Ruf mich an und sag mir, was du dir wünschst, wobei ich dir helfen oder womit ich dir eine Freude machen kann.

Aber …

Es geht nur mittwochs ab 14:00 Uhr – der Monat steht auf der Rückseite.

Ich kann nicht zaubern!

Es darf nix kosten (für mich!)

Kein Sex!!!

Nichts Kriminelles!

Freue mich von dir zu hören, dein Glückskeks.

Ruf mich an!!!

Daneben meine Handynummer.

Mittlerweile haben wir Anfang Februar, und ich bin zufrieden, dass das neue Jahr nicht eintönig vor sich hindümpelt. Meine freien Nachmittage bekommen wieder einen Sinn! Denn ich werde viel Gutes tun. Genauer gesagt, einmal im Monat.

Der Anruf von Mister März hat mich ganz hibbelig gemacht und lenkt mich vom weiteren Sortieren der Zettel ab. Das kann aber auch warten, bis Lu bei mir ist.

»Puh!«, stöhne ich. In meinem Kopf herrscht das gleiche Durcheinander wie auf dem Tisch. Jetzt brauche ich erst mal eine hochprozentige heiße Schokolade. Natürlich mit Sahne. Schon allein der Duft entspannt mich und hebt meine Stimmung.

Mit einem dampfenden Becher Kakao vor mir sinniere ich über die Glücksidee nach, die mir in einer Vollmondnacht gekommen ist. Ich träumte von einem Baum voller Glückskekse. Einer davon fiel herab und mir direkt in die Hände. Auf dem Zettel stand der Spruch ›Geteiltes Glück ist doppeltes Glück‹.

Das war's! Damit war mein Entschluss besiegelt. Ich will das Glück anlocken, indem ich anderen eine Freude mache.

Zugegeben, es ist eine verrückte Idee, die von meiner Freundin Ada hätte sein können. Leider Gottes hat sie mit neunundzwanzig den Kampf gegen die Leukämie verloren. Damit fing es bei mir an, dass ich den Glauben an das Glück, das mich bislang regelrecht gestalkt hat, verloren habe. Von Zeit zu Zeit kommt Ada mich im Traum besuchen, und dann jubelt sie mir Sachen unter, die mich nicht so schnell wieder loslassen.

Von ihr hab ich auch den schwarzen Bowler-Hut geerbt,

ohne den ich so gut wie nie aus dem Haus gehe. Auf der Party, bei der Lu und ich die Glückskekse unters Volk gebracht haben, trug ich ihn auch. Schnief. Meine Augen füllen sich mit Tränen, wie so oft, wenn ich an Ada denke. Sie fehlt mir so sehr. Aber ich will nicht jammern, denn das hat sie uns verboten. Traurig sein ja, aber nicht jammern. Meine wunderbare Freundin, mit der ich jede Menge Glücksmomente teilen konnte.

Als die Idee in meinem Kopf herumspukte, durchforstete ich das Internet nach Backrezepten für Glückskekse. Die Herstellung ist im Grunde nicht kompliziert, man braucht nur wenige Zutaten fürs Glück. Allerdings muss man zügig weitermachen, wenn die Kekse gebacken sind und in Form gebracht werden sollen. Das war mir zu viel Aufwand, ich suchte nach einer Alternative und fand Bastelanleitungen für schicke Glückskekse aus Papier.

Die kleinen bunten Dinger waren schnell gefaltet, und es hat mir einen Riesenspaß gemacht, die Zettel mit meiner Glücksbotschaft hineinzustecken. Einen Joker habe ich zusätzlich fabriziert, die Nummer dreizehn. Darauf ist kein Monat vorgegeben, der Empfänger darf selbst entscheiden, wann er bereit ist für sein Glück. Glückskekse mit den üblichen Sinnsprüchen habe ich natürlich ebenfalls daruntergemischt. Schließlich muss es auch Nieten geben.

Als sie fertig waren, habe ich sie Lu gezeigt und ihr das Versprechen abgenommen, niemandem zu erzählen, von wem sie sind. Dafür durfte Lu die Glücksbomben auf der Party heimlich unter die Gäste bringen.

»Ihh!«

Da habe ich wohl ein wenig zu lange meinen Gedanken nachgehangen. Auf meinem Kakao kräuselt sich eine eklige Schwabbelhaut. Angewidert löffle ich den Schmand ab, da klingelt es an der Tür. Dreimal kurz – das ist Lu.

Ein Schwall kalter Luft strömt mit Ludmilla herein. Sie ist etwas aus der Puste, als sie bei mir in der vierten Etage vor der Tür steht.

»Herein in die gute Stube! Du bist ja ganz verfroren«, sage ich. Resolut ziehe ich sie ins Warme, damit sie bloß nicht auf die Idee kommt, sich übers Geländer zu beugen und einen Flirt mit meinem Nachbarn von unten anzufangen. Das leise Knarzen seiner Tür ist verdächtig und löst bei mir ständig Alarmbereitschaft aus. Aus tiefster Seele wünsche ich mir, dass Dominik den heutigen Abend nicht zuhause verbringt. Denn wenn Lu wieder Ohrenzeugin seiner lustvollen Spielchen wird, ist kein vernünftiges Gespräch mehr möglich. Das Haus ist verdammt hellhörig und Ludmillas Interesse an dem Kerl beängstigend.

Das ist übrigens der einzige Nachteil an meiner Wohnung, abgesehen von der Miete. Meine Freunde beneiden mich um den Blick ins Grüne und auf die Kirchtürme der Stadt. Meinen Nachbarn Dominik und sein ausschweifendes Liebesleben nehme ich dafür mehr oder weniger gern in Kauf. Er ist ein netter Kerl, der zugegebenermaßen verdammt gut aussieht.

»Hier riecht es nach Schokolade.« Lu lacht. »Du brauchst wohl Nervennahrung? Oder willst du deine Glückshormone ankurbeln?«, lästert sie. »Da gibt es doch viel bessere Methoden, die vor allem nicht auf die Hüften gehen.«

Ich zeige auf das Chaos auf dem Tisch. »Sieh dir das mal an, Lu! Das sagt doch wohl alles. Willst du auch eine heiße Schokolade?«

»Wenn sie mit Schuss ist, gern!«

Sie lässt sich auf einen Stuhl plumpsen und streicht mit ihren perfekt manikürten Händen über die Tischplatte. »Wow! Dein neuer Tisch ist aber mega schön. Auf den

Fotos kommt das gar nicht so raus. Massive Eiche?«, fragt sie. Über die vielen Schnipselchen darauf verliert sie kein Wort. »Das ist also dein neues Schätzchen?«

Die abgerundeten Ecken haben es ihr besonders angetan. Sie murmelt etwas von extrem kinderfreundlich, das mich aufhorchen lässt. Und dann sprudeln noch weitere Ideen aus ihr raus, was man auf dem Tisch alles machen kann. Tanzen, meint sie, eher nicht, sie hat da so ihre eigenen Fantasien. »Hast du denn nichts Anständiges zu trinken im Haus?«

»Alkohol gibt's nicht«, sage ich bestimmt. »Jedenfalls nicht eher, bis wir die Glückskandidaten abgearbeitet haben. Du glaubst ja nicht, mit was für Wünschen die ankommen«, erinnere ich meine Freundin an den Grund unseres Treffens. Lu zieht eine Grimasse, sie presst ihre vollen, dunkelrot geschminkten Lippen fest aufeinander und legt die Stirn in Dackelfalten. Ob sie das heimlich vorm Spiegel geübt hat? Es sieht zum Piepen aus, und ich versuche es nun auch. Ausgerechnet in dem Moment, als ich so richtig bescheuert dreinschaue, macht sie ein Foto und droht, es ins Internet zu stellen, wenn ich ihr nichts Anständiges zu trinken gebe.

»Er ist wirklich ein Traum, nicht wahr?« Ich klopfe auf die massive Tischplatte.

Lu kennt die wahre Geschichte, die hinter dem Kauf steckt, deshalb will ich heute mit ihr den Tisch einweihen.

»Der bleibt dir wenigstens immer treu, im Gegensatz zu Darius. Alles richtig gemacht.« Sie streichelt über die soften Kanten. »Eigentlich war eure Trennung doch längst überfällig. Du hast ja wieder mal Schwein gehabt, dass du den Flug noch rechtzeitig stornieren und das Geld in dies Schätzchen hier investieren konntest. Ich sag's ja immer, du hast das Glück gepachtet.«

»Ha, ha!«

Geräuschvoll schlürfe ich den letzten Tropfen Schokolade aus dem Becher und wische mir die Schokospuren aus den Mundwinkeln. Auch ohne in den Spiegel zu schauen, weiß ich, dass sie da sind.

»Du hast gut reden. Wieso glaubt ihr alle, ich hätte mehr Glück als Verstand? Du weißt genau, wie sehr ich mich darauf gefreut habe, die Weihnachtstage mit Darius in New York zu erleben. Wir hatten es so lange im Voraus geplant. Ich habe es mir wahnsinnig romantisch vorgestellt.«

Wieder läuft der Film vom weihnachtlichen New York vor meinem inneren Auge ab. Mit Darius Hand in Hand durch die City bummeln, shoppen, und abends bei Kerzenschein seine Frage, ob ich ihn heiraten will. Ich hätte Ja gesagt! Für einen kleinen Moment verirre ich mich in kitschige Traumwelten. Lu holt mich zurück, indem sie den gesamten Inhalt ihrer Handtasche auf die einzig freie Stelle des Tisches kippt.

»Hab ich dir mitgebracht. Hier, schau mal.«

Zum Vorschein kommen jede Menge Pröbchen aus der Parfümerie, in der sie arbeitet. Düfte, Lippenstifte, Rouge meiner Lieblingsmarke, Cremes gegen Fältchen und Augenringe und welche mit aufpolsternder Wirkung.

»Du bist ja jetzt wieder auf dem Markt, da muss man schon ein bisschen an sich arbeiten.«

»Meinst du, ich hab das nötig?«, will ich wissen. »Wie gut, dass ich meinen Job noch nicht gekündigt hatte«, komme ich noch einmal auf die Trennung zurück. »Ada hatte so verdammt recht, als sie mir damals schon sagte, dass Darius und ich nicht füreinander bestimmt sind. Aber ich wollte es ja nicht hören.«

Kurz vor ihrem Tod hatte Ada mir eindringlich ans Herz gelegt, meine Beziehung zu Darius zu klären.

Lu nickt. Auch ihr hat Ada einen letzten Rat gegeben,

über den Lu aber nicht reden will. »Sei froh, dass es so gekommen ist. Glaubst du, Ada hat auch mit Darius gesprochen? Zugetraut hätte ich es ihr.«

Wir schweigen und denken an unsere gemeinsame Freundin, dann wechseln wir das Thema.

»Wollten wir nicht den Tisch einweihen?«, erinnert Lu. »Aber Pauli, bitte nicht mit Kakao!«

»Nicht mit Kakao?«, albere ich, wohl wissend, dass ich sie damit auf die Palme bringe.

Echtes Entsetzen flammt in ihrem Blick auf. Dabei sollte sie mich doch besser kennen! Bevor sie auf dem Absatz kehrtmacht, hole ich ihren Lieblingsprosecco, frische Antipasti und Käse aus dem Kühlschrank.

»Worauf warten wir noch?«, fragt sie ungeduldig. »Auf deinen netten Nachbarn? Hast du das Schnuckelchen als Dessert eingeladen?«

»Ludmilla!« Ich verdrehe die Augen.

»Könnte doch sein. Dann eben nicht. Dann lass uns endlich beginnen!«

»Mit wem denn? In welcher Reihenfolge?« Unschlüssig spiele ich mit den Notizen.

»Oh, Paulina! Du bist doch sonst nicht so umständlich. Hier, nimm den!« Lu greift wahllos einen Zettel heraus. »Also, wer ist dran?«

»August!«

»Ist August männlich oder weiblich?«

Schmunzelnd erzähle ich von der Anruferin. »Sie heißt Susanne und wünscht sich, mit mir in den Sternenhimmel zu schauen.«

Ludmillas Augenbraue schnellt in die Höhe. Sie will Näheres von mir erfahren.

»Susanne ist verwitwet und kommt ganz gut allein klar, sagt sie. Aber manchmal, da gibt es so Momente, in denen ihr Nähe oder eine Person zum Reden fehlt, oder auch um sich gemeinsam über etwas zu freuen. Sie hat lange über einen Wunsch nachgedacht, den ich ihr erfüllen könnte. Es scheint ein echter Herzenswunsch von ihr zu sein, in einer Sommernacht zu zweit in den Himmel zu schauen. Vielleicht noch ein Glas Wein dazu, mehr nicht. Sollte ich da etwa Nein sagen?«

»Nö. Da bist du auch nicht der Typ für.« Lu lacht. »Und wo soll die Sternstunde stattfinden?«

»In ihrem Garten hinterm Haus. Kann aber auch ein anderer Ort sein, wenn mir das nicht recht ist.«

»Hattest du nicht gesagt, dass du nur mittwochnachmittags die Wunschfee spielen willst?«

»Ja, hatte ich. In der Theorie hatte ich das auch so vor. Aber manchmal muss man eine Ausnahme machen. Wenn ich sie damit beglücken kann, dann geht mir die Nacht eben flöten. In unserem Alter steckt man das ja noch ganz gut weg.«

»Meinst du?« Lu kichert, ihre Augen blitzen, und ich ahne, was ich mir gleich anhören muss. »Ich kriege das sicher noch locker hin, schließlich bin ich noch keine dreißig.«

So einen Spruch hab ich erwartet.

»Zicke!«

Ich strecke ihr die Zunge raus und mache sie darauf aufmerksam, dass sie im kommenden Jahr auch ihren runden Geburtstag feiert. Den geringen Altersunterschied sieht uns sowieso keiner an.

Die Augustdame bleibt noch ein Weilchen unser Gesprächsthema. Wir philosophieren über Tod und Trauer und wälzen die Frage hin und her, ob es an der neuen Situation auch etwas Gutes gibt.

»Das Schicksal ist Susanne wohlgesonnen, sonst hätte sie nicht den August gezogen. Das ist doch der perfekte Monat für Sternschnuppen. Da kann sie unendlich viele Wünsche ins Universum schicken«, sage ich.

»Bis dahin hast du auch schon Routine als Wunscherfüllerin. Bin echt gespannt, was du bei deinem Experiment alles erlebst. Ob wohl schräge Vögel darunter sind?«

»Die sind bei mir in bester Gesellschaft.«

Am liebsten wäre es mir, wenn es sofort losginge und ich dem ersten Kandidaten einen Wunsch erfüllen könnte.

»Für Februar hat sich immer noch niemand gemeldet. Der wäre ja die Nummer eins.«

»Und wenn der Februar seinen Keks nicht behalten, sondern weggeworfen hat? Oder so gut weggesteckt, dass er ihn nicht wiederfindet? Oder verloren?« Lu fallen etliche Gründe ein, weshalb sich jemand nicht melden könnte.

»Das ist dann persönliches Pech! Den März habe ich jedenfalls schon fest im Terminkalender. Eben hat er angerufen, kurz bevor du geklingelt hast. Ein komischer Typ, aber mit einer Stimme ... Hammer! Bin irre gespannt auf Mister März. Wenn der so ist wie seine Stimme, also, ich weiß nicht ...«

»Hey! Das sind ja ganz neue Töne. Du willst dich doch nicht etwa verlieben? Sind das schon Frühlingsgefühle?«

Lu pickt mit ihren Krallen einen weiteren Zettel heraus.

»Mal ganz ehrlich, Pauli, würdest du jeden Wunsch erfüllen? Ich meine, es könnte ja sein, dass jemand auf dumme Gedanken kommt.«

»Bestimmt nicht!«, rufe ich aus. »Mit Sicherheit werde ich für niemanden die Putzfrau spielen. Nein, nein, nein! Wenn mir einer dumm kommt, dann kann der mich mal kennenlernen. Dann ist der raus.«

»Gott sei Dank!«, sagt Lu. Das scheint sie zu beruhigen.

Auf dem nächsten Zettel steht der Wunsch ›Hilfe beim Umzug‹. »Bei dem hat sich ziemlich viel angesammelt, und der Typ würde sich freuen, wenn ihm jemand beim Ausmisten unter die Arme greift.«

Darin bin ich gut, das mache ich doch mit links. Zumindest seit Darius mit dieser amerikanischen Tussi zusammen ist und nicht zurückkommen wird.

»Einpacken und loslassen! Da bin ich auf dem Weg zum Profi«, sage ich. Wobei immer noch Klamotten meines Ex in meinem Kleiderschrank hängen.

»Aber nur, wenn es um Sachen und Krimskrams geht.« Lu grinst. »Mit den Gefühlen ist das ne andere Sache. Aber das weißt du ja selbst.«

Sie hat ja recht. Aber das müssen wir nicht schon wieder thematisieren. Es ist Zeit für Prosecco. Ich decke meinen wunderschönen Tisch, entzünde Kerzen und lasse den Korken knallen. Fasziniert sieht Lu den aufsteigenden Bläschen in ihrem Glas hinterher.

»Soll ich dir mal verraten, was ich auf gar keinen Fall loslassen will?«, hole ich sie aus ihrer Proseccomeditation zurück.

»Was denn?«, erwidert sie, immer noch dem Prickeln zuschauend.

»Was ich auf gar keinen Fall loslassen will, ist meine Wohnung. Ich werde alles tun, damit ich hier wohnen bleiben kann. Und wenn ich nur noch von Nudeln und Ketchup lebe.«

»Darauf sollten wir anstoßen!« Wir lassen die Gläser aneinanderklingen.

»Auf diese Wohnung!«

»Das wäre der Horror, wenn ich hier rausmüsste. Für mich allein ist die Wohnung auf Dauer zu teuer, ich werde mir was einfallen lassen müssen. Habe ich dir überhaupt erzählt, dass Darius angeboten hatte, seinen Mietanteil ein halbes Jahr lang weiterzuzahlen?«

»Dann brauchst du dir ja noch keine Sorgen zu machen, das ist echt großzügig von ihm!«

»Das hat er nur gesagt, um sein schlechtes Gewissen zu beruhigen.«

»Na und? So hast du wenigstens genügend Zeit, einen Plan zu machen, falls du es nicht allein stemmen kannst.«

»Na ja ...«, kommt es zögerlich von mir.

Wieder schnellt Lus schwarze Augenbraue in die Höhe. »Erzähl mir jetzt nicht, du hast sein Angebot abgelehnt?«

»Hmm«, mache ich.

»Fuck!«

Lu springt auf und gießt die Gläser randvoll. Ich bin sicher, sie wird gleich eine Lösung für mein Problem parat haben.

»Mit meinen Ersparnissen werde ich nicht lange hinkommen. Hab schon überlegt, ob ich mir einen Nebenjob suchen soll.«

»Nun mal langsam. Du musst ja nichts überstürzen.«

Lu kann manchmal so furchtbar vernünftig sein. Man traut es ihr überhaupt nicht zu. Also, ich meine, sie sieht nicht danach aus, und bei Männern ist sie gern auch unvernünftig. Aber wenn es um ganz alltägliche, praktische Dinge oder ums Geld geht, dann bleibt sie immer auf dem Boden.

»Vorher solltest du erst einmal darüber nachdenken, wie du besser haushalten kannst. Es gibt bestimmt Möglichkeiten, an der einen oder anderen Stelle etwas einzusparen. Wenn das nicht funktioniert, dann suchst du dir einen gutaussehenden Untermieter. Ein Schnuckelchen, der leidenschaftlich gern für dich kocht und auch handwerklich was draufhat. Und der dich krault, wenn dir danach ist.«

»Untermieter? Nicht dein Ernst!«

Ehe ich mich über diesen abwegigen Vorschlag auslassen kann, meldet sich erneut mein Handy. Den Klingelton *Get lucky* muss ich schnellstens ändern. *Get lucky* ist out!

»Soll ich für dich rangehen?«, fragt Lu angeheitert.

Geistesgegenwärtig schnappe ich nach meinem Smartphone.

»Paulina hier. Wer dort?«

Lu verdreht die Augen und fängt an zu feixen, sodass ich den Anrufer kaum verstehen kann. Das geht meinem Gesprächspartner nicht anders, und ich muss jeden Satz wiederholen.

»Welche Schuhgröße ich habe?«, rufe ich ins Handy. Hab ich mich verhört? Ich nehme den Anrufer mit ins Schlafzimmer, da kann ich wenigstens ungestört sprechen. Nach einer gefühlten Ewigkeit hat er keine Fragen mehr und legt auf. Völlig perplex starre ich auf mein Smartphone, bevor ich zu Lu zurückgehe.

»War das wieder einer für eine gute Tat von dir?«, säuselt sie, ohne den Blick von ihrer Lieblingsserie im Fernseher abzuwenden.

»Das war Mister Februar höchstpersönlich!«, sage ich voll aufgeregt, aber immer noch verwundert. Nach dem Anruf frage ich Lu, ob sie noch ein Tröpfchen Sekt für mich hat, das kann ich jetzt brauchen. Dabei wedele ich ihr mit meinen Notizen vor der Nase herum.

»Ich habe mein erstes Date als Glückskeks! Nächsten Mittwoch schon. Mit einem Herrn Valentin, der mich zum Kaffee zu sich nach Hause eingeladen hat. Er möchte, dass ich ihm etwas vorlese«, teile ich ihr in einem übermütigen Singsang mit. Von seinen seltsamen Fragen erwähne ich nichts, aber Lu hat mehr mitbekommen, als mir lieb ist, und will Einzelheiten.

»Der war irgendwie crazy drauf«, fange ich an, von dem Telefonat zu erzählen. »Ich sollte ihm mein Aussehen beschreiben. Komisch, nicht?«

»Was solltest du? Das hast du aber hoffentlich nicht gemacht?«

»So schlimm war's auch nicht. Haare und Figur interessierten ihn am meisten. Und dann fragte er nach meiner Kleider- und Schuhgröße.«

»Auch nach deiner Körbchengröße? Da gehst du auf keinen Fall hin!«, sagt Lu. »Du hast das aber hoffentlich nicht beantwortet?«

Sie guckt mich an wie jemand, der nicht mehr alle Tassen im Schrank hat, als ich das bejahe.

»Doch, schon.« Ich grinse. »Ich hab ihm erzählt, ich bin eine kleine Person mit langen dunklen Locken und tiefbraunen Augen.« Ich sehe meine Freundin an. »So wie du«, pruste ich nun los. »Der wird sich wundern, wenn ich bei ihm auftauche. Wohnt übrigens in einer sehr vornehmen Gegend, der Herr. Er behauptet, den Glückskeks mit meiner Nummer rein zufällig gefunden zu haben.«

»Gefunden?«, stößt Lu verächtlich aus. »Paulina Kleemann, da gehst du nicht alleine hin! Das verbiete ich dir. Ich komme mit.«

»Vergiss es, Ludmilla. Mir passiert schon nichts. Ich schick dir ne Nachricht aufs Handy, wenn ich da bin. Du kannst mich sowieso nicht retten, du bist auf der Arbeit.«

Lu schnaubt. Doch dann verstummt sie und legt einen Finger auf die Lippen. Mit großen Augen und rosigen Wangen lauscht sie den eindeutigen Geräuschen, die aus der Wohnung unter mir hochschallen. Dominik ist wieder einmal am Vögeln. Echt ausdauernd, der Kerl. Wir wechseln einen Blick und prosten uns kichernd zu. Lu feuert das Pärchen auf liederliche Weise sogar noch an. Hoffentlich hören die uns unten nicht. Aber das ist unwahrscheinlich, denn seine Partnerin schreit gerade: »Ich komme!«

Wir halten uns den Bauch und ich mir die Hand vor den Mund, sonst hört man mein Lachen womöglich doch noch.

»Das Programm ist tausendmal besser als jede Serie! Den Nachbarn musst du mir unbedingt vorstellen!«

»Never!« Den Gefallen werde ich Ludmilla mit Sicherheit nicht tun.

2

Mit gemischten Gefühlen fiebere ich dem Tag entgegen, an dem ich Herrn Valentin vorlesen soll. Ich habe keine Ahnung, wie alt er ist und aus welchem Buch ich lesen soll. Ich denke, er ist schon etwas älter, aber das sehe ich ja dann, wenn es so weit ist.

Vielleicht ist er blind, haben Lu und ich überlegt. Möglich wär's, aber das glaube ich nicht. Im Grunde weiß ich nichts über ihn, außer seiner Adresse. Die ich natürlich sofort gegoogelt habe. Das Haus liegt in Blankenese, und wenn er zur richtigen Seite hin wohnt, kann er direkt auf die Elbe blicken. Beneidenswert. Wer in dem Stadtteil Eigentum besitzt, der hat es normalerweise nicht nötig, sich von Glückskeksen auf zwei Beinen etwas vorlesen zu lassen.

Lu meinte, ich soll bloß vorsichtig sein, und hat mir ins Gewissen geredet, für alle Fälle mein Pfefferspray einzustecken. Sie wollte sogar versuchen, sich freizunehmen und mich zu dem seltsamen Vogel zu begleiten. So weit kommt es noch! Das habe ich ihr ganz schnell wieder ausgeredet, auch ihren Vorschlag, in einem schicken Café am Elbstrand auf mich zu warten. Was soll denn schon passieren? Zu einer bestimmten Uhrzeit werde ich sie anrufen, damit sie nicht Himmel und Hölle in Bewegung setzt und eine filmreife Rettungsaktion ins Leben ruft.

»Frau Kleemann, in der Sieben wartet eine Zahnreinigung«, erinnert mein Chef mich an den nächsten Patienten. Ich hab wohl ein bisschen geträumt und darüber die Zeit vergessen. »Ist alles in Ordnung?« Normalerweise lasse ich meine Patienten nicht länger als zwei Minuten warten, dafür bin ich bekannt.

»Bin schon unterwegs«, rufe ich ihm zu und biege rasant um die Ecke, hinein ins Behandlungszimmer.

Der Patient ist zum ersten Mal bei uns und erfreulicherweise nicht genervt wegen der kleinen Verspätung. Mit einem warmen Lächeln, das mir einen ersten Blick auf sein makelloses Gebiss ermöglicht, begrüßt er mich. Bei dem gibt es nicht viel zu tun, die vertrödelte Zeit hole ich schnell wieder auf. Routiniert fahre ich den Behandlungsstuhl in die Liegeposition, erläutere jeden Handgriff und diktierte alles in die sprachgesteuerte Software, mit der wir die Behandlungsschritte erfassen.

Obwohl er von einer Mentholwolke umnebelt ist, steigt mir sein männlich herber Duft in die Nase. Wahnsinn, riecht der gut! Wieder kommt mir Valentin in den Sinn. Aber so geht das nicht! Das bevorstehende Date wird auf der Stelle wieder ausgeblendet. Als ich mit der Zahnreinigung fertig bin, mache ich ihm ein Kompliment zu seinen ebenmäßigen und gepflegten Zähnen.

»Jahrelang Zahnspange getragen«, sagt er breit grinsend.

Ich muss schmunzeln bei der Vorstellung, wie dieser sündhaft attraktive Mann mit einer Zahnspange ausgesehen haben mag, und frage mich, ob er möglicherweise ein Model ist. Vielleicht so'n Typ wie in den Versandhauskatalogen, die Herrenunterwäsche präsentieren. Krampfhaft bemüht, nicht laut loszugackern, gebe ich ihm einen Spiegel in die Hand, wobei mir die feinen hellblonden Härchen auf seinem Handrücken und den Fingern auffallen. Er trägt keinen Ring, und es ist auch kein heller Streifen zu erkennen, wo einer gesteckt haben könnte.

Erfreut gehe ich über diese Tatsache hinweg, bin sofort wieder zahnmedizinische Fachkraft und mache meinen Patienten, Pascal Schubert, auf eine kritische Stelle an einem Backenzahn aufmerksam. Er nimmt es zur Kenntnis und sieht aus, als ob er noch eine Frage hätte. Seine klaren blauen Augen verwirren mich. So intensiv, wie er mich anschaut. Er hat jedoch keine Frage zu der weiteren Behandlung, stattdessen fragt er nach meiner Handynummer.

»Wie bitte?«

Ich nehme ihm den Spiegel aus der Hand. Wieder fallen mir die blonden Härchen auf, die mich reizen, darüber zu pusten oder zu streichen, und es kommt mir vor, als wäre sein Duft noch intensiver geworden. Aber das liegt sicher daran, dass die Menthol- und Desinfektionswolke sich verflüchtigt hat. Da sind nur noch sein strahlendes Lächeln, wasserblaue Augen und seine schön geschwungenen Lippen.

Ich muss mich schnellstens abwenden, sonst merkt er, wie ich ihn anstarre. Ich nehme den Block, auf dem wir normalerweise den nächsten Termin festhalten, und kritzle meine Nummer darauf. Dann erlöse ich ihn von dem Papiertuch auf seiner Brust und entlasse ihn mit den Worten: »Frühestens in drei Monaten.«

»Darf ich nicht eher anrufen?«

Er wedelt mit meiner Nummer herum und zwinkert dabei so süß, dass ich laut lachen muss. Zum Glück sind wir allein, unsere Auszubildende ist schon im Behandlungszimmer nebenan.

»Äh. Ich meinte den Termin für die nächste Zahnreinigung«, stottere ich.

Pascal Schubert schenkt mir ein frisch poliertes Lächeln, bei dem ein Grübchen in dem sonst so markanten Gesicht erkennbar wird. Wir stehen nur noch auf Armeslänge voneinander entfernt, und ich muss mich zurückhalten, ihn nicht wieder in den Zahnarztstuhl zu befördern und zu küssen, was mich selbst überrascht und was ich natürlich auch nicht tue.

»Da hab ich ja noch einmal Glück gehabt«, sagt er, steckt meine Telefonnummer ein, dreht sich in der Tür zu mir um und geht mit den Worten: »Danke, Paulina Kleeblatt! Wir seh'n uns.«

Welcher Teufel hat mich gerade geritten, ausgerechnet einem Patienten meine private Nummer zu geben? Das habe ich noch nie gemacht! Bisher habe ich Beruf und Privatleben strikt getrennt. Mein Verhalten von eben ist typisch für Lu, aber nicht für mich. Sie hat mir schon des Öfteren Anekdoten von Kunden erzählt, die sie nach deren Besuch in der Parfümerie gedatet hat.

Bin ich neuerdings wieder empfänglich für männliche Reize, frage ich mich. Der Typ ist eine Augenweide, auch von hinten betrachtet. Was er wohl beruflich macht, falls er kein Model ist? Sportler könnte er sein, oder aber ein durchtrainierter Banker. Ich muss mal in seiner Patientenakte nachsehen, da finde ich vielleicht einen Hinweis.

Anschließend ist nur noch ein Patient zu verarzten, dann ist Feierabend. Endlich. Ich war heute nicht ganz bei der Sache, zu sehr abgelenkt wegen meines Dates mit Valentin. Und dann noch dieser Herr Schubert, dem ich meine Nummer gegeben habe. Verrückt!

Seit ich in Hamburg wohne, war ich noch nicht in Blankenese, aber das sind ja auch erst vier Jahre. Es gibt in meiner Wahlheimat noch viel zu entdecken.

Mein Navi fragt an, ob es mir den Weg von der S-Bahn-

Station zu Valentin Hesses Adresse zeigen soll. Ja, soll es. Gern verlasse ich mich auf die Stimme, die mich durch enge Gässchen leitet, in denen kein Autoverkehr möglich ist. Unzählige Stufen treppauf muss ich laufen, bis ich an meinem Ziel ankomme und mir einen ersten Eindruck verschaffen kann. Mir ist, als wäre ich auf Urlaub im Süden, aber ich bin im Norden Deutschlands, in der Hansestadt Hamburg. Das ist schon krass.

Das kleine am Hang gelegene Haus ist umgeben von einem tristen Gartenstück. Im Sommer, wenn alles blüht, sieht das bestimmt zauberhaft aus, doch jetzt liegt die Natur noch im Winterschlaf. Das schmiedeeiserne Tor quietscht beim Aufstoßen melodisch, das ist wohl ein gutes Omen. Noch einmal rücke ich meinen Hut, der mir Glück bringen soll, zurecht und bin bereit für mein erstes Abenteuer.

›Bin gut behütet‹, schreibe ich Lu. Ich hänge ein Selfie an und die Info, dass ich jetzt reingehe. Von Pascal erzähle ich ihr erst mal nichts, das ist alles noch viel zu frisch. Ich kann es ja selbst kaum glauben, dass er mich noch am selben Tag angerufen hat. Kaum war ich zuhause, da klingelte mein Handy, und ich dachte, es ist ein neuer Glückskandidat. Aber nein, es war Pascal Schubert, der mich ausgerechnet heute daten wollte. Heute! An meinem freien Nachmittag.

Er wollte sich nicht damit zufriedengeben, dass ich keine Zeit für ihn habe. Wahrscheinlich ist er es gewohnt, dass ihm die Mädels zu Füßen liegen und alles absagen, wenn er sich mit ihnen treffen will. Nicht mit mir! Familiäre Verpflichtungen habe ich vorgeschoben, damit er endlich Ruhe gibt, und ihm ein Date für den nächsten Mittwoch angeboten, auf einen Kaffee. Hätte ich ihm erzählen sollen, was bei mir tatsächlich anliegt, oder mich als Glückskeks outen sollen?

Wie ein Glückskeks auf zwei Beinen fühle ich mich nämlich, als ich den Klingelknopf mit dem Namen Hesse drücke.

Es dauert nicht mal eine Minuten, und ein älterer Herr öffnet. Er bittet mich herein, nachdem ich seine Frage, ob ich die Paulina bin, mit der er telefoniert hat, mit Ja beantwortet habe. Seinem Wunsch nachkommend rede ich ihn mit Vornamen an. Wir bleiben allerdings beim Sie, was mir sehr recht ist. Neugierig sehe ich mich in dem lichten Wohnzimmer mit den riesigen Fensterfronten um. Herr Valentin muss wohlhabend sein, das erkennt man schon auf den ersten Blick.

»Nun, Paulina«, sagt er mit einer Stimme, die weitaus jünger klingt, als er aussieht, »da haben Sie mich aber ganz schön veräppelt. Von wegen klein, dunkelhaarig und mollig. Wenn ich ehrlich sein darf, dann bin ich ein bisschen enttäuscht von Ihnen.« Er schaut mir in die Augen. Wir sind etwa gleich groß. Er ist bestimmt schon ein wenig geschrumpft und war früher mal so um eins achtzig. Jetzt sind es eben ein paar Zentimeter weniger.

»Das tut mir aber leid, Valentin«, erwidere ich scheinheilig, wobei ich ihm zuzwinkere. »Ich muss gestehen, ich bin auch etwas enttäuscht von Ihnen. Ich hatte mit einem jüngeren Herrn gerechnet.«

Wir sehen uns an und erkennen den Schalk in den Augen unseres Gegenübers. Das Eis ist gebrochen, mein Einsatz wird eine *gute Tat* werden, dessen bin ich mir sicher.

»Dann passt das mit der Schuh- und Kleidergröße ja wohl nicht.« Eine kaum merkliche Traurigkeit liegt in Valentins hellen Augen, als er das sagt. »Im Schrank hängen immer noch die hübschen Kleider von meiner Frau. Ich kann mich einfach nicht von ihnen trennen.« Er seufzt. »Es wäre so schön gewesen, wenn Sie zum Vorlesen ein Kleid von ihr getragen hätten.«

Augenblicklich tut es mir von Herzen leid, ihn angeschwindelt zu haben.

»Darf ich mal sehen?«

Die Mode aus dem letzten Jahrhundert muss ich mir unbedingt angucken. Nicht nur, weil ich eine Schwäche für diese Retroklamotten habe, sondern auch wegen Lu, mit deren Maßen ich mich bei dem betagten Herrn vorgestellt habe. Vielleicht sollte ich sie fragen, ob sie nicht die Bekanntschaft einen reizenden älteren Herrn ... Nein, unmöglich!

Valentin freut sich über mein Interesse und will mir alles zeigen. *Müssen wir in sein Schlafzimmer?*, frage ich mich, als wir eine schmale Treppe in die oberen Gemächer hochsteigen. Auf dem ersten Absatz bleibt er stehen. Er klopft an eine Tür und sagt: »Da sind wir schon. Das ist die Kammer des Schreckens.«

Witzbold!

Ein wunderschöner, massiver Kleiderschrank füllt die Kammer aus. Ich bin schon ganz hibbelig, was sich hinter den mit Schnitzereien verzierten Türen verbirgt. Die anderen Regale, die angefüllt sind mit Vorräten und Werkzeug, bemerke ich erst auf den zweiten Blick.

»Bitte schön!« Valentin dreht den Schlüssel um, öffnet eine Tür, und schon umfängt mich ein verblassender Duft aus dem Schrankflügel. Er sieht mein Schnuppern und lacht. Und dann kommt er mir mit der Antwort auf meine Frage zuvor, seit wann seine Frau nicht mehr lebt.

»Das sind bald zwanzig Jahre«, sagt er leise, seine Hand legt er aufs Herz. »Aber hier drinnen, da ist sie immer noch ganz lebendig.«

»Hätte sie denn nichts dagegen, wenn eine fremde Frau ihre Kleider anprobiert?«

Kaum ausgesprochen, sehe ich meine verstorbene Freundin Ada vor Augen. Als ihre Tage gezählt waren, hat sie uns mit ihren Sachen reich beschenkt. Es bereitete ihr noch einmal eine Riesenfreude, uns in ihren Lieblingsklamotten zu sehen.

Valentin lässt mir aber keine Zeit für meine Grübeleien. »Im Gegenteil«, erwidert er. »Sie sagt mir schon lange, dass ich endlich aufräumen und mich von den Kleidern trennen soll. Aber ...«, wieder ein abgrundtiefer Seufzer, »ich kann das nicht. Ich bin mir sicher, mein Lisettchen schaut von oben zu, wenn ihre Kleider spazieren geführt werden.«

»Hm. Echt blöd, dass ich so groß geworden bin. Also, ich habe da eine Freundin ...«, fange ich an und beichte ihm, dass ich am Telefon Ludmilla beschrieben habe, der die Sachen passen könnten.

Fünfzigerjahrestil, stelle ich sofort fest. Wunderschöne Stoffe und jedes Kleidungsstück ist tadellos verarbeitet. Diese Mode wurde nicht in einer Fabrik gefertigt, das kann selbst ich auf den ersten Blick erkennen. Das ist feinste Schneiderkunst, die mir entzückte Juchzer entlockt.

»Besuchen Sie mich doch noch einmal. Dann aber mit Ihrer Freundin zusammen«, schlägt Valentin vor.

Bei Kaffee und Kuchen kommen wir auf seinen Wunsch zu sprechen. Ich höre ihm zwar zu, aber es fällt mir schwer, meinen Blick vom Fenster abzuwenden, vor dem gewaltige Containerschiffe lautlos vorbeiziehen. Valentin ist währenddessen rührend um mein leibliches Wohl besorgt. Ich kann mich gar nicht sattsehen an den Wasserriesen, die in alle Welt unterwegs sind, und fange an, ihm von meinen Träumen und den Reisen zu erzählen, die ich einmal machen möchte. Es ist ganz easy, mit ihm über Gott und die Welt, über Vergangenheit und Zukunft und vor allem über das Jetzt zu plaudern. Er ist ein aufmerksamer Gastgeber und auch Zuhörer. Als wir über das Jetzt sprechen, erwähnt er schmunzelnd, dass unser Date beinahe geplatzt wäre.

»Mein Enkel, also der Kalli, der ist nämlich richtig durchgedreht, als ich ihm davon erzählt habe. ›Wie kannst du nur, Opa?‹, hat er geschimpft. ›Was ist denn das für eine

Nummer? Wundere dich nicht, wenn das ein mieser Trick ist, um dich auszurauben. Ruf-mich-an!‹, hat er abwertend gesagt. ›Das sind so Nummern von Prostituierten, die in aller Welt sitzen und dich nur abzocken wollen.‹«

»Da hat er ja nicht ganz unrecht. Bei Ihnen ist sicherlich ordentlich was zu holen«, rutscht es mir flapsig raus. »Von Abzocke kann bei mir aber keine Rede sein. Oder sehe ich so aus?«

»Der Kalli hat die Nummer dann wohl gecheckt und ist heute Morgen extra vorbeigekommen und hat sich entschuldigt, weil er so aufbrausend war. Er will mir nicht den Spaß verderben, hat er gemeint.«

Valentin hat etwas ungemein Jungenhaftes an sich, als er geheimnisvoll tut und dann damit herausrückt, dass er dem Kalli nicht die ganze Wahrheit gesagt hat. »Der Junge muss ja nicht wissen, was ich vorgelesen haben möchte. Das geht den nämlich überhaupt nix an.«

Verschmitzt lächelt der alte Herr mich an, ich helfe ihm beim Abräumen, und dann geht es wieder die Treppe rauf, bis ganz nach oben, in sein Atelier.

Es ist wirklich ein Atelier, stelle ich verwundert fest, als ich eine Staffelei sehe, an der angefangene Kunstwerke und nagelneue, noch in Folie verpackte Leinwände lehnen. Weiter hinten steht ein behaglicher Lesesessel, auf den ich gleich zusteure.

»Nur noch selten schwinge ich den Pinsel«, sagt er. »Es strengt meine Augen zu sehr an, und dann fehlt mir auch mein Lisettchen, die meine Meisterwerke lobt.«

Er rückt ein Porträt seiner Frau in die Nähe des Sessels, dimmt das Licht so weit runter, dass es noch so eben für mich reicht, um etwas erkennen zu können. Auf einem Tischchen stehen eine Wasserflasche und ein Glas. Ein Buch, eine Lesebrille und ein Briefumschlag füllen die Fläche aus.

»Was soll ich lesen?«, frage ich, nehme das Buch zur Hand und fange an, darin zu blättern. Es sind Gedichte von jemandem, den ich nicht kenne.

»Nein, das nicht. Paulina, machen Sie mir bitte die Freude, und lesen Sie mir den Brief vor, der da liegt.« Er lehnt sich in einem Sessel in der anderen Ecke des Raumes zurück, nur noch schemenhaft kann ich ihn erkennen. Mein Herz schlägt mir bis zum Hals, als ich dem Umschlag einen eng beschriebenen Bogen entnehme, den Namen Lisette lese und das Jahr neunzehnhunderteinundfünfzig.

»Liebster Valentin«, beginne ich die schnörkelige Handschrift zu entziffern. Nach ein paar Zeilen habe ich mich eingelesen und kann auch etwas Betonung in meine Worte legen.

»Wenn du mich nur ansiehst, verzehre ich mich nach deinen Lippen, deinen Berührungen und, ich mag es kaum sagen, aber auch nach dem, was sich für ein Mädchen wie mich nicht schickt. Und wenn du mich fragst, ob ich das bereue, was wir getan haben in jener Nacht, dann würde ich lügen, wenn ich Ja sagte. Für mich war es der Himmel auf Erden, dich zu fühlen, so nah, so tief … in mir. Mein Herz ist übergelaufen vor Glück und Liebe und den Wellen der Sinnlichkeit, die du …«

Hui! Ich trinke einen Schluck Wasser, bevor ich weiterlesen kann. Die Schrift wird immer kleiner. So viel Lust und Liebe auf so wenig Papier, denke ich. Gebannt von der fast vergessenen Erotik vergangener Jahre fahre ich mit leiser Stimme fort. Meine Umgebung blende ich dabei völlig aus, selbst den Empfänger des Briefes, so gefesselt bin ich. Als ich die letzten Worte *für Immer und ewig, deine Lisette* vortrage, wische ich mir verstohlen eine Träne von der Wange, falte den Liebesbrief sorgsam wieder zusammen und lege ihn zurück auf das Tischchen.

Valentin scheint noch bei Lisette in einer anderen Welt zu sein, als ich zu ihm hinübersehe. Ich überlasse ihn seinen Träumen, werfe allerdings einen heimlichen Blick auf meine Uhr. Unsere Zeit ist längst um.

Mit einem Mal lässt uns ein lautes Scheppern zusammenzucken.

»Was war das?«, flüstere ich in die sinnlich geladene Atmosphäre. Ich kann nur beten, dass Valentin nicht vom Stuhl gekippt ist, oder noch schlimmer, einen Herzinfarkt erlitten hat.

Statt einer Antwort erhebt sich ein Mann hinter der Staffelei. Der hat wohl schon längere Zeit dort gestanden und uns beobachtet.

»Was fällt Ihnen ein?«, rufe ich ihm ärgerlich zu.

»Kalli!«, höre ich dann Valentins Stimme. »Du kannst einen alten Mann aber auch erschrecken! Hab ich dir nicht gesagt, dass es dich nichts angeht, was mein Glückskeks mir vorlesen soll? Paulina heißt die Dame übrigens.«

»Opa!«, kommt es schuldbewusst von ihm. »Mensch, Oppa, ich konnte doch nicht ahnen …«, entschuldigt er sich. In meine Richtung schickt er ein blitzendes Lächeln.

Das ist doch der Typ aus der Zahnarztpraxis! Und der hat uns die ganze Zeit über heimlich beobachtet und belauscht! Ich fasse es nicht.

»Familienangelegenheiten!«, macht Kalli sich über mich lustig. »Willkommen in unserer Family. Wie sind wir denn miteinander verwandt? Das würde mich schon interessieren.«

»Pascal!«, ruft Valentin. »Begleite meinen Gast bitte nach unten. Ich komme in ein paar Minuten nach, ich möchte noch etwas hier verweilen.« Dann wendet er sich mir zu, um mich zu verabschieden. »Paulina, wenn Sie es eilig haben, gehen Sie ruhig. Aber eins muss ich Ihnen vorher noch sagen: Sie haben mich sehr, sehr glücklich gemacht. Ich weiß gar nicht, wie ich Ihnen danken soll.«

»Da gibt es nichts zu danken. Es war mir eine Freude. Alles Gute für Sie, lieber Herr Valentin. Ich muss tatsächlich jetzt los.« Er drückt meine Hände ganz fest. Ich erwidere die Geste, und einem spontanen Impuls folgend, küsse ich ihn auf beide Wangen. »Was für eine große Liebe Sie erleben durften. Beneidenswert«, flüstere ich ihm zu. Aus tiefstem Herzen wünsche ich mir, auch bald die große Liebe zu finden und nicht enttäuscht zu werden. Das ist mein sehnlichster Wunsch.

Pascal steht noch immer da wie angewurzelt, aber das muss er als Model schließlich draufhaben. Er beobachtet mich wie eine Katze die Maus. Ich trotze seinem Blick, spiele mit den Fingern an der Hutkrempe, fahre drumherum und platziere ihn gekonnt auf meinem Kopf. Innerlich grinsend stolziere ich vor ihm die Treppe hinunter, nehme meinen Mantel und will nur noch nach Hause.

»Unsere Verwandtschaftsverhältnisse sollten wir aber noch klären, bevor du gehst.« Er grinst mich unverschämt an. »Ich würde dich gern nach Hause bringen, und wir könnten das Missverständnis aus der Welt schaffen. Was hältst du davon?«

»Als großer Bruder, oder wie?«, sage ich provozierend. »Sieh mich mal an!«

Seine Augen suchen meine. Aber so wörtlich meinte ich das nicht.

»Ich bin kein kleines Mädchen, nicht wahr? Glaub mir, ich kann gut alleine auf mich aufpassen.«

Pascal zögert. »Okay, wenn du drauf bestehst. Man kann ja niemanden zu seinem Glück zwingen. Gern lasse ich dich um diese Zeit aber nicht mit den Öffentlichen nach Hause fahren. Wo musst du denn hin?«

»Winterhude. Nett gemeint, aber es ist nicht das erste Mal, dass ich abends ohne Begleitung unterwegs bin.«

Pascal gibt auf. Wahrscheinlich ist es ihm sowieso lieber, wenn er seinem Opa noch etwas Gesellschaft leisten kann.

Auf dem Rückweg kann ich an nichts anderes als an diesen Nachmittag denken. Der Brief geht mir nicht aus dem Kopf. So etwas Schönes und mit so viel Liebe geschrieben. Und Valentins Gesichtsausdruck erst. Lächelnd fahre ich nach Hause, es war vollkommen, mein erstes Abenteuer als Glückskeks. Zu spät fällt mir ein, dass ich nicht herausgefunden habe, wie er an den Glückskeks gekommen ist. Ich hätte ihn fragen sollen. Auf der Party war Herr Hesse mit Sicherheit nicht.

Als ich wieder zuhause bin, habe ich Lust auf eine heiße Schokolade, aber auch auf einen Rotwein. Ich kann mich nicht entscheiden, doch dann gewinnt das Getränk, das schneller fertig ist. Ein kräftiger, spanischer Rotwein. Meinen Hut lege ich zu dem Vino tinto auf den Tisch und bedanke mich im Stillen für Adas himmlische Begleitung. Ich probiere ein Schlückchen, lümmle mich aufs Sofa und rufe Lu an.

Sofort geht sie ran, sie hat wohl schon auf meinen Anruf gewartet. Ihre Neugier ist herrlich nervig, jede Kleinigkeit will sie wissen. Bereitwillig gebe ich ihr Auskunft, aber sie muss nicht alles wissen. Der Inhalt des Briefes ist viel zu persönlich, zu intim, um ihn auszuplaudern. Von Pascal sage ich ebenfalls kein Wort, die unerwartete Begegnung bleibt vorerst mein Geheimnis. Wenn wir uns das nächste Mal treffen, werde ich sie damit überraschen, nicht am Telefon.

Um meinen Glückskekstermin für Februar mache ich auf meiner Liste einen goldenen Kringel. Abgehakt! Mit einem Kribbeln sehe ich dem nächsten Termin im März entgegen.

Ob Lu mit ihrer Behauptung doch recht hat? Sie ist davon überzeugt, dass man das Glück kitzeln muss, damit es aufwacht und zurückkommt. Heute fühlt es sich ganz danach an. Mal sehen, was mich in den nächsten vier Wochen erwartet. Und dann werde ich es zum zweiten Mal herausfordern.

3

In der Praxis werfe ich unauffällig einen Blick in die Patientenakte von Pascal Schubert. Das Ergebnis ist nicht zufriedenstellend, habe ich auch nicht anders erwartet. Adresse, Geburtsdatum, Telefonnummer und Krankenkasse sind vermerkt. Es gibt mir zu denken, dass er wegen einer Zahnreinigung auf einen sofortigen Termin gedrängt und ihn erhalten hat. Normalerweise sind wir Wochen im Voraus ausgebucht. Nur bei einem akuten Notfall machen wir eine Ausnahme, der kann außer der Reihe kommen.

Immerhin weiß ich jetzt, wie alt der Schönling ist, ein ganzes halbes Jahr jünger als ich. Ob es bei unserer Verabredung am nächsten Mittwoch bleibt? Bis dahin muss ich mir noch etwas ausdenken, weshalb ich ihn angeschwindelt habe. Aber da bin ich zuversichtlich, mir fällt schon was ein.

Als ich Lu das nächste Mal sehe, erzähle ich ihr noch ausführlicher von dem Besuch bei Valentin. Auch von der Idee, ihn gemeinsam zu besuchen.

»Er hat einen ganzen Schrank voll mit Kleidern seiner Frau. Eines schöner als das andere«, schwärme ich und beschreibe die Teile, die er mir gezeigt hat.

Meine Freundin springt sofort darauf an. Sie ist von Natur aus neugierig und modisch immer top. Lu hat einen recht eigenwilligen Stil und ebenso wie ich eine Schwäche für die Fünfzigerjahre. Mit den Klamotten von Lisette Hesse wird sie ein heißes Retrogirl abgeben, wie die Pin-up-Girls, die man von Plakaten kennt.

»Und wann besuchen wir ihn?«, fragt sie mit geröteten Wangen. Auf der Stelle soll ich ihn anrufen. Um des lieben Friedens willen wähle ich schließlich seine Nummer. Hier im Bistro ist es allerdings so laut, da versteht man kaum sein eigenes Wort.

»Ich geh mal vor die Tür«, sage ich, werfe meinen Mantel über und halte das Handy dicht ans Ohr. Ludmilla springt auch auf und läuft hinter mir her. Der Kellner glaubt scheinbar, wir wollen die Zeche prellen, doch Lu kann ihn schnell besänftigen.

Valentin ist freudig überrascht, als er hört, dass ich es bin, die ihn anruft. Nochmals entschuldigt er sich für das unmögliche Verhalten des Jungen, womit er natürlich seinen Enkel Pascal meint. Ganz nebenbei macht er eine Bemerkung, dass er dem Jungen den Glückskeks zu verdanken hat. »Der Kalli hat den bei mir liegen lassen. Absichtlich. Der wollte den loswerden, weil er meint, da steht immer der gleiche Mist drin. Der Junge ist nicht für sowas. Ich eigentlich auch nicht. Aber meiner Lisette, der hätte das gefallen. Nur deswegen hab ich mal geguckt.«

Doch dann kriegt er die Kurve und kommt auf unser Anliegen zurück. Er lädt uns für einen Sonntagnachmittag zu sich nach Blankenese ein.

»Ich sag dem Jungen, er soll dann auch wieder vorbeischauen und Kuchen mitbringen. Selbstgebackenen, das kann der Bengel nämlich richtig gut. Der hat nur meist keine Zeit, das kann also noch zwei oder drei Wochen dauern.«

»Nein, das ist nicht nötig, dass er Kuchen backt«, wehre ich ab.

Valentin besteht jedoch darauf. »Wenn der Kalli denn überhaupt Zeit für seinen Opa und zwei hübsche junge

Damen hat. Der muss ja immer so viel lernen für sein Studium.«

Valentin Hesse will sich melden, sobald er mit dem Jungen gesprochen hat, so verbleiben wir.

Wir fangen an zu rätseln, was ein Mann mit dreißig wohl noch studiert. Uns fällt nicht wirklich was Gescheites ein. Als wir wieder im Bistro auf unseren Plätzen sitzen, stellen wir die wildesten Vermutungen an. Jura, Medizin, vielleicht sogar Zahnmedizin. Wundern würde mich das nicht. Oder Schauspiel, schlägt Lu vor.

Wir schlürfen noch eine heiße Schokolade mit Schuss und fangen an zu glühen, je mehr wir darüber nachdenken. So trifft uns Lars an, der mit einem Kumpel das Lokal betritt. Mit Küsschen und einer herzlichen Umarmung unter Freunden begrüßen wir uns. Lars schmunzelt, zeigt auf mein Gesicht.

»Ist was? Sehe ich komisch aus?«, frage ich irritiert.

»Nö. Du siehst nur total süß aus.«

»Das liegt an der Schokolade«, meint Bengt mit einem Grinsen. »Oder?«

Mit einem Lachen wische ich die Spuren ab, und wir halten einen kleinen Schnack mit den Jungs. Lars ist Adas große Liebe gewesen, jetzt ist der attraktive Mann ihr Witwer. ›Mein schöner Lars‹, hat sie immer geschwärmt, wenn sie von ihm sprach. Er ist wirklich ein schöner Mann, da sind wir uns einig. Im Gegensatz zu Pascal ist er sich dessen aber nicht bewusst.

»Nicht nur«, sagt er schließlich. »Es ist der Hut – und deine leuchtenden Augen. Man könnte glauben, du bist verliebt.«

»Nicht, dass ich wüsste.« Ich seufze. Höchstens verliebt in das Leben, das von Tag zu Tag heller wird. »Wir haben nur ein bisschen herumgealbert.«

Die zwei setzen sich an einen anderen Tisch, sie haben

noch etwas zu besprechen. Wir wollen auch unter uns bleiben, denn wir sind ja noch nicht fertig mit unseren Spekulationen über den großen Unbekannten mit den schönen Zähnen. Bei einer weiteren heißen Schokolade mit Schuss und Sahnehäubchen spinnen wir Pascals Studentenleben noch weiter aus. Erheitert und angeheitert machen wir uns am frühen Abend auf den Nachhauseweg. Es ist frostig kalt, aber wir merken es kaum.

Obwohl ich fest damit rechne, dass Pascal unsere Verabredung kurzfristig absagt, passiert nichts dergleichen. Der nächste Mittwoch und somit unser Kaffeedate rücken in greifbare Nähe.

Wir treffen uns in einem Café

»Trägt die Dame immer Hut?«, begrüßt er mich.

Ich grinse und nicke vielsagend.

»Oder liegen die Haare nicht?«

Unverschämtheit. Er will mich provozieren.

»Sieht aber süß aus, dir steht das. Was man längst nicht von jeder Frau behaupten kann. Bist du letztens gut nach Hause gekommen?«

»Jepp!« Ich vertiefe mich in die Karte und halte dann Ausschau nach den Kuchen und Torten, die verführerisch in einer Vitrine beim Tresen stehen.

»Hast du dich entschieden?«, fragt Pascal, als die Kellnerin die Bestellung aufnehmen will.

»Klar. Ich nehme eine Waffel mit heißen Kirschen und Sahne, dazu einen Kaffee.«

»Für mich das Gleiche«, sagt er.

Dann wechselt er das Thema. Er fängt schon wieder mit unseren angeblichen Familienverknüpfungen an. Ich stelle die Gegenfrage. »Was hätte ich denn sagen sollen? Ich stand ja noch voll unter Schock, dass du mich nach meiner Nummer gefragt hast und dann auch noch am selben Tag anrufst.«

»Davon hat man dir aber nichts angemerkt. Du warst ja nicht einmal besonders erstaunt und hast sie ohne Zögern rausgerückt. Ein bisschen Widerstand oder Herumgezicke hatte ich eigentlich schon erwartet. Hab nicht gedacht, dass das so leicht wird. Allerdings …« Er löffelt in der Vanillesoße, zieht Kreise, die immer mehr zu Herzen werden. »Frau Kleeblatt, jetzt erzähl mir nicht, dass du nicht von Anfang an ein Auge auf mich geworfen hast.«

»Pah!«, rufe ich. Ein bisschen zu laut, wie es so meine Art ist. Mir bleibt die Spucke weg bei so viel Arroganz. »Hallo! Auf welchem Stern lebst du denn? Was bildest du dir ein? Wie kommt es überhaupt, dass du so spontan einen Termin erhalten hast? Das würde mich mal interessieren.«

Pascal verschränkt die Arme vor der Brust und lehnt sich mit dem gewinnenden Lächeln eines Mannes zurück, der sich seiner Wirkung bewusst ist. In meiner Fantasie stelle ich ihn mir als Unterwäschemodel vor der Kamera posierend vor. Bevorzugt er eher den kleinen Calvin? Oder tendiert er zum Boss? Wahrscheinlich Letzteres.

»Dreimal darfst du raten, wie ich das hingekriegt habe.«

»Hä? Du bist Zahnmodel«, feixe ich. »Sehe ich dich demnächst auf unserem neuen Praxisflyer?«

»Gute Idee. Das solltest du deinem Chef mal vorschlagen.«

Wir schauen uns an und fangen an zu grinsen. Offensichtlich macht er sich einen Spaß daraus, mich auf den Arm zu nehmen.

»Irgendwas mit Grafik und Design«, taste ich mich an sein Berufsleben vor. »Ich meine nur, wegen deiner Herzchenmalerei. Oder hat das mit mir zu tun?«

Pascal fängt schallend an zu lachen, zerrührt das Herz und löffelt sich das Vanilleeis rein.

Noch eine Weile geht unser Katz-und-Maus-Spiel, bei dem wir uns gegenseitig auszufragen versuchen, so weiter. Meinen Beruf kennt er, hat also einen Vorsprung, den ich aufholen will. Jetzt ist er dran, seinen preiszugeben. Dann werde ich ihm auch erzählen, was es mit den Glückskeksen auf sich hat. Pascals linke Augenbraue wandert belustigt nach oben. Mit meiner Sturheit hat er nicht gerechnet.

»Ich studiere«, sagt er. Das ist mir nicht neu, das weiß ich ja schon von seinem Opa. »Und verdiene mir mit verschiedenen Jobs etwas nebenher.«

»Lass mich raten. Du modelst?«

»Ertappt! Das hat sich irgendwann so ergeben.«

»Sag nicht, für Herrenbekleidung?« Ich kichere.

»Du meinst Unterwäsche?«, erwidert er scheinheilig.

Ertappt! Ich merke, wie mir die Röte den Hals hinaufkriecht und meine Wangen glühen. Indem ich die Hutkrempe tief in die Stirn ziehe und mir die Karte vors Gesicht halte, versuche ich es vor ihm zu verbergen. Was mir nicht gelingt, denn er grinst noch unverschämter.

»Volltreffer! Nicht wahr? Soll ich dir sofort ein paar Fotos zeigen? Oder kannst du deine Neugier noch bis zum nächsten Date zügeln?«

»Ein nächstes Date?« Das überrascht mich. »Mit schönen Männern, die aller Welt ihre Unterhosen zeigen, treffe ich mich kein zweites Mal.«

»Es gibt auch welche, die ich nicht aller Welt zeige«, antwortet er schlagfertig. Das ist genau das Richtige für mein Kopfkino. »Ich könnte dir Exklusivrechte einräumen, wenn du mich so fotografieren willst.«

Mit der Speisekarte fächere ich mir Luft zu. Wir müssen unbedingt das Thema wechseln.

»Du hast mir immer noch nicht verraten, was du studierst. Du bist ja nicht mehr so jung. Also, ich meine, du bist doch bestimmt auch schon über dreißig. Und dann noch studieren.« Nachdenklich sehe ich ihn an. »Bist du einer von denen, die nicht wissen, was sie wollen, und ewig studieren? Und Opa unterstützt das Lotterleben?«

Pascal legt beschwichtigend seine Hand auf meine. Ich war wohl etwas zu laut, so wie die Leute vom Nebentisch gucken. Ich lächle sie so lange an, bis sie wegsehen, und dämpfe meine Stimme. Seine Hand fühle ich immer noch leicht und warm auf meiner, und ich versuche gar nicht erst, meine wegzuziehen. Es hat so etwas Vertrautes und gibt mir ein Gefühl von Sicherheit. Wieder triggern mich die blonden Härchen auf seinen Fingern an. Völlig abgefahren, was seine Fingerbehaarung in mir auslöst.

»Dann hast du mich also schon in eine Schublade gesteckt?«, sagt er belustigt. »Das hätte ich nicht von dir gedacht.«

»Ach, du hast längst eine Meinung über mich? Ist ja interessant! Da bin ich aber gespannt. Studierst du Psychologie, oder woher nimmst du diese Behauptungen?« So einer hat mir gerade noch gefehlt.

Wir wollen noch etwas zusammen laufen, Pascal fragt, ob ich etwas dagegen habe, wenn er die Rechnung übernimmt.

»Nö«, sage ich, um ihn durcheinanderzubringen. Hat funktioniert.

»Ach!«

Wie selbstverständlich legt er beim Hinausgehen seinen Arm um meine Schultern. Wie letztens in der Zahnarztpraxis steigt mir wieder sein Duft in die Nase. Noch einmal frage ich nach seinem Studienfach und seinen weiteren Jobs, was ihn offensichtlich nervt.

»Mitunter jobbe ich am Wochenende im Service, bei Veranstaltungen.« Ausgerechnet jetzt, wo es interessant wird, klingelt sein Handy. Er bleibt stehen, spricht leise, und ich kann nicht raushören, ob es eine Frau ist oder ein Kumpel.

»Tut mir leid, Paulina. Ich muss jetzt los, es ist jemand krank geworden, und ich bin der Einzige, der einspringen kann.«

»Du meinst für Unterhosen?«, lästere ich. »Oder was?«

»Das erzähle ich dir ein anderes Mal. Wir sehen uns doch wieder?« Er will wirklich ein zweites Date. Ich auch! Etwas ist in seinem Blick, das mein Herz zum Hüpfen bringt. Er legt seine Arme um mich, und seine Lippen streifen zart meine Wangen.

»Wir seh'n uns«, gebe ich möglichst cool von mir.

»Ich ruf dich an.« Er muss also immer das letzte Wort haben. Ich nicke. Jeder weiß doch, was es heißt, wenn jemand sagt: ›Ich ruf dich an.‹ Es ist eine Floskel, mehr nicht.

Ich sehe dem attraktiven Blonden hinterher und schmunzle in mich hinein. Pascal weiß wahrscheinlich noch nicht, dass wir uns bei Valentin wiedersehen werden.

4

In meinem Kalender habe ich den ersten Mittwoch im März dick umkringelt. ›Ginko‹, steht da, mit einem fetten Ausrufungszeichen dahinter. Wie Mister März wohl aussieht und ob er genauso sympathisch ist wie seine Stimme?

Bereits am Morgen des Ginkotages warte ich auf den Feierabend gegen dreizehn Uhr. Im Job läuft es gut, ich kann pünktlich Schluss machen. Nur kurz fahre ich nach Hause, esse eine Kleinigkeit und ziehe mich um. Das Wetter ist uns leider nicht wohlgesonnen, es ist kalt und nieselt. Ich packe meine Gummistiefel ein, dann benachrichtige ich Lu und beeile mich, zur U-Bahn zu kommen. Nach vier Stationen steige ich aus, gebe dem Navi mein Ziel ein und lasse mich von der freundlichen Stimme leiten, die mir sagt, wo ich rechts oder links abzubiegen habe.

Die App hat mich vor den Eingang einer Kleingartensiedlung navigiert. Ratlos bleibe ich stehen, wie soll ich ihn denn hier finden? In den umliegenden Gärten ist nicht viel los, in der Ferne höre ich das fröhliche Gezwitscher einer Amsel, die sich über das junge, zarte Grün an Hecken und Sträuchern freut. Ich will ein paar Fotos machen und gehe auf die Suche nach dem besten Motiv. Erschrocken fahre ich zusammen, als plötzlich jemand vor mir steht und mich anspricht.

»Paulina Kleemann?«, fragt er. Die Stimme erkenne ich sofort wieder. Ich nicke.

»Mister März?«

Seinen Namen hatte er mir am Telefon nicht genannt, ihm war es sehr recht, von mir als ›Mister März‹ angesprochen zu werden. Vor mir steht ein mittelalter Herr in Cordhosen und kariertem Flanellhemd, der voll dem miesen Bild eines Holzfällers entspricht. Irgendwie habe ich mir den Typ anders ausgemalt. Schon erwische ich mich dabei, jemanden nach seinem Aussehen zu beurteilen und in eine Schublade zu stecken. Einen Holzfäller stelle ich mir aber größer und kräftiger vor als mein Gegenüber. Mister März verkörpert für mich gepflegten Landadel. Besonders redselig ist er nicht gerade, also plappere ich munter übers Wetter und versuche mit alten Bauernregeln eine Unterhaltung in Gang zu bringen.

»Wenn der Hahn kräht auf dem Mist …«, fällt mir spontan ein, und ich bleibe auch sofort stecken. Den Rest kriege ich nicht mehr auf die Reihe.

»… ändert sich das Wetter, oder es bleibt, wie es ist«, vollendet der Gartenfreund. Wir nähern uns einem Holzhaus, in dem eine fünfköpfige Familie Platz hätte. Wow!

»Dann wollen wir mal«, kommt er ohne Umschweife zur Sache. Erst jetzt sieht er mich genauer an. Ziemlich genau, es ist schon fast unangenehm. Als er bei meinen Füßen endet, bleibt er an meinen Schuhen hängen. Missbilligend schüttelt er den Kopf.

»Keine Panik, Mann«, beruhige ich ihn und zeige ihm meine Gummistiefel.

»Na Mädchen, du denkst wohl an alles? Und anpacken kannst du auch, so wie du gebaut bist. Fein. Wir können uns duzen. Michael.« Sein kräftiger Händedruck haut mich um, den habe ich ihm nicht zugetraut.

»Ist mir recht. Wo ist denn der Baum?«

Wir gehen zu einem Schuppen, in dem sein Gartengerät lagert. Neben zwei albernen Zwergen steht das Bäumchen, das nicht einmal so groß ist wie ich. Den könnte man auch gut allein bewältigen, denke ich und mache im selben Moment auch schon eine Bemerkung in der Art.

»Mir ist nichts anderes eingefallen, als ich mir etwas wünschen sollte«, rechtfertigt Michael sich und hält mir einen Spaten hin. Er trägt das Bäumchen, an dem noch kein Blatt zu sehen ist. Merkwürdig. Pflanzt man die denn schon so früh? Aber gut. Es geht mich auch nichts an. Mein Einsatz hier verspricht nicht unbedingt zu einem Highlight zu werden. Der Typ ist merkwürdig. Seltsam, irgendwie kommt er mir sogar bekannt vor, ich kann aber nicht sagen, woher. Das beschäftigt mich die ganze Zeit, als ich hinter ihm her, quer über den Rasen laufe. Wo hab ich den schon mal gesehen? Aus dem Fernsehen vielleicht? Oder? Auf der Mottoparty hab ich ihn nicht wahrgenommen, jedenfalls nicht bewusst. Ist er einer unserer Patienten? Es lässt mir keine Ruhe.

Als er stehen bleibt und auf die Stelle zeigt, an der das Bäumchen gepflanzt werden soll, kann ich nicht länger an mich halten und frage ihn mit einem Lächeln, welches er nur erwidern kann. An Gebisse kann ich mich nämlich gut erinnern.

»Ich glaube nicht, dass wir uns schon mal irgendwo begegnet sind.« Er lächelt, seine Zähne kommen mir nicht bekannt vor. »Ich habe ein Allerweltsgesicht, das passiert mir öfter, dass man mich mit jemandem verwechselt. Hier. Da musst du graben.«

»Ich?«

»Ja, Paulina. Das ist mein Wunsch, so haben wir es abgemacht. Spricht etwas dagegen?«

»Wollten wir das nicht zusammen machen?«

»Tun wir doch. Du gräbst das Loch, der Baum kommt rein, und ich schaufle die Erde an.« Michael legt sich eine Hand auf den Rücken. »Weißt du, Mädchen, ich hatte vor einem halben Jahr einen Bandscheibenvorfall, mein Rücken macht das noch nicht wieder mit.«

»Na super!« Mit Wucht stoße ich die Schaufel in den unnachgiebigen Boden. Die Erde bleibt nass und schwer am Spaten kleben. Michael steht tatenlos neben mir und grinst diabolisch. Seine Unterstützung besteht darin, mir kluge Tipps zu geben, wie ich es richtig mache. Als ich das Loch tief genug ausgehoben habe, bin ich nass geschwitzt.

»Bravo! Das ist perfekt«, freut er sich, packt den Ginko am Stamm und drückt den Wurzelballen hinein. Nun lasse ich mir es nicht nehmen, die Erde auch noch aufzuschütten. Mein Wunschkandidat soll seinen armen Rücken lieber schonen.

»Das war's?«, frage ich. Meine Enttäuschung kann ich nicht verbergen, ich hatte mir mehr davon versprochen. Was, weiß ich aber selbst nicht. »Gibt's drinnen eine Toilette? Ich müsste mich mal frischmachen.«

»Ja. Sogar ein Gäste-WC.« Er grinst nun. »Und eine kleine Mahlzeit habe ich auch vorbereitet. Immerhin haben wir ordentlich geschuftet.«

»Pfft! Wir? Das war ja wohl nur ich, die hier geschuftet hat«, pfeife ich ihn an und eile ihm hinterher ins Gartenhaus. Meinem Spiegelbild im Bad strecke ich die Zunge raus. Diese Frau soll ich sein? Erhitzt und dreckverschmiert sieht sie mich an. Ich bin auf seine Masche reingefallen und sauer auf mich. Der hätte sich einen Gärtner kommen lassen sollen. Geld genug scheint er zu haben. Zu Lu hatte ich noch gesagt, dass ich mich nicht ausnutzen lassen werde. Aber genau das ist jetzt passiert. Ich kann gar nicht sagen, worüber ich mich mehr ärgere. Über mich selbst oder über diesen mysteriösen Mister März. Wahrscheinlich ist der Bandscheibenvorfall auch nur eine Ausrede. Wie konnte ich nur so naiv, so blöd sein? Ich beseitige die Spuren der

Drecksarbeit. Der soll mich kennenlernen, denke ich, als ich aufschließe und zurückgehe.

Michael zeigt auf die belegten Brötchen und die Kaltgetränke und weist mich an, mich zu setzen. Er meint, eine Stärkung hätte ich mir verdient.

»Und hinterher darf ich auch noch abwaschen. Oder wie?«, zicke ich ihn an, nehme mir ein Brötchen und beiße herzhaft hinein. »Gibt's auch Kaffee?«

Er geht an die kleine mit allem Schickimicki ausgestattete Küchenzeile, und wie von Geisterhand zaubert er einen Kaffee herbei. Nach den ersten zwei Brötchenhälften werde ich relaxter. Ich sage nichts, kaue und schaue mich in seinem Refugium um.

Diese Hütte ist kein typisches Gartenhaus, wie ich es aus meiner Kindheit kenne. Zum Beispiel dieser Raum, der gleicht eher einer Bibliothek, einem Arbeitszimmer. Auch wenn nur ein kleiner Schreibplatz vorm Fenster eingerichtet ist. Noch immer habe ich mich nicht gesetzt. Das bringt ihn durcheinander, er ist angespannt. Er beobachtet jeden meiner Schritte und springt erstaunlich schnell auf mich zu, als ich mich auf den Schreibtischstuhl fallen lassen will.

»Nein!«, knurrt er gefährlich.

»Was denn? Ich will nur die schöne Aussicht von diesem Platz aus genießen«, sage ich und setze mich trotzdem auf den hölzernen Armlehnstuhl. Mein Blick fällt von hier aus direkt auf den kleinen Ginko, der ja nichts dafürkann, dass ich so aufgebracht bin.

Der Typ nimmt schnell sein Laptop vom Tisch, als hätte er was zu verbergen. Guckt der hier Pornos …? Eisig sehe ich ihn an und verkneife mir die Frage, auf welchen Seiten im Internet er gesurft hat.

»Vorsicht!« Es hört sich an wie *Hände hoch*! »Schluss jetzt, sonst …« In seiner ach so angenehmen Stimme ist jetzt eine Eiseskälte, die ich auch in seinen Augen sehe. »Aufstehen und an den Tisch!«

Das ist ein Befehl, dem ich mich besser nicht widersetzen sollte. Allmählich wird mir mulmig zumute. Trotzdem habe ich nicht vor, mich von ihm herumkommandieren zu lassen. Das Handy in meiner Tasche gibt mir Sicherheit, nur blöd, dass ich nicht an das Pfefferspray gedacht habe. Ich funkele ihn ebenso wütend an und stopfe meine Sachen in den Beutel zurück. Als ich die Gummistiefel ausziehen will, fällt mein Blick auf den Buchrücken eines Thrillers. Nun trifft mich die Erleuchtung. Ich bin hier bei dem gefeierten Autor, Michael Eden, der berühmt ist für seine grausamen und hinterhältigen Morde. Auf dem Papier. Mein Bauchgefühl beiseiteschiebend nehme ich das Buch in die Hand.

»Na also. Nun weiß ich endlich, woher Sie mir bekannt vorkommen!« Das Sie geht mir viel leichter über die Lippen. »Sie sind der bekannte Schriftsteller?« Das ist keine Frage, er nickt es ab. Wir starren uns eine Weile an. Dann schnaube ich verächtlich und werfe ihm an den Kopf, was ich die ganze Zeit schon denke. »Sie können sich doch einen Gärtner leisten, oder sind Sie so ein armer Schriftsteller?«

Mit verschränkten Armen steht er vor mir. Neben ihm liegt ein glänzender Brieföffner, kunstvoll verziert.

»Arbeiten Sie hier?«, versuche ich es nun auf die sachliche Tour. Der Brieföffner sieht aus, als könnte man mit der Klinge ganz leicht einen Umschlag aufschlitzen. Wahrscheinlich auch andere Sachen. Darüber mag ich aber nicht nachdenken. Ich zurre die Kordel meines Rucksacks zusammen, schwinge ihn über die Schulter auf meinen Rücken und stülpe mir meinen Hut auf den Kopf.

»Sieht ganz so aus. Oder?«, beantwortet Eden meine Frage. Die Kälte ist aus seiner Stimme gewichen, schleimig schmeichelnd ist sie jetzt. Er kommt näher, den Blick immer noch fest auf mich gerichtet. Seine Finger krallen sich an der Tischkante fest. Sie zucken, als wollte er den Brieföffner greifen. Nur unter Aufwendung aller Kräfte kann er sich zurückhalten, es zu tun. »Du willst schon gehen? Wir sind noch nicht fertig.«

»Ihren Wunsch habe ich erfüllt, gestärkt habe ich mich auch, und ich weiß, was für ein Arschloch Sie sind. Vielen Dank. Mission erfüllt. Ich gehe.« Eiskalt kann ich auch.

Meine Hand liegt schon auf dem Türgriff. Sie ist verschlossen. Nun bekomme ich Panik. Ich tippe auf Lus Nummer, aber er nimmt mir das Handy ab und legt es beiseite.

»Wann du gehst, das bestimme ich. Ich bin noch nicht fertig mit dir, Paulina Kleemann. Oder soll ich dich lieber Glückskeks nennen?«

Seine Stimme klingt beängstigend sanft. *Ist hier denn keiner?*, schießt es mir durch den Kopf. Wo sind die anderen Gartenfreunde? Es hätte mich stutzig machen sollen, dass er schon so frühzeitig mit der Gartenarbeit beginnen wollte.

»Aber *ich* bin mit *Ihnen* fertig, Herr Michael Eden.« Meine Angst verwandelt sich in rasende Wut. Ich fühle mich stark, als könnte ich Bäume ausreißen. Vielleicht sollte ich das tun, wenn ich hier raus bin? Seinen blöden Ginko aus dem Erdloch befördern und die mickrigen Äste zertreten. Unwillkürlich muss ich grinsen.

Den Thrillerautor bringe ich offensichtlich aus dem Konzept. Meine Reaktion überrascht ihn, sie passt wohl nicht in seinen Plot. Ich sehe ihm an, wie er sich bemüht, seine Arschlochhaltung abzulegen und zu sich zurückzufinden. Er kämpft mit sich, das kann ich deutlich wahrnehmen.

»Und nun schließen Sie die Tür auf! Wir werden uns nie wiedersehen.«

»Nein, Paulina, das werde ich nicht. Ich habe noch ein zweites Anliegen, und wir haben genügend Zeit dafür. Setz dich endlich hin. Oder muss ich nachhelfen, wie in meinen

Büchern?« Will er jetzt testen, ob ich seine Werke gelesen habe?

»Und wie muss ich mir das vorstellen?«

»Kabelbinder, Seil, Messer oder Brieföffner«, sagt er emotionslos. Einen Moment später kippt seine Stimmung, er schwenkt um und bittet mich höflich Platz zu nehmen.

»Es war mir ein großes Bedürfnis, auszutesten, wie Sie sich verhalten würden. Ich arbeite hier an meinem neuen Thriller, müssen Sie wissen. Das, was ich schreibe, soll echt sein. Nicht so'n abgedroschener Kitsch. Ich recherchiere alles und experimentiere. Ich möchte mit Ihnen über meine Ideen sprechen und verlange eine ehrliche Antwort, wenn ich fertig bin.«

»Dann schießen Sie mal los.«

Er setzt sich an seinen Schreibtisch und klappt sein Notebook auf. Eindrucksvoll fängt er an zu erzählen. Die wenigen Sätze, die er von sich gibt und in denen er seine Story zusammenfasst, jagen mir eisige Schauer über den Rücken. Nur gut, dass ich schon meinen Mantel und Sneaker anhabe. Ich vergrabe die Hände in den Taschen, er sieht zu mir rüber. Dann überlegt er es sich anscheinend anders. Er steht auf, nimmt den Thriller und liest den Klappentext vor.

»Puh. Ganz schön heftig«, ist mein einziger Kommentar.

Er schlägt das Buch auf, schreibt etwas hinein und legt es zu meinen Sachen.

»Damit du mich nicht vergisst, Glückskeks.«

Besessen von seiner neuen Story, die kurz vor dem Ende steht, schildert er die Psychospielchen seines Täters, der seinem Opfer mit einem Ginkobaum gedenkt, den er auf das Grab des Opfers pflanzt.

Ich muss hier weg! Blitzschnell hole ich mir mein Handy zurück, während Eden sich dem Finale seiner Ausführungen nähert. Zornig sieht er zu mir rüber, als sich mein Handy brummend in meiner Hand bemerkbar macht. Längst habe ich auch seinen Schlüsselbund entdeckt. Er liegt ganz in meiner Nähe. Ich springe auf, greife blitzartig zu, renne zur Tür und bete, auf Anhieb den richtigen Schlüssel zu nehmen. Es gelingt. Mit der Schulter stemme ich mich gegen das Holz, Michael greift nach meinem Ärmel, doch ich reiße mich los und verpasse ihm einen Tritt. Laut aufstöhnend schwankt er zurück, er stolpert und stößt Morddrohungen gegen mich aus, als er hart auf dem Boden landet.

»Was ist denn bei dir los? Bist du beim Sport?«, höre ich Pascals Stimme wie aus weiter Ferne.

»Erzähle ich dir später«, schreie ich hinein, reiße die Gartenpforte auf, die ohne Widerstand zurückschwingt und mich in die Freiheit entlässt. Wie ein junger Hase sprinte ich durch die Heckenwege, bloß weg vom Garten Eden. Pascal ist immer noch in der Leitung und hört mich hecheln. Ich will ihn abwürgen, bin dann doch einverstanden, als er sagt, dass er mich gleich besuchen will.

»Ich warte vorm Haus auf dich. Bin zufällig grad in der Nähe«, beendet er das Gespräch.

Ich sehe mich um, Mister März ist nicht in Sicht. Japsend verschnaufe ich, schöpfe Atem und trabe erneut los, weiter zur U-Bahn. Das ist ja gerade noch einmal gutgegangen, denke ich, als sich die Türen hinter mir schließen und die Bahn anfährt. Was hab ich für ein Glück gehabt! Das wird mir erst jetzt richtig bewusst. Dann hatte die Aktion ja doch einen Sinn. Meine Gedanken sind immer noch ganz wirr. Alles Mögliche schießt mir durch den Kopf. Der Ginkobaum lässt mich nicht mehr los. Dem Irren traue ich alles zu. Der ist echt authentisch, völlig Psycho.

Als ich Pascal vor unserem Haus stehen sehe, fange ich wieder an zu rennen. Ich bin fix und fertig für heute. Nur gut, dass er im richtigen Moment angerufen hat. Ich versuche mich zu beruhigen. Wahrscheinlich sehe ich selbst aus wie eine Irre.

»Was ist passiert?«, fragt er, als ich bei ihm bin. Kein dummer Kommentar, was ich ihm hoch anrechne.

Nach dem Abenteuer brauche ich einen starken Cocktail. Ich bin so froh, dass wir im Treppenhaus niemandem begegnen, und noch mehr, weil Pascal da ist, dem ich alles erzählen kann.

»Mixe ich dir gern. Wo hast du die Flaschen versteckt?« Er ist angenehm entspannt und angenehm unaufdringlich. »Ich trinke allerdings keinen Alkohol. Aber wenn du einen möchtest, ist das völlig in Ordnung für mich.«

Fassungslos sehe ich zu ihm hinüber, der in meiner Küche hantiert, als wäre er hier zuhause. Er holt Eis aus dem Kühler, mixt, als würde er dafür bezahlt.

»Du trinkst keinen Alkohol? Nie?«

»Nein.«

»Wie kommt das denn?«

»Wieso muss man sich eigentlich immer rechtfertigen, wenn man sagt, dass man keinen Alkohol trinkt? Aber du kannst ruhig. Das stört mich nicht.«

»Nee. Dann will ich auch keinen. Trinkst du denn eine heiße Schokolade mit mir? Echt hochprozentige Schokolade?«

Ich merke, wie die Spannung von mir abfällt, lasse mich auf einen Stuhl sinken und schaue zu, wie das Unterhosenmodel Milch aufwärmt, das Kakaopulver anrührt und nach Zimt fragt. Er trinkt sie am liebsten mit Zimt. Und gegen Schokolade hat er nichts einzuwenden.

»Das ist ja wenigstens etwas, womit man dich verführen kann«, rutscht es mir raus. »Ähm, ich meine …«, stottere ich.

Pascal grinst nur. Er klopft auf den Tisch und zündet die Kerze an, die da immer noch steht.

»Erzähl«, fordert er mich auf. »Du siehst aus, als wärest du völlig durch den Wind.«

Seiner Aufforderung komme ich gern nach. Doch dann fällt mir das Buch wieder ein, das der Wahnsinnige mir in die Tasche gesteckt hat. Ich hole es raus und lege es zwischen uns auf den Tisch.

»Michael Eden! Wow! Genialer Autor. Ein bisschen schräg. Ich kenne niemanden, der bessere Thriller schreibt.« Pascal sieht sich den Titel und das Cover an, er blättert es auf, und sein Lächeln gefriert auf den ersten Seiten. Ich nehme ihm das Buch aus der Hand und sehe nach, was los ist.

›Glückskekse sind Eintagsfliegen!‹, steht da in schwungvoller Schrift. ›Wir sehen uns wieder. Spannende Unterhaltung wünscht dir dein Michael Eden.‹

Meine Hände fangen so an zu zittern, dass ich meine Tasse kaum noch halten kann. Pascal stellt sie zur Seite und nimmt meine Hände. Langsam hören sie auf zu flattern.

»Du hattest also ein Date mit dem Schriftsteller? Oder warst du zu einer Lesung, die ja berühmt sind für den Kick, den er den Fans mit nach Hause gibt.« Pascal scheint sich auszukennen.

»Ich war im Garten Eden«, versuche ich zu scherzen. Es will mir nicht wirklich gelingen, plötzlich laufen Tränen über mein Gesicht und verwandeln mich in einen Zombie. Es ist egal. Ich kann es nicht mehr zurückhalten, ich heule eine Runde, und dann erzähle ich ihm von dem Nachmittag. Als ich ende, kommen nur noch Kiekser aus mir heraus. Ich bin todmüde, meine Glieder schmerzen und sind schwer wie Blei.

»Ich allein habe den Baum gepflanzt. Ich ganz alleine. Und das göttliche Eden hat sich nur bedankt, dass ich die Drecksarbeit für ihn gemacht habe. Meinst du, da ist wirklich eine Leiche begraben?«

»Paulina Kleemann«, sagt Pascal kopfschüttelnd. Den Ton kann ich überhaupt nicht leiden. »Wie kann man nur so leichtsinnig sein? Mädchen, du hast mehr Glück als Verstand.« Er legt den Arm um mich und sieht mich an wie mein Papa. Hemmungslos fange ich wieder an zu schluchzen, doch abrupt schlägt meine Stimmung ins Gegenteil um. Hysterisch muss ich lachen, bis mir der Bauch wehtut.

»Willkommen im Club«, japse ich, womit er natürlich überhaupt nichts anfangen kann. »Immer sagen alle, ich habe mehr Glück als Verstand. Und du jetzt auch noch. Das muss ich mir schon seit ewigen Zeiten anhören, seit dem Lottogewinn damals.«

Meine Gefühle fahren Achterbahn, mal schniefe ich, dann wieder schüttle ich mich vor Lachen.

»Krass, nicht?«, höre ich immer öfter meine eigene Stimme sagen.

Pascal macht sich nicht lustig, er möchte mich verstehen. Ich lehne mich an ihn und fange an, ihm von meiner Kindheit zu erzählen. Sie war behütet und schön, ich habe nur gute Erinnerungen. »Ich hab so ein Glück gehabt mit meinen Eltern, das kann man sich gar nicht vorstellen. Aber sie auch mit mir. Trotzdem wäre es undenkbar für mich, wieder zuhause zu wohnen. Auch, wenn das genaugenommen mein Haus ist, in dem sie wohnen.«

Ich rede und rede und versuche die Härchen auf seinem Handrücken zu zählen. Ich muss immer wieder von vorn anfangen.

Pascal interessiert sich dafür, was an meiner Kindheit so besonders war. Ich kann es ihm nicht wirklich beschreiben, es war das Gesamtpaket. Aber von meiner größten Sorge, diese Wohnung aufgeben zu müssen und womöglich wieder bei meinen Eltern einzuziehen, erzähle ich ihm nicht. Nachdem ich aufgehört habe zu schluchzen und mein Herz ausgeschüttet habe, fragt er, ob ich ihm das Buch ausleihen würde.

»Geschenkt! Behalt es. Ich will das nie wieder sehen, das lese ich bestimmt nicht. Wir können es auch verbrennen«, schlage ich vor.

Auf dem Balkon steht verbotenerweise eine Feuerschale. Ich öffne die Tür und zeige sie ihm. Bei dem Rundumblick von hier oben kann er nachvollziehen, weshalb ich hier nicht wegwill.

»Verbrennen können wir es erst, wenn ich damit durch bin, du verrückter Glückskeks.«

Er legt seinen Arm um mich, wir stehen ganz nah beieinander. Ich lasse es geschehen, spüre mein Herz, das wie wild klopft. Unsere Nasenspitzen berühren sich, und unsere Augen verlieren sich ineinander. Lange. Unendlich lang. Mir ist heiß und kalt. Warum küsst er mich denn nicht endlich? Oder sollte ich den Anfang machen? Nein.

Hand in Hand gehen wir zurück ins warme Wohnzimmer. Mir ist nach Ruhe und nach Kuscheln zumute. Pascal verhält sich leider immer noch wie ein Gentleman. Viel zu anständig. Das hätte ich nun überhaupt nicht von ihm erwartet. Er meint, es wäre besser, wenn er jetzt geht.

Nein!, schreit es in mir. Oder vielleicht doch?

»Leg dich schlafen, Lina, oder guck noch eine Serie. Nur keinen Krimi!«

»Lina? Wie kommst du denn darauf?«

»Ich finde, das klingt schön, und es passt zu dir. Du hast doch nichts dagegen, wenn ich dich so nenne?«

»Ähm. Nein«, sage ich verdattert. »Ich kann nur nicht garantieren, dass ich mich angesprochen fühle, wenn mich jemand so nennt.«

»Na dann, Lina, gute Nacht. Schlaf schön. Ich fahre jetzt besser nach Hause, morgen früh rufe ich dich an. Dann sieht die Welt wieder anders aus.«

Mit einem leichten Kuss auf die Stirn und dem Thriller in der Hand verabschiedet er sich. Ich lümmle mich aufs Sofa und schenke mir einen Wein ein. Nach nur einem Schluck kippe ich seitlich weg in die Horizontale. Mitten in der Nacht tausche ich schlaftrunken Sofa gegen Bett. Pascal schiebt sich vor meine Träume. Woher hat er überhaupt meine Adresse? Von mir jedenfalls nicht.

5

»Bist du wirklich so naiv? Das grenzt ja schon an Dummheit«, schimpft meine Freundin mit mir, als ich ihr von Mister März erzähle. Seit dem Vorfall sind schon ein paar Tage vergangen, ich habe das Erlebte erfolgreich verdrängt, nachdem ich mich bei Pascal ausgeheult habe. Lu blickt mich geistlos an, als ich ihr von der Baumpflanzaktion erzähle, und meint, mich könne man nirgends allein hingehen lassen.

»Der schöne Pascal hat ja wohl den richtigen Riecher gehabt, genau zum passenden Zeitpunkt anzurufen. Den möchte ich gern mal kennenlernen.«

Wir sitzen in einem Straßencafé in der Sonne. Die Märzsonne wärmt unsere Gesichter, und der Cappuccino ist hervorragend. Lu starrt in ihren Kaffee, als würde sie im Kaffeesatz lesen, was allerdings nicht der Fall sein kann, da auf dem Milchschaum ein perfektes Herz aus Schokopulver ist. Das Herz hat sie inspiriert mich zu fragen, ob wir uns an dem Abend auch geküsst oder sogar noch mehr gemacht haben.

»Nein!«, kreische ich auf. »Natürlich nicht. Du glaubst doch nicht im Ernst, dass ich so einen Angeber küsse? Ein Unterhosenmodel ist das! Das darf man nicht vergessen. Und außerdem ...«, sage ich gedehnt, »ist er nicht an mir interessiert.«

Sie glaubt mir nicht. Warum sonst sollte er denn plötzlich bei mir vor der Tür stehen?

»Dann ist er schwul«, sagt sie. Sie belegt ihre These mit der Aufzählung einer Reihe bekannter Persönlichkeiten, die wahnsinnig gut aussehen, aber für die Frauenwelt nicht zu haben sind.

»Nein. Den Eindruck macht er nicht.« Zögerlich erzähle ich von dem kurzen Moment, als mein Herz wie wild pochte und wir uns sehr nah waren.

»Und er hat dich nicht geküsst?«, fragt sie noch einmal. »Warum hast du ihn denn nicht einfach geküsst, wenn ihr schon so nah zusammen wart? Du bist doch sonst nicht so. Küssen ist lediglich eine andere Form der Kommunikation.«

Recht hat sie, den Spruch mag ich.

»Wir hatten schon genug kommuniziert«, antworte ich. »Ich hab mich voll peinlich bei ihm ausgeheult. Ich war sowas von peinlich. Glaubst du, ich will aus Mitleid geküsst werden? Außerdem soll er nicht glauben, ich wäre scharf auf ihn. Denn das bin ich definitiv nicht«, betone ich ein wenig zu heftig.

Lu reißt ihre dunklen Augen weit auf, sodass ihre verlängerten Wimpern die Brauen berühren. Dann behauptet sie doch glatt, ich bin in Pascal verknallt.

»Das ist doch typisch!«

»Quatsch.«

»Was dann? Ich muss ihn unbedingt kennenlernen, den coolen Supermann. Hast du ihm eigentlich von der Aktion *Glückskeks* erzählt?«

Ich schlürfe das Herz von meinem Getränk und schüttle den Kopf. »Hmm. So genau weiß ich das nicht mehr, was ich ihm alles gesagt habe. Glaub wohl. Aber nicht, wie lange. Und auch nicht, welche Wünsche bei mir aufgelaufen sind.«

Ich versuche mich zu erinnern, was ich ihm an dem Abend zum Besten gegeben habe. Höchstwahrscheinlich war ich doch traumatisiert von dem Ginkomörder, es fällt mir nicht wieder ein.

»Auch egal. Welcher Wunsch steht denn als Nächstes auf deiner Liste?«

Lu holt ihr neuestes Sonnenbrillenmodell aus der Tasche. Es hat eine trendige runde Metallfassung mit verspiegelten Gläsern, die den Blick in ihre Augen ultimativ verhindern. Ich spiegele mich in ihnen und erzähle ihr von der Frau, die im April einen Wunsch frei hat.

»Nichts Gefährliches.«

»Wirklich?«

»Ja«, versichere ich ihr und berichte von Maras Wunsch.

»Sie ist vierundzwanzigjährig, und wir haben lange miteinander telefoniert. Ihre erste spontane Idee musste ich allerdings ablehnen. Da musste ich passen, und ich wüsste auch niemanden, den ich hätte fragen können.«

Lu sieht mich über ihre Gläser hinweg an.

»Etwas Versautes?«, flüstert sie mir zu. Ich werfe ihr einen vernichtenden Blick zu.

»Kannst du deine dummen Kommentare wohl mal bitte unterlassen? Sonst erzähle ich dir gar nichts mehr.«

Sie verspricht Besserung, und ich verrate ihr, dass Mara sich wünscht, jemand solle ihr leicht verständlich erklären, wie ein Auto funktioniert.

»Nicht dein Ernst? Das hast du dir jetzt ausgedacht.« Lu prustet in ihren Milchschaum, von dem Herzen ist nicht mehr viel zu sehen. »Und dann? Ist ihr zweiter Wunsch genauso abgedreht?«

»Nein, gar nicht«, sage ich. »Der ist sehr schön, richtig schön. Bin mir aber nicht sicher, ob ich das erfüllen kann. Ich kann doch nur Blockflöte, und nicht einmal besonders gut.«

»Was ist es denn?«

Ich erzähle ihr von Maras Wunsch, mit jemandem zu musizieren und zusammen in eine Harmonie zu kommen.

»Ungewöhnlich. Krass. Und das sagt so ein Küken.«

Als ob wir so viel älter wären!

»Vielleicht könnt ihr ja zusammen singen. Deine Stimme ist echt schön.«

»Du meinst wohl laut.« Ich fange an zu kichern und trällere ein paar Takte, mit denen ich verständlicherweise die Blicke anderer Besucher auf uns lenke. »Ich wünschte, ich hätte Klavierspielen gelernt. Wieso sind meine Eltern denn nicht auf die Idee gekommen?«

Wir sinnieren darüber nach, wie mein Leben dann verlaufen wäre. Lu meint, ich wäre bestimmt als Supertalent entdeckt worden und müsste nicht anderen die Zähne polieren.

»Frag doch mal Lars, ob der euch nicht begleiten kann. Entweder allein oder mit der Band.«

Die Idee ist gut. Ich werde ihn fragen. Wenn er nicht gerade andere Termine hat, macht er das bestimmt. Er liebt Musik, und er liebt Ada. Ich glaube, es wird ihm gefallen, wenn ich ihm den Wunsch des Mädchens erzähle.

»Mal sehen.«

Ich habe etwas Bedenken, weil Mara mir von ihren vielen Blockaden erzählt hat, die sie oft aus der Bahn werfen und die sie aufzulösen versucht. Vielleicht ist das zu übergriffig, wenn ich mit einer weiteren Person bei ihr auftauche. Wobei wir ja noch gar nicht festgelegt haben, wo das Ganze stattfinden soll.

»Was meinst du, ob ich die junge Frau einfach zu mir einladen soll? Vorausgesetzt, sie will keinen Flügel mitbringen.«

Ludmilla grinst hinterhältig. So sieht sie immer aus, wenn ihr ein witziger Gedanke kommt. Sie haut es dann auch wirklich raus.

»Ein Saxophon wäre besser. Dann hat Dominik auch was davon. Vielleicht als musikalische Untermalung, wenn er wieder, du weißt schon, am …«

»Ludmilla!«, kreische ich auf. Wir sehen uns an, ein Lachflash schüttelt uns, bis wir aus der Puste sind. Die Vorstellung, Dominiks Liebesleben musikalisch zu bereichern, ist einfach zu schön.

Nachdem wir uns wieder beruhigt haben und die Sonne weitergewandert ist, wird es Zeit, aufzubrechen. Lu brennt aber noch die Frage nach Valentin auf der Seele. Sie will wissen, was es Neues an der Kleiderfont gibt.

Ich hätte es fast vergessen. »Wenn du nicht an alles denkst. Ich glaube, ich werde langsam vergesslich. Valentin Hesse hat mich vorgestern angerufen. Ich soll dich fragen, ob du Zeit hast, ihm das Vergnügen zu bereiten, in die Kleider seiner Frau zu schlüpfen.«

Ludmilla klatscht vor Begeisterung wie ein kleines Mädchen in die Hände. »Klar, dafür hab ich immer Zeit. Allerdings nur am Wochenende. Wann ist es denn so weit?«

»Nächsten Sonntag, hat er vorgeschlagen. Passt das?«

Lu tippt das Datum ins Handy ein. Eine Verabredung zum Eisessen mit einem Mann, den sie in der Parfümerie kennengelernt hat, ist eingetragen.

»Der kann warten, macht die Sache nur spannender«, sagt sie und schreibt umgehend eine Nachricht an ihn. »Verschoben ist ja nicht aufgehoben.«

Das bewundere ich an Lu, diese Spontaneität. Ebenso spontan lade ich sie dann zum Brunchen vor dem Besuch bei Valentin zu mir ein. »Dann können wir gut gestärkt zum Kaffee zu Herrn Valentin fahren.«

Ludmilla strahlt mich an, der Vorschlag gefällt ihr.

Es ist der erste Sonntag im April, als wir uns für die Modenschau des alten Herrn stärken. Lu ist tatsächlich leicht aufgeregt, alle paar Sekunden streicht sie sich eine widerspenstige Haarsträhne aus dem Gesicht. Sie hat sich für den Besuch besonders sorgfältig zurechtgemacht. Außer einem gesegneten Appetit hat sie eine Reisetasche mit Schuhen und sonstigen Accessoires angeschleppt, von denen sie annimmt, sie unbedingt zu brauchen. Neben der Powerfrau komme ich mir fast schon farblos und langweilig vor, ich bin mehr der nordische, natürliche Typ.

»Stell dir vor, ich hab ein zauberhaftes Kleid an und dann nicht die passenden Schuhe dazu. Das geht doch gar nicht!« Ich muss schmunzeln, sie denkt eben an alles. Ich aber auch und hole zum Abschluss unseres Brunchs einen Prosecco aus dem Eisschrank.

»Auf Valentin und die Modenschau. Du bist bestimmt ein Supermodel«, necke ich sie. Dann beeilen wir uns, denn um drei Uhr wollen wir bei ihm sein.

»Kommt Pascal auch?«

Das fällt ihr ausgerechnet in dem Moment ein, als von unten wieder lustvolles Stöhnen zu hören ist. Ehrlich gesagt weiß ich es nicht. Er hat seit dem Morgen nach dem mörderischen Abend nichts mehr von sich hören lassen. Als er bei mir anrief, erkundigte er sich nur, ob ich gut geschlafen und von ihm geträumt habe. Mit Ja zu Punkt eins und mit Nein zu Punkt zwei waren seine Fragen schnell beantwortet. Von ihm träumen? Wovon träumt der denn nachts? Wir sind so verblieben, dass er sich meldet, wenn er das Buch des Ginkomörders gelesen hat.

»Keine Ahnung. Wir müssen mit dem Schlimmsten rechnen.«

Ludmilla lauscht entrückt, bei dem, was unten abgeht. Aber für Dominiks Sexleben ist jetzt keine Zeit.

Auf dem Weg von der U-Bahn, durch das Treppenviertel zu Valentins Adresse, gerät die Powerfrau trotz regelmäßiger Besuche im Fitnessstudio ins Schnaufen.

»Du hättest besser einen Rucksack als eine Reisetasche mitnehmen sollen«, sage ich erbarmungslos. Noch eine Gasse mit unzähligen Stufen steigen wir hinauf, dann rechts, dann sind wir am Ziel. Valentin Hesse erwartet uns und ist erfreut über unsere Pünktlichkeit.

»Paulina, Sie ahnen ja nicht, wie glücklich ich bin.« Dann nimmt er Ludmillas Hand und führt sie zu einem angedeuteten Kuss an seine Lippen. In seinen Augen liegt ein Leuchten, wie das eines Kindes, das sein langersehntes Lieblingsspielzeug bekommt.

Er hat alles für die Modenschau vorbereitet, sagt er augenzwinkernd und fragt Lu um Erlaubnis, sie länger ansehen zu dürfen. Sie soll sich um die eigene Achse drehen, während er im Sessel sitzt, ihre Bewegungen und ihre Gestik verfolgt und dann nickt. »Die Kleider werden wunderbar an Ihnen aussehen, verehrte Ludmilla. Das erkenne ich schon so.«

Wir setzen uns an die Kaffeetafel, auf der eine fruchtige Sahnetorte mir das Wasser im Munde zusammenlaufen lässt.

»Oh! Yummy!«, zwitschert Lu begeistert, »es lebe das Hüftgold!« Sie patscht auf ihre Rundungen, zeigt, was sie hat, und lacht. Sie fühlt sich sichtlich wohl.

»Die Torte hat der Junge gebacken«, sagt Valentin voll Opastolz und ruft nach Kalli. Er soll den Kaffee bringen. Warum hat er denn nichts gesagt, dass sein Enkel in der Küche ist, während wir sabbernd vor dem Kuchen sitzen? Ich sehe zu Lu hinüber. Sie schnallt erst später, wer mit Kalli gemeint ist, als Pascal eine bauchige Kaffeekanne auf den Tisch stellt.

»Handgefiltert«, sagt er, »extra für den Damenbesuch.«

Lu verschlingt Valentins Enkel mit ihren Blicken. Sie ist geflasht von ihm, ich habe es gewusst. Pascal sieht aber auch wieder einmal überwältigend gut aus. Er mag offenbar schicke Hemden mit ausgefallenen Extras. Mein Blick fällt zunächst auf die umgeschlagenen Manschetten, dann hänge ich wieder einmal an den feinen Härchen auf seinen Fingern fest.

»Du musst Lu sein?«, begrüßt er meine Freundin mit einem blendend weißen, strahlenden Lächeln. Mich umarmt er wie eine alte Freundin, die er seit dem Sandkasten kennt. Ohne Küsschen allerdings. Bevor ich mir darüber aber Gedanken machen kann, lässt Ludmilla den ihren wieder einmal freien Lauf. Ungefiltert.

»Dann bist du der Typ mit den Unterhosen?«, rutscht es aus ihr raus.

Valentin schmunzelt. Er tut so, als wäre er mit seinem Tortenstück beschäftigt, aber ich glaube, der alte Herr ist vielmehr angetan von uns beiden Sahneschnittchen. Er sieht seinen Enkel mit einem schelmischen Blick an. »So so«, sagt er dann, »willst du den Damen deine neue Kollektion vorführen?«

Damit hat sein Opa ihn doch etwas in Verlegenheit gebracht. Das erlebe ich das erste Mal an dem sonst immer so gelassenen Typ, der alles unter Kontrolle hat. Wir Mädels zwinkern uns zu und beobachten, wie bei Pascal eine leichte Röte seine Wangen färbt.

»Opa!«, ruft er empört aus. »Setz den Damen keinen Floh ins Ohr. Was sollen die denn von uns denken?«

»Na, was schon? Du zeigst dich doch sonst auch aller Welt in Unterhosen. Kannst dich ja auch sehen lassen, Kalli. Ganz der Opa.«

Mit Schmackes steche ich meine Kuchengabel in die sahnige Masse, die mit dunkler Schokolade und Erdbeeren verziert ist.

»Boah! Ist das gut. Und die hast wirklich du gemacht?«, wende ich mich an Pascal.

»Ja«, erwidert er nicht ohne Stolz. »In mir stecken noch so einige Talente.«

»Krass!«, sagt Lu.

Sie sieht ihn verträumt an und interessiert sich für die Talente, die er meint. Doch darauf will er nicht antworten. Wir sollten ihn am besten ein wenig näher kennenlernen und es selbst herausfinden.

Nach dem ersten Stück Torte drängt Valentin uns, mit der Kleiderschau zu beginnen. Pascal springt auf und rollt einen abgewetzten roten Läufer im Wohnzimmer aus. Als er damit fertig ist und auch den Tisch abgeräumt hat, sagt er zu Lu: »Komm mit, wir zwei gehen jetzt in Valentins Kammer des Schreckens.«

Er ergreift ihre Hand und nimmt die verdutzte Lu mit.

»Soll ich nicht lieber …?«, biete ich an.

»Schon gut, Lina. Ich glaube, ich hab mehr Erfahrung, wie das auf dem Laufsteg abgeht. Ich hab auch schon alles zurechtgelegt. Komm, Ludmilla.«

»Pfft.«

Voll verblüfft setze ich mich wieder und begegne Lus fragendem Blick, als Pascal mich mit Lina anspricht. Ich weiß jetzt schon, was ich mir nachher von ihr anhören muss.

Valentin genehmigt sich zur Feier des Tages einen Whisky und bietet mir auch einen an. Ich lasse mich dazu überreden, damit Valentin nicht allein trinken muss, obwohl ich kein Whiskyfreund bin. Aber er brennt so angenehm in der Kehle und wirkt wie ein Beruhigungsmittel auf mich. Aus der Kammer des Schreckens hören wir Lu und Pascal herumalbern und vergnügt lachen. Die beiden haben Spaß miteinander, wie es mir scheint. Ob er ihr beim Ankleiden behilflich ist? Ludmilla steht zu ihren Rundungen und hat keine Scheu, ihre Kurven zu zeigen. Es würde mich nicht wundern, wenn sie sich bis auf die Unterwäsche vor ihm auszieht. Unter irgendeinem Vorwand möchte ich mich davonschleichen und Mäuschen spielen, aber Valentin ist sehr geschickt in Sachen Kommunikation und unterhält mich, während die beiden da oben sonst was anstellen. Er erzählt aus alten Zeiten und dann die Story, wie er seine Lisette kennengelernt hat.

Endlich hören wir Schritte auf der Treppe. Pascal öffnet die Tür, und dann kommt Ludmilla hereingeschwebt. Sie sieht zum Verlieben aus, anders kann ich es nicht sagen. Das gelbe Kleid mit den schwarzen Polkadots und dem Tellerrock unter der schmalen Taille ist wie für sie gemacht. Lu hat wirklich das, was man in Fachkreisen eine Eieruhrfigur nennt. Oder trägt sie auch noch ein Mieder von Valentins Frau darunter? Ich muss sie nachher unbedingt fragen. Bewundernd klatsche ich dem Curvy-Model Beifall. Valentin sitzt versonnen lächelnd da und schaut sie nur an. Immer wieder. Sie dreht sich, knickst, winkt und wirft uns Luftküsschen zu.

»Ludmilla, Sie sind geradezu perfekt für das Kleid.« Er erhebt sich und geht zu ihr. »Wunderschön sehen Sie in dem Kleid aus. Ähm, ich meine, sonst natürlich auch. Mein Lisettchen war aber noch ein kleines bisschen schöner, wenn ich das mal so sagen darf.«

Seine Augen hängen nur an ihr, ich bin froh, dass das Kleid nicht sehr tief ausgeschnitten ist. Fast zärtlich streicht er ihr eine Strähne aus dem Gesicht. Ludmilla macht den Eindruck, als hätte sie nie etwas anderes getragen. Perfekt! Wie vorausschauend, dass sie ihre eigenen Schuhe mitgenommen hat, sie machen das Gesamtbild erst rund.

»Wunderschön. Kalli, mach doch mal Musik an.«

Kalli muss vorher von dem alten Herrn gebrieft worden

sein, denn schon erfüllen Walzerklänge den Raum. Das ist bestimmt kein Zufall.

»Darf ich bitten, gnä' Frau?«, fragt er Lu mit einer angedeuteten Verbeugung.

»Sehr gern, der Herr.«

Schon wirbelt Herr Valentin sie im Takt der Musik durchs Wohnzimmer, vor dem Fenster schippern die Elbkähne vorbei. Für sein Alter ist er erstaunlich beweglich, er ist ein famoser Tänzer, das muss man ihm lassen. Ich gönne mir noch einen Whisky, Pascals missbilligendes Augenbrauenzucken sehe ich wohl, aber es ist mir egal.

Ich nehme meinen Hut ab, um die verstohlenen Blicke zwischen Ludmilla und Pascal besser beobachten zu können. Pascal wippt mit dem Fuß den Takt mit, dann kommt er zu mir, zieht mich von der Sofalehne hoch, auf die winzige Tanzfläche des Wohnzimmers. Er zählt: Eins, zwei, drei, vier und eins, zwei, drei, vier an meinem Ohr, bis ich den Rhythmus gefunden habe und mich über das Parkett führen lasse. Valentin zwinkert uns zu, er strahlt mich und seinen Enkel selig an.

Später erzählt er von den Tanzturnieren, auf denen er mit seiner Frau das Parkett unsicher gemacht hat, und wie sehr es ihm fehlt, gelegentlich noch mal das Tanzbein zu schwingen. Lu verschwindet wieder mit Pascal in den Umkleideraum und tänzelt anschließend mit einem wundervollen Kleid der Fünfzigerjahre herein. Es hat ein gewagtes Dekolletee, welches ihr Busen zu sprengen droht. Ich fange an, mir Sorgen um Valentin zu machen. Wie lange wird der alte Herr das noch aushalten? So viel Aufregung auf einem Sonntagnachmittag? Ich sehe mich im Geiste schon den Notarzt rufen.

Pascal geht es wohl ähnlich, er versucht seinen Opa von Ludmillas Reizen abzulenken. Ihm scheinen sie allerdings ein bisschen zu sehr zu gefallen. Kein Wunder, dass ich nicht sein Typ bin. Der steht auf kleine, üppige Schwarzhaarige und nicht auf eine große, blonde Schönheit wie mich.

Schnaubend entschuldige ich mich, ich muss für einen Moment raus und verkrümele mich im Bad, wo ich kaltes Wasser über meine Handgelenke laufen lasse und tief ein- und ausatme. Meine Augen glänzen fiebrig, denke ich beim Anblick meines Spiegelbildes. Aber es ist kein Fieber. Es ist etwas anderes, das ich nicht wahrhaben will. Für Schmetterlinge ist es definitiv noch zu früh. Aber das scheint dem kleinen flatterigen Ding in meinem Bauch ziemlich egal zu sein. Noch immer spüre ich Pascals Hände und seine Arme, die mich mühelos herumwirbeln. Und dann diese Blicke auf Lus Oberweite. Und sie flirtet ganz offensichtlich mit ihm.

Die Modenschau geht weiter, es folgen noch mehrere Kleider, die alle wie angegossen sitzen und zu denen Lu immer den passenden Lippenstift und die passenden Schuhe trägt. Als Lu fertig und in ihre eigene Kleidung geschlüpft ist, fragt Valentin sie, ob er ihr die Kleider seiner Frau schenken darf. Aber das lehnt sie entschieden ab.

»Nein, Valentin, das geht nicht, das kann ich nicht annehmen. Die Kleider sind allesamt ein Träumchen, und das gehört allein Ihnen. Ihnen und ihrer Lisette. Ich glaube, es würde Sie traurig machen, wenn sie nicht mehr bei Ihnen sind. Aber es war mir eine große Ehre, dass ich sie Ihnen vorführen durfte, und ein mega Vergnügen, mit Ihnen zu tanzen.«

Mit der Antwort hab ich jetzt nicht gerechnet. Oder vielleicht doch? Manchmal kann sie zwar ein richtiges Luder sein, aber unter ihrem üppigen Busen schlägt ein riesiges Herz.

Valentin seufzt und gibt sich damit zufrieden. »Würden Sie noch einmal wiederkommen, wenn ich Sie darum bitte? Und noch einmal in einem Kleid von Lisettchen mit mir tanzen?«, fragt er ganz leise, fast verschämt. »Sie liegen so gut im Arm, und Sie lassen sich wunderbar führen.«

»Aber nicht von jedem.« Ludmilla schreibt ihre Nummer auf und verspricht Valentin gern wiederzukommen.

»Lina, Sie sind natürlich auch eingeladen.«

Wen meint er? Ach ja, mich. Na super, denke ich dann, er lädt mich nur anstandshalber mit ein. Einerseits amüsiert mich das, aber ein bisschen bin ich auch gekränkt. Ich bin nur noch zweite Wahl. Pascal zwinkert mir zu und fragt seinen Opa dann, ob er auch mit eingeladen ist.

»Das ist doch selbstverständlich«, murmelt Valentin.

Pascal will noch bei seinem Opa bleiben, als wir gehen wollen. Noch nicht einmal unauffällig zwinkert er Ludmilla zu. Was hat denn das zu bedeuten? Und meine liebe Freundin zwinkert zurück, geht auf die Zehenspitzen und gibt ihm ein Abschiedsküsschen.

»Wir seh'n uns«, sagt sie. Gilt das jetzt Valentin oder Pascal? Auf unserem Nachhauseweg kann ich es nicht lassen und fange an zu sticheln und zu lästern, was die beiden in der Umkleide so miteinander getrieben haben. Lu schmunzelt nur und reagiert mit der stoischen Gelassenheit eines Esels. Sie kann so verdammt stur sein!

Einige Meter gehen wir schweigend nebeneinander her. Nur ab und zu ein verstohlener Seitenblick. Das geht so lange, bis sich unsere Blicke treffen und wir über uns lachen müssen. Nun können wir auch wieder quatschen, über den Nachmittag, die Modenschau und über Valentin. Bloß kein Wort über den Jungen, den lieben Pascal. Als wir allerdings noch einmal die Torte loben, fällt sein Name doch. Da ist er wieder, mein Ärger auf Lu, die jetzt auch noch davon zu schwärmen anfängt, wie toll Pascal die Modenschau gemanagt hat und was für ein sympathischer, attraktiver und toller Typ er ist.

»Das muss man sich ja nur mal ansehen, wie liebevoll der sich um seinen Opa kümmert. Verstehe überhaupt nicht, wieso du ihn so abblitzen lässt.«

»Du scheinst ihn ja sehr heiß zu finden, sah jedenfalls ganz so aus. Und er dich auch. Dann wird er dir bestimmt bald Fotos von seinen Shootings zeigen. Oder seine Unterhosensammlung«, zicke ich.

»Echt?«

»So wie du dich an ihn rangeschmissen hast.«

Lu grinst hinterhältig, es scheint ihr mega Spaß zu machen, mich zu provozieren. Was ihr leider auch viel zu gut gelingt.

»Oder hat er dir beim Umziehen schon seine Unterhosen vorgeführt?«, gifte ich.

»Oh Mann, Pauli! Flipp doch nicht gleich aus.« Lu hält mich am Ärmel fest und sieht mir in die Augen. »Wir haben nur ein bisschen Spaß gehabt. Sonst nichts. Pascal ist ein Supertyp, das stimmt. Aber du glaubst doch wohl nicht, ich würde meiner besten Freundin den Kerl ausspannen?«

»Ach, lass stecken«, fahre ich sie an. »Pascal ist bestimmt nicht mein Kerl. Du kannst ihn ruhig haben.«

»Danke. Dann ist ja gut.«

Ohne Küsschen oder Umarmung trennen wir uns und gehen nach Hause.

6

Im Laufe der nächsten Woche legt sich mein Ärger, in Luft aufgelöst hat er sich aber nicht. Objektiv betrachtet gab es keinen Anlass, mich Ludmilla gegenüber so biestig zu verhalten, trotzdem fällt es mir schwer, sie anzurufen. Sie kann sich ja auch bei mir melden.

Es hat mir nur einen kleinen Stich versetzt, dass Pascal und Lu sich auf Anhieb super verstanden und die beiden bei der Anprobe in Valentins Obergeschoss ihren Spaß hatten. Das ausgelassene Lachen, dann die Momente, in denen ich rein gar nichts hörte, lassen mich nicht los. Seitdem stelle ich alle möglichen Vermutungen an, was da los war und wie nah sie sich beim Kleidertausch gekommen sind. Haben sie sich womöglich geküsst? Pascal hat vermutlich Feuer gefangen, so wie er sie bei der Vorführung von Lisettes Sachen mit seinen Blicken verschlungen hat.

Anderseits hat er mit mir getanzt und nicht mit Lu. Ich bekomme immer noch Gänsehaut, wenn ich nur daran denke. Seine starken Arme, seine Wärme und wie er mir beim Walzer in die Augen geschaut hat ... Hirngespinste! Vielleicht hat er mich nur aufgefordert, weil Lu schon vergeben war und mit Valentin tanzte. Aber egal, er kann ja machen, was er will. Mich stört es aber, dass er Lu gegenüber viel offener ist und ihr bestimmt viel mehr von sich erzählt hat als mir. Von seinen Nebenjobs, mit denen er sein gehobenes Studentenleben finanziert, und seinem Studium hab ich immer noch keine konkrete Vorstellung.

Nach ein paar Tagen Funkstille halte ich es dann nicht länger aus und will meine Freundin unter einem Vorwand anrufen. Ich will sie um ein paar Kosmetikpröbchen für mein nächstes Glückskeksdate bitten.

Bei unserem Telefonat sprach Mara von Blockaden, die sie angehen will. Die sind meiner Meinung nach besser zu bewältigen, wenn man sich in seiner Haut wohlfühlt. Hoffentlich hat Lu einige Muster, die für jeden Hauttyp geeignet sind. Ich habe Mara ja noch nicht kennengelernt und kann nicht einschätzen, was ihre Haut braucht.

Wir sind so verblieben, dass Mara zum Musizieren zu mir zu kommt. Von Lars habe ich ihr vorsichtshalber nichts gesagt, sonst macht sie womöglich noch einen Rückzieher. Wenn sie ein Problem damit hat, wird Lars wieder gehen. Für ihn ist das okay. Noch einmal atme ich tief durch, dann wähle ich Ludmillas Nummer.

»Na endlich. Das wird aber auch Zeit, dass du dich meldest«, pfeift sie mich an. In Wahrheit freut sie sich aber, das klingt durch, sie ist nie lange sauer. Ich taste mich langsam vor und frage nach Proben für mein Glücksdate.

»Nächsten Mittwoch ist das schon? Dann werde ich mal nachsehen, dass ich was Schönes für das Mädchen finde. Wie machen wir's? Soll ich dir die Sachen vorbeibringen, oder holst du sie bei mir ab?«

»Kann ich sie nicht Samstag im Laden abholen?«, frage ich.

»Traust dich wohl nicht, mit mir allein zu sein? Mein liebes Frollein!«

»Nein, Mama«, gehe ich auf ihren mütterlichen Tonfall ein. Das *liebe Frollein* lässt mich innerlich immer strammstehen. Und dann noch diese Angewohnheit, mit dem Zeigefinger auf einen zu zeigen! Beim Anblick ihrer langen, spitzen Fingernägel kann einem angst und bange werden. »Na ja, war blöd von mir, dich so anzumachen. Du kannst ja nichts dafür, dass Pascal scharf auf dich ist«, entschuldige ich mein Verhalten.

»Ist er doch gar nicht. Aber darüber können wir noch sprechen, wenn wir uns sehen. Nach der Arbeit komme ich mit den Pröbchen vorbei. Einverstanden?«

»Sehr gern. Ich freu mich.« Mir fällt ein Stein vom Herzen. Ich will ja nicht auch noch meine beste Freundin verlieren, an Adas Tod habe ich ja immer noch zu knacken.

Kaum bin ich fertig mit Lu, meldet sich mein Handy schon wieder mit Pascals Foto im Display. Er erkundigt sich, wie es mir geht, und schlägt vor, mal wieder auf einen Kakao vorbeizukommen.

»Vielleicht«, sage ich spontan zu.

»Was war eigentlich mit dir los? Bei Valentin. Du warst so komisch. Ach, und außerdem würde ich dir gern das Buch zurückbringen. Ich hab's schon durch. Du solltest es auch lesen, es ist superspannend.«

»Wann willst du denn vorbeikommen?«

»Am besten passt mir Mittwochnachmittag.«

Natürlich ist das wieder mein Glückskeksmittwoch. Wie hätte es auch anders sein können. Unsere Kakaoverabredung gestaltet sich zusehends kompliziert. Pascal hat jede Menge Termine und nur jeden zweiten Mittwochnachmittag frei. Der Mann ist vielbeschäftigt. Als Alternative schlägt er mir einen Nachmittag am Wochenende vor, abends ist es bei ihm auch schwierig. Der ganze Kerl ist schwierig, eine einzige Komplikation.

Lars kommt schon etwas früher zu mir, damit wir vor Maras Besuch noch Zeit zum Quatschen haben.

»Ist das schön, dich mal wieder hier bei mir zu sehen.«

»Wir treffen uns viel zu selten. Neuer Tisch?«

»Ja!« Es freut mich, dass er das gleich gesehen hat und mit der Hand darüberstreicht. Er hat einen ausgeprägten Sinn für schöne Dinge und für Qualität. Über sein markantes Gesicht legt sich ein Hauch Wehmut, als er meinen Hut da liegen sieht. Zärtlich fährt er über den Rand der Krempe und setzt ihn sich auf.

»Der ist leider zu klein für deinen Dickschädel«, sage ich.

»Du kannst dich freuen, sonst hätte Ada ihn mir geschenkt. Ich liebe es, wenn du ihn trägst. Für mich hast du immer irgendwie dazugehört. Ihr wart wie Schwestern, wie Zwillingsschwestern. Ada und Pauli.«

Er setzt ihn wieder ab und mir aufs Haar, dabei fällt mir das Tattoo am Unterarm auf. Es ist das gleiche wie Adas.

»Seit wann hast du das?«, frage ich verwundert.

Lars lächelt sein breites, warmes Lächeln. »Schon länger. Ich hab es mir an ihrem ersten Todestag stechen lassen.«

»Oh, eine schöne Idee. Das gefällt ihr.« Ich muss schlucken, für mich war es auch der Tag, als Darius mit mir Schluss gemacht hat. Lars schluckt, dann fährt er mit dem Finger über das tätowierte Unendlichkeitssymbol. Ich lege meine Hand auf seine, und so sitzen wir einige Minuten schweigend beieinander. Es ist, als wäre sie bei uns und macht ihre Späßchen. Unwillkürlich schneide ich eine unserer eingeübten Grimassen, aber als ich Lars ansehe, entgleisen mir die Gesichtszüge schnell wieder, denn er spitzt auch gerade den Mund und wackelt abwechselnd mit den Augenbrauen. Herrlich blöd!

Wir futtern Schokoladenkekse zum Tee, und ich erzähle ihm von meinem Projekt mit den Wunschkeksen und von Maras Wunsch, von dem Lars sehr beeindruckt ist und den ich ihr heute erfüllen will. So etwas Feinsinniges hat er noch nicht gehört, jedenfalls nicht von einer Frau in dem Alter. Was für eine Person sie wohl ist?

Maras Erscheinung überrascht mich, sie ist eine ausgesprochen hübsche Frau, mit langen Beinen und blonder Lockenmähne. Schwer vorstellbar, dass sie Blockaden mit sich rumschleppt. Das Einzige, was sie zu mir mitgeschleppt hat, ist ihre Gitarre.

»Mara?«, frage ich überflüssigerweise.

Sie strahlt mich an und nickt. Im Flur zieht sie ihre Schuhe aus und sieht sich erst mal interessiert um. Lars stellt sich ihr als Verstärkung vor, da ich nicht besonders musikalisch bin und kein Instrument spiele.

»Hi Lars«, grüßt sie schüchtern.

»Wenn dir meine Anwesenheit nicht recht ist, musst du es nur sagen, dann bin ich ganz schnell wieder weg. Ehrlich, das ist kein Problem für mich. Paulina hat mich nur eingeladen, weil ich in einer Band spiele.«

»Ich hab nur Blockflöte gelernt …«, versuche ich zu erklären. Aber das ist nicht notwendig. Mara zaudert nicht lange, für sie ist das total okay.

»Ich hab dir was mitgebracht.« Sie reicht mir eine hübsch verpackte Schachtel, angefüllt mit Blumen-, Kräutersamen und Tulpenzwiebeln. Auch Glücksklee ist darunter. »Weil ich das so krass schön finde, was du machst.«

»Hey Mara, das ist ja süß von dir. Dann kann das Glück bei mir wieder Wurzeln schlagen. Du glaubst gar nicht, wie ich mich darüber freue. Mein Balkon wartet mit jedem Sonnenstrahl ein bisschen mehr darauf, dass ich ihn bepflanze. Danke.« Ich drücke sie, und dann kann unsere Musiksession beginnen.

Mara lässt sich auf einem Hocker nieder, sie legt die Finger auf die Saiten ihrer Gitarre und spielt ein paar Akkorde zum Aufwärmen. Lars wippt mit dem Fuß, dann summt er die Melodie, und automatisch stimme auch ich in das Gesumme mit ein. Das Stück kommt mir bekannt vor.

In sich versunken sitzt das Mädchen mit geschlossenen Augen da. Ein weich hingehauchtes *Hello* kommt über ihre Lippen, und ich ahne schon, was mich erwartet. … *it's me*, flüstert sie mehr, als dass sie singt. *It's Mara.*

Mit dem Song von Adele stellt sie sich vor und fängt uns augenblicklich mit ihrer warmen Stimme ein. Sie singt, als wäre sie allein auf der Welt. Ich muss schlucken, sie hat etwas in mir berührt, meine Augen fangen an zu brennen und werden feucht. Was muss diese junge Frau schon alles erlebt haben, um solche Emotionen freizusetzen. Leise summe ich mit, bemüht, bloß keinen Missklang hineinzubringen.

Genau im richtigen Moment steigt Lars ein, von da an singen wir die Ballade im Duett, jeder scheinbar in seiner eigenen Welt versunken. Auch Lars' Augen sind geschlossen. Er ist ganz weit weg, ich nehme an, er ist bei Ada. Meine Lider werden schwer, unmerklich tauche ich ab in die dunkle Glückseligkeit, die mich umgibt. Meine Tränen lasse ich laufen, ich wische sie nicht weg. Ich bin so dankbar für Maras Wunsch, der ein Geschenk für mich ist. Eines, wofür ich nichts getan habe, noch nicht einmal singen muss.

Übergangslos folgt ein minutenlanges Gitarrensolo, das alles Schwermütige mit sich nimmt und in verträumte Leichtigkeit übergeht. Meine Hüften bewegen sich von selbst mit, und dann holt mich Maras kraftvoller Gesang wieder zurück in meine Wohnküche. Als ich meine Tränen trockne, erhasche ich einen Blick zwischen der Musikerin und Lars. Es ist eine wortlose Absprache. Er übernimmt ihre Gitarre, und Mara legt nun eine Mundharmonika an die Lippen. Das unscheinbare Instrument beherrscht sie ebenfalls. Nils ist ein hervorragender Gitarrist und auch ein grandioser Schlagzeuger.

Lange kann ich nicht mehr stillsitzen, meine Füße wippen im Takt, meine Hüften nehmen den Sound auf, und ich fange an, herumzutänzeln. Ich drehe beschwingte Runden um den Tisch, auf den ich nebenbei Getränke und Knabbereien stelle, und singe mit. Von meinem Nachbarn unten ist nichts zu hören, wir übertönen aber auch alles.

Die beiden Musiker spielen und singen ohne Pause mehrere Stücke hintereinander weg. Mal ist es Swing, aber auch Blues und sogar Soul haben sie in ihrem Repertoire. Es ist ansteckend und die pure Freude.

Als mein Telefon zwischendurch klingelt und ich sehe, dass es Lu ist, gehe ich nicht ran, das hat Zeit bis nachher. Auch, als es noch einmal brummt und Pascals Nummer erscheint. Ich stelle den Flugmodus ein, der passt zu meiner Stimmung. Mir kommt es vor, als wären wir aus dem Alltag abgehoben und schwebten ein Stück weit über den Wolken. Nach etwa zwei Stunden lassen sie die Melodien Ton für Ton ausklingen.

Mara wuschelt sich mit beiden Händen durch ihre Locken, als sie aus ihrer Versunkenheit wieder zurückkehrt. Ihre Augen leuchten, als wäre sie aus einer Trance oder einem Glücksrausch erwacht. Überrascht stellt sie fest, dass es schon spät ist und sie leider keine Zeit mehr für ein Plauderstündchen hat. Sie muss noch ein paar Sachen erledigen, da sie am Freitag für längere Zeit nach Norderney fährt.

»Es war so toll mit euch. Danke dir, Paulina, und dir auch, Lars. Du bist ein genialer Musiker. Wenn ich von der Insel wieder zurück bin, muss ich unbedingt ein Konzert von euch besuchen. Sagst du mir Bescheid?«

Lars verspricht es und fragt, wie lange sie auf Norderney Urlaub macht.

»Nein, nein, das ist kein Urlaub.« Sie lacht. »Oder vielleicht doch. Ich werde da arbeiten und hab den geilsten Job, den man sich vorstellen kann, ergattert. Den ganzen Sommer jobbe ich in einem schönen mega angesagten Service. Das ist so krass, dass das geklappt hat, ich brauch nämlich dringend eine Auszeit und Abstand von allem hier. Wenn ihr zufällig mal an der Küste seid, dann müsst ihr mich unbedingt besuchen.«

Sie gibt uns ihre Handynummer, dann nimmt sie mich fest in den Arm und wünscht mir viel Erfolg beim Gärtnern. Leise summend zieht sie die Schutzhülle über ihre Gitarre und sagt Tschüss.

Lars hat es plötzlich auch ganz eilig, er will Mara noch ein Stückchen begleiten. Lächelnd schaue ich den beiden vom Balkon aus hinterher, wie sie im Gleichschritt über die Straße laufen. Vielleicht gehen sie noch zusammen einen Kaffee trinken oder machen einen Spaziergang durch den nahegelegenen Park. So gelöst wie heute habe ich Lars seit langer Zeit nicht mehr erlebt. Wie gut, dass er da war.

Lu fragt mich glatt, ob ich etwas getrunken habe, als ich bei ihr zurückrufe.

»Nein!«, versichere ich ihr. »Aber ich fühle mich total angeheitert, auch ohne Alkohol.«

Ich fange an, ihr vorzuschwärmen von dem Verlauf des Nachmittags, von der Harmonie, die uns alle drei erfasst hat.

»Und Dominik?«, hakt sie nach. »Hat der die musikalische Untermalung in sein Schäferstündchen miteinbezogen?«

»Woran du schon wieder denkst«, weise ich sie zurecht. »Weshalb rufst du eigentlich an? Doch nicht nur, um dich nach der Aprildame zu erkundigen.«

»Nö. Das hast du schon richtig erkannt.« Sie druckst etwas herum, was mich ganz kirre macht, doch dann kommt sie damit raus. »Stell dir mal vor, Valentin hat mich wieder eingeladen. Am Sonntag.«

»Valentin? Der hat ja wohl einen Narren an dir gefressen.«

»Er hat nicht selber angerufen. Pascal war am Apparat, aber sein Opa war im Hintergrund zu hören.«

»Ja. Und? Ist doch schön. Ich schau mal, ob es bei mir auch passt.« Sogleich werfe ich einen Blick in meinen Kalender, aber Lu bremst mich aus.

»Valentin wäre es lieber, wenn ich allein komme«, sagt sie und schweigt bedeutungsvoll. Ich sage auch nichts.

»Es geht bei mir sowieso nicht«, rede ich mich dann raus. Meine Enttäuschung versuche ich damit zu überspielen. »Grüß ihn ganz herzlich von mir. Was hat er denn mit dir vor? Wieder eine Modenschau? Oder sollst du ihm etwas vorlesen?«

Tausend Gedanken schwirren mir durch den Kopf, ich kann sie nicht einordnen. Lu kennt die Pläne des alten Herrn aber auch nicht, trotzdem hat sie zugesagt.

Als sie auflegt, bin ich immer noch sprachlos. Wenn ich jetzt Pascal anrufe, wird der mir wahrscheinlich dieselbe Story erzählen. Nachdenklich setze ich mich auf den Balkon, lasse meine Lieblingsplaylist laufen und grinse die Samenbox von Mara an.

Wieso habe ich auch bei Lu zurückgerufen?, frage ich mich. Meine momentane Stimmung wird durch die Neuigkeiten aber nicht getrübt. Ich entkorke einen Rotwein, stelle ein Windlicht auf und werde den Tag schön relaxt ausklingen lassen.

Mit der Ruhe ist es jedoch bald vorbei, als jemand bei mir Sturm klingelt. Meinem ersten Impuls folgend, ignoriere ich es. Aber da ist jemand ganz hartnäckig und schreckt mich immer wieder aus meiner Rotweinecke auf. Nach dem vierten Klingeln bewege ich mich dann doch zur Tür. Ich schaue durch den Spion, aber niemand ist zu sehen, nur das Treppenhauslicht brennt. Sollte Dominik das sein, der sich jetzt über unseren Gesang beschweren will? Das ist doch echt zu blöd. Ich reiße die Tür auf und rufe: »Was soll der Scheiß? Wir können doch wohl mal laut singen? Schließlich muss ich auch dauernd mit anhören, wenn du am Vögeln bist!«

Meine Worte hallen im Treppenhaus wider, eine knarzende Tür wird leise geschlossen. Dominik hat es also doch gehört. Der soll mir noch mal über den Weg laufen. Meine Tür ist noch nicht ganz geschlossen, da schiebt sich ein cognacfarbener Herrenschuh dazwischen. Es ist Pascal, der unverschämt breit grinsend hereinkommt. Der freche Kerl hatte sich neben der Tür versteckt, und ich dumme Nuss bin nicht einmal auf die Idee gekommen, nach rechts oder links zu gucken, und hab nur Terror gemacht. Zu Tode erschrocken fahre ich zusammen, nehme ihm das Buch von Michael Eden aus der Hand und haue ihm damit gegen den Kopf.

»Das ist aber ein herzlicher Empfang«, jault er auf, wobei er sich mit schmerzverzerrtem Gesicht die Stirn reibt. »Ist übrigens sehr aufschlussreich, wie ihr im Haus miteinander kommuniziert. Oder sollte ich besser sagen, ›verkehrt‹?«

»Ähm. Mit dir habe ich ja nun wirklich nicht gerechnet«, blaffe ich ihn an. »Ich hab dir doch gesagt, dass es mir heute nicht passt. Wieso bist du trotzdem hier? Und wie bist du überhaupt reingekommen?«

»Ein Nachbar hat mich reingelassen. Der von unten. Ohne Begleitung.«

»Fuck!«, fluche ich.

»Hast du was gegen Vögeln?«, fragt mich der Kerl nun scheinheilig.

»Und du?«

»Nö. Im Gegenteil. Soll ich es dir beweisen?« Pascal legt seine Jacke ab, flegelt sich auf mein Sofa und schnuppert an meinem Wein. »Schon wieder Alkohol? War dein heutiges Date wieder so eine Katastrophe wie das vom letzten Monat?«, fragt er und bestellt einen Pfefferminztee bei mir.

Mein Puls pendelt sich relativ schnell wieder auf normal ein. Ich haue ihm das Sofakissen um die Ohren und halte dem Flegel eine Standpauke über sein ungehöriges Benehmen.

»Aber mal ehrlich, Lina«, sagt er jetzt schulmeisterlich, »du bist ganz schön unvorsichtig. Stell dir mal vor, ich wäre ein Einbrecher, und –«

»Du *bist* ein Einbrecher!«, belehre ich ihn eines Besseren. »Du hast dir mit Gewalt Zugang zu meiner Wohnung verschafft.«

»Ja. Aber nur, weil du es mir so leicht gemacht hast. Wenn ich nicht so ein charmanter Einbrecher wäre, dann hätte ich dir sofort eins über die Rübe gehauen und deine Wertsachen mitgehen lassen.« Pascal sieht sich um, dann korrigiert er das Gesagte. »Für einen Einbrecher lohnt es sich nicht, hier etwas mitzunehmen. Den Tisch kann man sich ja nicht einfach so unter den Arm klemmen.«

»Der gefällt dir also.«

»Lina, bitte sei ein bisschen vorsichtiger«, wiederholt er nun eindringlich. »Bitte. Ich will nicht, dass dir etwas passiert.«

»Hä? Was soll mir denn passieren? Und lass das mit der Lina, nenn mich lieber Pauli, wie alle anderen auch«, entgegne ich, weil mir nichts Besseres einfällt. Wieso ist er besorgt um mich? »Was geht dich das überhaupt an?«

»Weiß ich auch nicht. Bei naiven, blonden Frauen erwacht in mir immer ein Beschützerinstinkt. Das ist alles. Du weißt ja, dass ich mehr auf Dunkelhaarige stehe.«

Nur mit Mühe kann ich es verhindern, ihm seinen heißen Tee über die Hose zu schütten, und leere stattdessen mein Rotweinglas.

»Hello, it's me …«, fange ich an zu singen, um ihm nicht an die Gurgel zu springen. »Das ist von heute Nachmittag hängen geblieben«, kläre ich ihn auf. »Im Gegensatz zu deiner Behauptung war das heutige Date mindestens genauso schön wie meine Vorlesestunde bei deinem Opa.«

Pascal schmunzelt, aber da ist noch etwas anderes in seinem Blick. Unvermittelt erzählt er von Valentin, dem vor Kurzem ein neuer, sehr spezieller Wunsch eingefallen ist. »Ich weiß überhaupt nicht, was in dem alten Knaben vorgeht. Stell dir mal vor, er ist plötzlich ganz versessen darauf, einen Nachmittag mit Lu allein zu verbringen.«

»Wie? Du bist auch nicht eingeladen? Das ist ja sehr beruhigend«, rutscht es mir raus. Innerlich frohlocke ich, denn das bedeutet, dass Lu und Pascal sich nicht sehen werden. »Hat Lu übrigens schon erwähnt.«

»Er will mich nicht dabeihaben. Aber das kriege ich auch noch raus, was mein Opa für Flausen im Kopf hat.« Vorwurfsvoll sieht er mich an. »Ludmilla und du, Pauli, ihr zwei habt ihm ganz schön den Kopf verdreht.«

»Wenn du meinst.« Ich kichere. »Gönn es ihm doch. Oder sollten wir lieber dir den Kopf verdrehen?«

Pascal schnaubt verächtlich und wechselt das Thema. Er zeigt auf das Buch und will wissen, ob ich immer noch beabsichtige, es zu verbrennen. »Der Thriller ist total spannend. Ich konnte es kaum aus der Hand legen. Möchtest du es nicht doch lesen?«

»Never! Was der Psycho schreibt, das interessiert mich nicht die Bohne. Ist ja schön, wenn es dir gefallen hat. Du stehst wohl auf Krimis?«

»Mehr auf Thriller. Mich interessiert eher die Psyche, die wirren Gedanken des Täters.«

»Gib's zu, du studierst doch Psychologie?«

Aber er lenkt gleich wieder ab und kommt mit der Wahnsinnsidee, dass man die Stelle überprüfen sollte, an der ich den Ginko gepflanzt habe. Könnte ja sein, dass da wirklich eine Leiche vergraben ist. Ungläubig starre ich ihn an, aber das Zucken um seine Mundwinkel verrät, dass er mich auf den Arm nimmt.

»Super Idee. Willst du die Kripo hinschicken und denen erzählen, der Roman basiert auf Tatsachen?«

Ich nehme einen letzten Schluck Rotwein und lache mich schlapp. »Bleib du man besser bei deinem Unterhosenjob, Kalli. Dafür bist du besser geeignet als für einen Hobbydetektiv.«

Pascal flachst weiter herum, es macht ihm offensichtlich Spaß, mich aus der Reserve zu locken. Hat er geschafft! Mein Frauenflüsterer von unten hat allerdings auch dazu beigetragen, er hat wieder Besuch, und es wird langsam peinlich. Die eindeutigen Geräusche kann auch Pascal nicht ignorieren.

»Ich geh denn mal besser«, meint der mit einem schamlosen Grinsen. »Damit du den Abend noch in aller Ruhe genießen kannst. Und denk dran, mach niemals die Tür auf, ohne vorher über die Gegensprechanlage nachzufragen, wer da ist.«

»Hmm. Und was machen wir nun mit dem Buch?«

»Urnenbestattung im Feuerkorb«, schlägt er vor. »Aber nicht mehr heute, erst wenn ich mein Schokoladendate kriege.«

»Okay.«

Ich bin vielbeschäftigt und biete ihm den zweiten Mittwoch im Mai an, eine Woche vor meinem nächsten Glückskeksdate. Da werde ich jemandem eine Riesenfreude durch Fensterputzen machen. Vorher muss ich ihn noch einmal anrufen und ein paar Kleinigkeiten klären.

»Pass auf dich auf, Lina«, raunt Pascal mir ins Ohr, als er geht. Seine Lippen berühren leicht meine Wangen und flüchtig meinen Mund. Er hat so verboten weiche und schön geformte Lippen, von denen ich mir wünschte, sie würden jeden Zentimeter meiner Haut erkunden.

Jetzt hätte ich tatsächlich Lust auf das, was Dominik gerade treibt. Pascal ist aber schon an der Tür, soll ich ihn etwa reinzerren und mich auf ihn stürzen? Außerdem steht er auf dunkelhaarige Frauen.

»Wir sehen uns«, verabschiedet er sich mit einem Augenzwinkern.

Das verdammte Buch hat er dagelassen. Ich mag es nicht anfassen, es ekelt mich. Kurzentschlossen tüte ich es in einen Gefrierbeutel ein und lege es ins Eisfach. Soll es doch da erfrieren und die Leichen unterm Ginkobaum gleich mit. Mit Sicherheit werde ich niemals ein Fan des berühmten Autors, auch wenn er auf Platz eins der Bestsellerlisten ist. Und auf die persönliche Widmung bilde ich mir nichts ein.

7

In diesem Jahr bin ich zuhause allein in den Mai getanzt. Lu hat zwar genervt, wir sollten mal wieder richtig einen draufmachen, aber mir ist die Lust dazu vergangen, seitdem ich sie zufällig mit Pascal in meinem Lieblingsbistro gesehen habe.

Die beiden haben mich nicht bemerkt, aber ich habe sie ein Weilchen beobachtet. Ist aber auch kein Wunder, denn sie waren viel zu sehr mit sich beschäftigt und haben nicht ein einziges Mal aufgeschaut, sie wirkten sehr vertraut miteinander. Was mich aber stutzig gemacht hat, war Lu in natura zu erleben. Sie war kaum geschminkt, im Gegensatz zu sonst, außerdem steckte sie in einem Kleid von Valentins verstorbener Frau. Und darin machte sie zugegebenermaßen eine hinreißende Figur. Das war ausgerechnet an dem Sonntag, als sie mit Valentin Hesse verabredet war.

Sie hat schon mehrmals versucht, mich anzurufen, aber ich bin sauer und habe keine Lust, mir auch noch anzuhören, wie toll es bei Valentin war und wie toll sein Enkel erst mal ist. Der Begrüßungssatz ihrer WhatsApp lautet immer: ›Pauli, was ist mit dir los? Ich muss dir unbedingt was erzählen.‹ Aber, will ich das wirklich wissen?

Damit ich für Mister Mai richtig fit bin, übe ich mich zuhause schon mal im Fensterputzen. Nach mehreren gescheiterten Versuchen mit experimentellen Streifenmustern auf dem Glas habe ich jetzt den Bogen raus. Meine Fenster sind blitzblank, nirgends sind Schlieren oder Wassertropfen zu erkennen. Durch die intensive Putzerei habe auch ich wieder den Durchblick und sehe alles glasklar. Jetzt kann ich auch mit Lu sprechen. Aber erst nach der Fensterputzaktion bei Mister Mai. Ich muss mir nicht schon vorher ihre dummen Sprüche anhören, die sie mir garantiert um die Ohren haut, und wie sie mich mit diesem bescheuerten Wunsch, den ich auch noch erfülle, aufziehen wird.

Es schüttet wie aus Eimern, als ich an dem Mittwoch die Zahnarztpraxis verlasse. Bei diesem Wetter würde ich nicht auf die Idee kommen, Fenster zu putzen. Ich hoffe inständig, dass Mister Mai anruft und den Termin absagt. Ständig schaue ich auf mein Handy, aber nichts dergleichen geschieht. Nur ein Smiley, der mir die Zunge rausstreckt, von Lu. Sie weiß, wo ich heute Nachmittag hingehe, und wünscht mir viel Spaß. Bei ihr wären auch noch schmutzige Fenster, meint sie. Alte Zicke!

Mit Regenschirm, Gummistiefeln und meinem Hut düse ich los. Ich bin schon knapp dran, komme dann doch mit nur fünfminütiger Verspätung in einer schicken Neubausiedlung an. Hier leben vornehmlich junge Familien mit Kindern, wie man aus den Gärten schließen kann. Sie sind mit Trampolin, Sandkästen, Schaukeln, Baumhäusern und allem, was so ein Kinderherz beglückt, ausgestattet. Auch auf dem Grundstück von Mirko Teubner ist das der Fall.

Als ich bei dem Architekten klingeln will, wird die Tür schon von zwei Kindern aufgerissen, die offenbar schneller waren als der Hausherr.

»Bist du die Wunschfee?«, fragt mich ein kleines Mädchen mit blauen Kulleraugen. Ihr älterer Bruder, der vielleicht fünf oder sechs sein mag, beobachtet mich nur, er scheint gespannt auf meine Antwort zu sein.

»Na, das ist ja eine nette Begrüßung. Ich bin Paulina«, stelle ich mich den Kindern vor. »Und wie heißt du? Hat euer Papa gesagt, dass ich eine Wunschfee bin?«

Ich muss lachen. Es ist so süß, wie die Kleine mich abschätzend taxiert.

»Ich bin Emma, und ich bin schon so alt.« Sie streckt drei Fingerchen in die Luft. »Mein Papa hat gesagt, du erfüllst ihm einen Wunsch. Kannst du mir auch einen Wunsch erfüllen?«

»Was wünschst du dir denn, Emma?«

»Oh, ganz viel. Aber am liebsten ...«

Was es ist, erfahre ich nicht. Der Vater der Kleinen kommt dazu und meint, sie sollten nicht so neugierig sein und mich erst einmal eintreten lassen. Ich schüttle den Regen ab, gebe widerstrebend der Nötigung nach, meine Schuhe auszuziehen und gegen Hausschläppchen zu tauschen, mit denen ich garantiert nicht auf Leitern klettern sollte.

Herrn Teubner scheint es im Nachhinein unangenehm zu sein, dass ihm nichts anderes zum Wünschen eingefallen ist. Ich frage sicherheitshalber noch einmal nach, ob ich wirklich die Fenster bearbeiten soll, bei dem Schietwetter. Meinen Einwand lässt er nicht gelten, es wäre dringend nötig, findet er. Im selben Atemzug fragt er, ob wir uns duzen können. Mir ist es recht, viel älter als ich ist er garantiert nicht. Am Telefon habe ich ihn weitaus älter eingeschätzt, aber er ist höchstens Ende dreißig. Mirko schickt die Kinder in die Spielecke im Wohnzimmer. Als sie beschäftigt sind, zeigt er mir, wo ich die Putzutensilien finde. Anschließend lässt er mir freie Hand.

Mir liegt auf der Zunge zu fragen, weshalb er keinen Fensterputzer engagiert. Als könnte er Gedanken lesen, erzählt er mir von dem Unfall seines Fensterputzers, der für die nächsten zwei Monate, oder noch länger, ausfällt.

»Das war hoffentlich kein Arbeitsunfall?«, frage ich und

zeige auf die Schläppchen an meinen Füßen. Ich mache ihn darauf aufmerksam, dass die bestimmt nicht den Sicherheitsvorschriften entsprechen.

»Du bist ja lustig«, feixt Mr. Mai. »Paulina Kleemann kommt mir mit Sicherheitsvorschriften. Das kriege ich nicht voreinander. Außerdem bist du nicht hier, um zu arbeiten, sondern weil ich dich als wandelnden Glückskeks engagiert habe. Schon vergessen?«

»Wunschfee gefällt mir besser«, sage ich. »Süße Kinder hast du. Was meint denn deine Frau dazu, dass du fremde Frauen einlädst, die dir deine innigsten Wünsche erfüllen sollen?«

Der Spruch hätte von Lu sein können, er ist mir einfach so rausgerutscht. Mirko guckt mich mit einer Mischung aus Belustigung und Verärgerung schräg von der Seite an. Ersteres gewinnt. Er geht auf meine Frage ein und erzählt, dass seine Frau sich vor nicht allzu langer Zeit von ihm getrennt hat. Noch bevor ich nach dem Grund fragen kann, verrät er mir, wie es dazu kam.

»Es war ein dummer, einmaliger Ausrutscher. Ich war so ein Idiot.«

Er ist also fremdgegangen und schildert mir das mit einer Offenheit, die mich erstaunt. Ich schaue ihn mir genauer an und muss zugeben, er ist schon ein ziemlich gutaussehender Typ. Mit seinem charmanten Lächeln und seiner Art ist er der Typ Mann, der jede Frau abschleppen kann. Fast jede. Mich sicher nicht.

»Wie viele Fenster müssen denn geputzt werden?«, wechsle ich schnell das Thema. So genau will ich die Gründe für seine Trennung gar nicht wissen, und an einem Flirt mit ihm bin ich definitiv nicht interessiert.

»Es sind neun oder zehn Fenster.«

»Also, eine Nachtschicht wollte ich nicht einlegen. Und außerdem könnte das alles nur ein Trick von mir sein. Schon mal dran gedacht, dass ich mit einer Diebesbande auf Tour sein könnte? Du hast ja echt viel Vertrauen.«

Komisch, dass mir der Zeitungsartikel von heute Morgen ausgerechnet jetzt wieder einfällt.

»So siehst du nicht aus«, sagt er leichthin. Aber das ist ja gerade der Trick dabei.

Mit Eimer und Fensterwischer laufe ich die Treppe hinauf, in die oberen Räume. In seinem Büro fange ich zuerst an, für Durchblick zu sorgen. Von unten höre ich die Kinder, wie sie mit ihrem Papa spielen. Der Raum ist minimalistisch möbliert, alles sehr geschmackvoll und hochpreisig, in Schwarz und Weiß gehalten. Auf dem Schreibtisch steht ein Foto, auf dem er mit einer Frau im Arm am Meer zu sehen ist. Wahrscheinlich seine Ehefrau. Sie machen einen sehr verliebten Eindruck darauf. Das Foto ist der einzige Farbtupfer in diesem Zimmer.

Mit einer Wahnsinnsgeschwindigkeit putze ich mich voran. Wären es meine Fenster, hätte ich mir mindestens noch zwei Monate für die Reinigung Zeit gelassen. Hier gibt es nicht viel zu tun, allerdings achte ich dennoch penibel darauf, in den Ecken besonders sauber zu arbeiten und keine Schlieren zu hinterlassen. Von unten höre ich hohe Kinderstimmchen ein Liedchen trällern. Es sind immer wieder neue Interpretationen, die selbst ich mitsingen könnte und mich nicht geniere, es auch zu tun. Einmal hat eines der Kinder geweint. Es ist wohl gefallen. Dann war die Rede von Zauberpuste, danach war alles wieder gut.

Irgendwann will ich auch Kinder haben, mit dem richtigen Mann. Das wird mir hier wieder einmal bewusst, zu meiner Zukunftsplanung gehört Nachwuchs nun mal dazu. Darius sollte der Vater meiner Kinder werden, wir wollten uns damit nur etwas Zeit lassen und unser Leben noch ein Weilchen frei und ungebunden und ohne Verpflichtungen genießen. Was bin ich froh, dass wir nichts überstürzt haben.

»Machst du mein Kinderzimmer auch schön?«, reißt mich eine Kinderstimme aus meinen Gedanken. Die kleine Emma steht in der Tür, und mir fällt vor Schreck der Wischer aus der Hand. Die Göre lacht sich schlapp und fängt übermütig an, mit dem Dreckwasser herumzuspritzen. Papa Mirko ist wie ein geölter Blitz zur Stelle und verhindert größeres Unheil.

»Das sieht ja schon gut aus«, lobt er mich. »Bist du immer so schnell?«

»Klar. Was hast du denn gedacht?«

Wir hatten nicht darüber gesprochen, wie viel Zeit ich mitbringe. Für mich stand fest, seinen Wunsch zu erfüllen, aber nicht mehr als zehn Fenster. Dass es mir so leicht von der Hand geht, erstaunt mich selbst. Mit dem Superwischer, den ich bislang nur aus der Werbung kenne, ist das wirklich ein Kinderspiel. Das Teil hält, was die Werbung verspricht.

»Trinkst du noch einen Kaffee mit uns, wenn du fertig bist?« Mirko lächelt mich bittend an. Es ist schon halb fünf, aber den Wunsch will ich ihm nicht abschlagen.

»Für Kaffee ist es um diese Zeit zu spät. Dann kann ich nicht schlafen.«

»Ich hab auch Kräutertee«, bietet er an.

»Papa kann auch ganz tollen Kakao machen«, meldet sich nun Finn mit unwiderstehlichem Welpenblick.

»Kakao ist super. Aber nur, wenn ihr die Schweinerei hier wegmacht. Sonst werde ich nämlich nicht fertig.« Die Pfütze auf dem Boden ist für Emma kein Problem. Mit einem Shirt, das in der Nähe liegt, wischt sie alles auf. Papa Mirko verdreht die Augen. Er schnappt sich seine Kids und lässt mich unter kindlichem Protest allein weitermachen. Die obere Etage ist bald geschafft! Jetzt geht es ab nach unten, an die Fenster des großzügigen Wohnraums, an den sich eine offene Küche anschließt. Eine riesige Glasfront von mindestens fünf Metern fordert mich heraus. Seufzend schnappe ich mir den Superwischer und bearbeite die Fläche. Die Blicke von Emma und Finn, die auf dem Boden sitzen und jeden Handgriff beobachten, spüre ich im Rücken.

»Mama kann das nicht so gut wie du«, sagt Finn, als ich mich zu ihnen umdrehe. »Die ist viel zu klein, die klettert dann immer auf einen Stuhl.«

»Na, da hab ich ja Glück gehabt, dass ich so groß geworden bin.« Schmunzelnd poliere ich die Rahmen.

»So groß wie du will ich auch mal werden, wenn ich groß bin«, verkündet Emma, wobei sie die Ärmchen hoch in die Luft reckt. Sie sind goldig, die beiden. Und der Papa in seiner liebevollen Art ebenfalls.

»Bist du gleich fertig?«, fragt Finn ungeduldig. Emma verrät mir, dass sie jetzt weiß, was sie sich wünscht. Sie will es mir aber nur ganz allein zuflüstern. Ins Ohr. Wenn ich fertig bin und wenn ich dann meinen Kakao ausgetrunken habe. Lächelnd mache ich weiter. Inzwischen hat es sogar aufgehört zu regnen. Ein Sonnenstrahl fällt auf die Scheibe. Kritisch schaue ich mir mein Werk an und klopfe mir auf die Schulter.

»Gut gemacht, Pauli«, lobe ich mich selbst.

Die beiden Kids kommen flugs auf die Beine, sehen sich an und tun es mir nach. Ein Lachflash bricht aus, dem wir Erwachsene uns auch nicht entziehen können. Mirko rührt, noch immer lachend, eine heiße Schokolade für alle an. Er kann das richtig gut, er verwendet wider Erwarten kein Instantzeugs.

»Hmm. Ist das lecker. Dafür hat euer Papa einen Orden verdient.«

»Was ist ein Orden?«, fragt Finn.

Super Frage, auf die ich spontan nicht antworten kann.

Mirko hilft mir aus der Patsche, indem er den Kindern erzählt, er sei der Kakaokönig.

»Und ich bin die Königin«, ruft Emma begeistert, flitzt nach oben und poltert mit einem Krönchen auf dem Haar die Treppe wieder herunter. Wir lachen die ganze Zeit, und die Kinder werden nicht müde, mir Fragen zu stellen, die mich an den Rand der Verzweiflung bringen. Lu wird begeistert sein, wenn ich ihr das alles erzähle.

Wehmütig denke ich an sie. Sie fehlt mir, ich habe Sehnsucht nach meiner Freundin. Aber es versetzt mir jedes Mal einen Stich, wenn ich daran denke, dass sie sich in Pascal verliebt haben könnte.

Als ich mich verabschieden will, sehen Emma und Finn mich traurig an. Mirko versucht sie damit zu trösten, dass die Mama ja gleich kommt, um sie abzuholen.

»Ihr habt es echt schön hier«, sage ich, als ich mir im Flur die Gummistiefel wieder anziehe. »So möchte ich auch wohl wohnen.«

»Hast du das denn nicht so schön?«, höre ich prompt die Gegenfrage der Kleinen.

»Doch.« Ich lache. »Ich habe es auch sehr schön. Aber bis zu mir muss man ganz viele Treppenstufen hinaufsteigen.«

»Bis in den Himmel?«, will Emma wissen.

»Nicht ganz, aber kurz davor.«

»Dann bist du doch ein Engel, wenn du im Himmel wohnst.«

Das klingt logisch. Kinderlogik ist unschlagbar. Ich schmunzle und sehe mich nach meinem Hut um. Den hatte ich doch abgenommen und ...

»Wo ist mein Hut? Habt ihr den?«

Die beiden schauen mich groß an.

»Das ist doch ein Zauberhut«, meint Emma. »Der hat sich von ganz allein weggezaubert.«

»Such ihn doch!«, fordert Finn mich auf.

»Emma und Finn, das ist kein Spaß«, ermahnt Mirko seine Kids. »Bringt sofort Paulinas Hut zurück.«

Emma verdreht die Augen. »Ich hab doch gesagt, der hat sich weggezaubert. Wir wissen auch nicht, wo er ist.«

Ich atme hörbar ein und schnaubend wieder aus. Das fehlt mir gerade noch, dass wir jetzt eine Suchaktion starten müssen. Es ist auch so schon später, als ich gedacht hätte. Schon kurz nach sieben. Und so wie es scheint, werden die Kinder gleich abgeholt. Eine zierliche Frau, der man die Ähnlichkeit mit ihrer Tochter auf den ersten Blick ansieht, läuft geschwind auf das Haus zu.

Noch einmal schnaube ich verärgert. »Dann zaubert den Hut gefälligst zurück und bringt ihn mir so schnell wie möglich vorbei. Euer Papa weiß ja, wo ich wohne.«

Die Süßen grinsen, und Emma flüstert mir noch ihren Wunsch ins Ohr, bevor ich gehe. Mirkos Frau kommt mir entgegen, ich grüße sie mit einem freundlichen »Hallo«.

Sie bleibt kurz stehen und mustert mich mit einem eisigen Blick.

»Ach, seine neue Affäre?«

»Hä?« Ich kann gar nicht so schnell reagieren. »Quatsch. Das ist nicht so, wie Sie denken!«

Völlig perplex halte ich einen Moment inne und sehe nun, wie der Wagen, der schon eine ganze Weile unten vorm Haus geparkt hat, davonfährt. Der war mir vom Fenster aus schon aufgefallen, aber ich hatte ihm keine Bedeutung zugemessen. Könnte es ein, dass sie ihren Mann beschatten lässt?

Mirkos Frau ist nach der Bemerkung sofort weitergeflitzt und im Haus verschwunden. *Wenn das man keinen Ärger gibt*, denke ich. Hoffentlich stellt Mirko das richtig. Wobei … Wenn ich seine Frau wäre, und mein Mann wollte mir erzählen, dass ich die neue Fensterputzerin bin, dann würde ich ihn nur auslachen. Aber bei zwei so reizenden

Kindern würde ich alles daransetzen, zusammenzubleiben, und der Familie und der Ehe eine Chance geben.

Von unterwegs rufe ich Ludmilla an. Sie ist auch auf dem Weg nach Hause und stöhnt über ihren anstrengenden Tag in der Parfümerie. Aber das wird sich bald ändern, verkündet sie mir freudig. Was sie genau damit meint, will sie mir aber nur persönlich erzählen. Wir verabreden uns für Freitagabend und lassen offen, ob wir nur bei mir bleiben oder noch etwas unternehmen wollen.

8

Ohne meinen Hut gehe ich nirgends hin«, sage ich zu Lu, als sie mich besuchen kommt. Sie sieht nämlich echt unternehmungslustig aus, obwohl sie nicht so stark geschminkt ist wie sonst.

»Hab ich irgendwas in der Art geäußert?«, gibt sie zurück, nimmt mich in den Arm und drückt mich fest an sich. In der kleinen Person steckt sehr viel mehr Power und Kraft, als man denkt. Zum Teil hat sie sich das in jahrelanger Arbeit in ihrem Studio antrainiert, aber sie hat auch gute Gene mitgekriegt. Sie umarmt mich so doll, dass ich nach Luft schnappe. Als sie mich wieder loslässt, stellt sie sich vor mich hin und fragt: »Paulina Kleemann, weshalb sprichst du nicht mehr mit mir? Was habe ich dir getan?«

Ihre Augen funkeln mich an, und ich brauche gar nicht erst zu versuchen, drum herumzureden. Aber das will ich auch nicht. Es ist so schön, ihre freche Schnauze wieder live zu erleben.

»Ich hab dich doch angerufen, also beschwer dich jetzt bitte nicht. Und was los ist, das weißt du selbst am besten. Denk doch mal nach!«

Sie sieht mich an, so als ob sie sich keiner Schuld bewusst wäre. »Hilf mir mal auf die Sprünge. Ich weiß wirklich nicht, wovon du redest.«

»Das kannst du haben, aber nicht im Flur. Komm rein, wir gehen auf den Balkon.«

»Fein«, freut Ludmilla sich bei der Aussicht auf den Logenplatz.

Ihre gute Laune ist ansteckend. Ich vergesse meinen Groll und fange an, die Story vom Fensterputzen zu erzählen und wie dabei mein Hut abhandengekommen ist. Das gefällt ihr. Als dreifache Tante kann sie sich bildhaft vorstellen, was bei Mirko los gewesen ist.

»Die besuchen dich bestimmt gerne, um dir den Hut persönlich und mit allerlei Wünschen angefüllt zurückzugeben.«

»Meinst du?«

Sie nickt heftig, sodass ihre dunklen Locken nur so fliegen. »Du musst dann nur noch die Wünsche der Kinder erfüllen.« Lu kichert niederträchtig. »Der Papa hat aber vielleicht auch noch einiges an Wünschen offen? Kann doch sein, nicht wahr? Da hast du als Wunschfee eine Verpflichtung, vor der du dich nicht drücken kannst.«

»Du nun wieder mit deinen schrägen Fantasien. Die Kinder sind echt süß, denen würde ich jeden Wunsch erfüllen, wenn ich könnte. Die sagen wenigstens, was sie denken.«

Fragend sieht Lu mich an.

»Nicht so wie wir. Wir eiern doch schon wieder die ganze Zeit herum und wissen beide, dass längst nicht alles in Ordnung ist zwischen uns.«

»Hm.« Lu nickt mir zu, und ich wappne mich für das, was mir Kopfzerbrechen bereitet.

»Willst du anfangen, oder soll ich?«, frage ich vorsichtshalber. Wir grinsen uns an, die Gläser klirren leise aneinander, wir stoßen auf unsere Freundschaft an.

»Fang du an«, sagt Lu. »Ich würde wirklich gern erfahren, was ich dir getan habe. Also, schieß los.«

Ich pumpe meine Lungen voll mit Luft und lasse sie schnaufend wieder entweichen, bevor ich Lu in die Augen schaue.

»Ich habe dich zusammen mit Pascal gesehen. Sehr vertraut. Da läuft doch was zwischen euch! Oder bilde ich mir das nur ein?«

»Ach so. Wann war das denn?« Lu schiebt sich eine Strähne hinters Ohr. Sie ist immer noch vollkommen relaxt und macht nicht den Eindruck, als wenn sie sich von mir ertappt fühlt.

»Und? Läuft da was?«, will ich erneut wissen. »Ist ja auch kein Wunder, dass ihr mich nicht bemerkt habt. Ihr wart viel zu sehr mit euch beschäftigt. Wie lange geht das schon mit euch?«

»Pauli, reg dich ab.«

»Ich will mich aber nicht abregen. Was würdest du denn machen, wenn du mich dabei erwischst, wie ich dir einen Typen ausspanne? Noch dazu hinter meinem Rücken!«

»Er ist doch gar nicht dein Typ? Oder hat sich daran was geändert?«, verteidigt sie sich.

»Hast du mir nicht vor Kurzem noch hoch und heilig geschworen, niemals einer Freundin den Typen auszuspannen?«, rede ich mich in Rage. Immer mehr Gemeinheiten fallen mir ein, die ich ungefiltert herauslasse, während sie an der dämlich grinsenden Lu jedoch abprallen. Am liebsten würde ich ihr eine reinhauen oder sie zumindest schütteln. »Und dann noch das verliebte Getue!«, keife ich hysterisch und wie immer ein bisschen zu laut. »Diese Blicke zwischen euch und dein albernes Gekicher! Wenn du mich hintergehst, wie sollen wir denn dann Freundinnen bleiben? Was ist mit Vertrauen?«

»Du sagst es.«

Ludmilla fährt sich durch die Haare, verschränkt die Arme hinter dem Kopf, seufzt tief und sieht mich so an, wie ich es von ihr kenne, wenn sie sich verknallt hat. Gespannt warte ich darauf, was sie zu ihrer Verteidigung zu sagen hat.

»Was ist denn mit deinem Vertrauen, meine liebe Paulina?«, fängt sie gefährlich leise an zu reden. »Wie wenig kennst du mich eigentlich? Habe ich jemals mein Wort gebrochen, wenn ich etwas versprochen habe? Pauli, du verrennst dich da in etwas. Da ist nichts dran an deinen Vorwürfen, außer, dass ich ihn getroffen habe. Aber das kann dir doch egal sein. Und weißt du was? Du würdest längst nicht so hysterisch reagieren, wenn Pascal dir so gleichgültig wäre, wie du behauptest. Worüber regst du dich auf? Du willst doch nichts von ihm.«

»Will ich auch nicht!«

»Und weshalb willst du mir dann die Freundschaft kündigen? Nur, weil ich Pascal mag und mit ihm lachen kann?«

»Weil ich ihn mag! Ha, ha!«

»Ja, ich mag ihn. Sehr sogar. Aber mehr nicht.«

Forschend sehe ich sie an. Sie wird aber nicht einmal rot bei dem, was sie sagt. »Was ist das denn dann mit euch? Erklär es mir. Ich kapier es anscheinend nicht.«

»Nein, du willst mich nicht verstehen. Außerdem wäre das mega bescheuert von dir, deshalb unsere Freundschaft aufs Spiel zu setzen. Gut, ich muss zugeben, Pascal sieht echt heiß aus. Und hinter der schönen Fassade verbirgt sich ein ebenso schöner Mensch. Also, wenn man ihn ein wenig näher kennenlernt, merkt man sehr schnell, dass der Typ Charakter hat. Einen sehr feinen Charakter. Wahrscheinlich hat er den von seinem Opa geerbt.«

»Ihr habt euch also schon ein wenig näher kennengelernt?«, frage ich spitz. »Er hat dich hinter die Fassade schauen lassen. Ist ja interessant.«

»Oh ja, hat er. Das hat sich zufällig so ergeben.« Lu bleibt immer noch die Ruhe selbst, obwohl ich innerlich vor Wut koche. »Wenn du glaubst, dass ich dir auch nur ein Sterbenswörtchen davon erzähle, dann hast du dich geschnitten.« Sie lehnt sich zurück und leert ihr Glas.

»Wahrscheinlich hast du seine Unterhosen näher kennengelernt!«, gifte ich mit schriller Stimme zurück.

»Erzähl weiter«, ruft mein Nachbar von unten. Dominik hat uns also die ganze Zeit belauscht.

»Klappe da unten«, kontert Lu und lehnt sich über die Brüstung. »Sonst komm ich gleich mal runter.«

»Huch, da krieg ich aber Angst. Soll ich den Sekt schon mal kaltstellen? Wann willst du kommen?«

»Wann ich kommen will, das überlass mal schön mir. Ich kündige das nicht wie deine Mädels, die sonst bei dir kommen, vorher an.«

Das ist wieder einmal typisch für Lu. Schlagfertig ist sie ja, das muss man ihr lassen.

»Ich warte auf dich, Lu«, ruft der unverschämte Kerl ihr zu. »Und nun macht weiter, es war gerade so spannend. Ich mische mich auch nicht mehr ein.«

Wir sehen uns an und überlegen kurz, unsere Unterhaltung drinnen weiterzuführen, doch dann setzt Lu an der Stelle an, wo sie aufgehört hat.

»Ich habe Pascal mein Wort gegeben, nichts auszuplaudern, was er mir anvertraut hat. Versuch als gar nicht erst, mich auszufragen.«

»Mist!«, schimpfe ich und strecke meiner Freundin die Zunge raus. Sie erzählt nun mit verhaltener Stimme, wieso sie sich mit Pascal getroffen hat, denn das hing mit der Einladung seines Opas zusammen. Pascal war beunruhigt wegen Valentins Geheimniskrämerei und wollte wissen, was sein Opa sich auf seine alten Tage ausgedacht hat.

»Pascal war ja im Bilde, dass sein Opa nur mich eingeladen hat. Im ersten Moment war mir das etwas suspekt, aber ich vertraue auf meine Menschenkenntnis und hatte ein gutes Gefühl, als ich zu ihm fuhr. Pascal hat sich echt Sorgen um seinen Opa gemacht und muss wohl die ganze Zeit in der Nähe gewesen sein. Jedenfalls ist er mir angeblich rein zufällig über den Weg gelaufen, als ich aus dem Haus kam. Was für ein Zufall, nicht wahr! Wir sind dann zusammen in die Stadt gefahren und haben uns ein nettes Lokal gesucht, wo ich ihm dann von Valentins Idee erzählt habe.«

»Was ist es denn? Nun sag schon«, flüstere ich. Nicht noch einmal will ich Dominik Futter für seine Lauschangriffe liefern.

»Nun kommt's. Halt dich fest.« Lu kichert. Meine Neugier wächst, aber Lu muss erst die Gläser füllen, dann schaut sie mich mit ihren dunklen Augen, die ohne die künstlichen Wimpernpuschel viel ausdrucksvoller sind, liebevoll an.

»Ich habe einen neuen Job«, nuschelt sie.

»Was hast du? Von Pascal?« Mit allem Möglichen hab ich gerechnet, aber nicht damit, dass Lu sich beruflich verändern will. »Als Unterwäschemodel? Curvy-Models sind neuerdings ja sehr gefragt. Zusammen mit dem schönen Pascal?«

Lu verdreht nur die Augen und streckt mir die Zunge raus. Von unten kommt nun doch wieder ein Kommentar. Wir müssen noch leiser sein.

»Nun komm mal runter von deiner Pascal-Phobie!«, sagt Lu. »Nein, mit unserem Schnuckelchen hat es nicht im Geringsten zu tun, sondern mit Valentin.«

»Hat der alte Herr dir ein unsittliches Angebot gemacht?«, fällt mir spontan ein. Lu hat meine volle Aufmerksamkeit und wahrscheinlich nicht nur meine.

»Liebe Pauli, oder soll ich auch Lina sagen? Valentin Hesse ist der netteste und anständigste Mann, den ich, abgesehen von meinem Papa und meinem Opa, kenne. Valentin Hesse hat sich überlegt, mich als seine Hausdame einzustellen.« Nun ist es raus. »Was sagst du dazu?«

Erst mal sage ich nichts, denn ich habe keinen blassen Schimmer, was man unter einer Hausdame versteht und welche Aufgaben eine Hausdame hat. Ein altmodisches Wort, das ich mit einem Vollweib wie Lu nicht zusammenbringen kann. »Was sollst du denn als Hausdame machen? Wirst du dann bei ihm wohnen?«

»Spannend, nicht wahr? Ich konnte mir zuerst auch nichts darunter vorstellen, aber er hat's mir erklärt. Also, das mit dem Wohnen, das ist noch offen. Wenn ich es will, kann ich als Dauergast sein Gästezimmer beziehen.«

»Sollst du putzen?«

»Nein. Fürs Putzen und den Haushalt hat er jemanden. Er will lediglich außer Pascal noch jemanden um sich haben, der ihm Gesellschaft leistet. Er denkt dabei an die Sonntage, zunächst jedenfalls.«

»Und dafür will er dich bezahlen?«

»Hm, ja. Ich wollte ihm das ausreden. Aber er besteht darauf, mir zwanzig Euro die Stunde zu zahlen.«

»Pffft«, ist mein einziger Kommentar.

»Es hat mich so erleichtert, als ich Pascal getroffen habe und ihm alles erzählen konnte. Das war genau richtig.«

»Und wegen Valentin schminkst du dich neuerdings auf natürlich?«

»Ja. Er hat sich das von mir gewünscht. Und ich kann mich ohne ja auch sehen lassen. Ist ja nicht so, dass ich Pickel habe. Aber wenn du in einer Parfümerie von all den duftenden und schönen Sachen umgeben bist, dann bleibt das nicht aus. Das ist sozusagen eine Berufskrankheit.« Sie lacht. »Valentin hat gesagt, ich bin eine wunderschöne Frau und habe es nicht nötig, mein Gesicht unter so viel Make-up zu verstecken. Es war sein Wunsch, mich bei dem Treffen ungeschminkt zu sehen und nicht als Tuschkasten.«

»Als Tuschkasten?« Ich kichere. »Wie ist Valentin bei der Modenschau denn damit zurechtgekommen, dass du aussahst wie ein Tuschkasten? Damit hast du ordentlich Farbe in sein Leben gebracht, meine liebe Lu. Und was sagt nun der Kalli dazu?«

»Der wusste davon, dass er mir einen Job anbieten wollte. Er hat aber nichts dagegen, solange alles sauber geregelt ist. Mit Vertrag, Bezahlung und einem amtlichen Führungszeugnis. Er will aber noch einmal mit Valentin sprechen, um sicherzugehen, dass der alte Herr sich das gut überlegt hat.«

»Ein amtliches Führungszeugnis sollst du vorlegen? War das Valentins Wunsch?«

»Das kann ich dir auch ausstellen«, mischt sich mein Nachbar nun wieder ein. »Wenn du dich gut führen lässt!«

»Klappe da unten!«, brüllen wir beide.

»Nee. Das hat Pascal sich ausgedacht. Abgefahren, oder? Aber daran soll's nicht scheitern. Ich bin ja eine anständige Person. Ich kann ja noch nicht einmal Punkte in Flensburg vorweisen.«

»Heilige Ludmilla!« Ich stöhne auf. »Du bist mir unheimlich.«

»Und was ist mit dir, heilige Sankt Pauli?«, lästert sie.

Von unten kommt wieder eine Bemerkung von Dominik. Langsam wird es uns zu bunt, es ist außerdem kühl geworden, und wir gehen rein. Mein Nachbar muss nicht auch noch mitkriegen, wie Valentin Hesse sich die künftige Zusammenarbeit mit Lu vorstellt.

»Hast du dich schon entschieden?«, denke ich laut. Die Antwort ist mir längst klar. Sonntags hat Lu immer frei, und die Aussicht auf einen kleinen Nebenverdienst ist verlockend.

»Glaub schon. Aber nicht wegen des Geldes«, versichert sie mir. »Ich mag den alten Herrn richtig gern, und er hat noch so viel vor. Er will mit mir Ausstellungen besuchen, oder auch mal ins Theater gehen. Er hat sogar von Urlaub gesprochen. Ich bin so gespannt. Valentin ist so belesen, der weiß so viel, und er ist unglaublich charmant.«

»Wie sein Enkel, der liebe Kalli«, sage ich spitz.

»Wenn du wüsstest, was in dem Mann noch alles steckt.«

»Das wüsste ich wirklich zu gerne. Aber du willst es mir ja nicht verraten.«

»Ich glaube, der mag dich mehr, als du denkst«, beendet Ludmilla das Thema. Sie gähnt und will nach Hause, damit sie den nächsten Tag in der Parfümerie einigermaßen gut übersteht. Mitternacht ist längst vorbei. Was bin ich froh, dass ich an den Wochenenden immer freihabe.

Nachdem nun alle Missverständnisse geklärt sind, verabschieden wir uns mit einer innigen Umarmung und Freundschaftsküsschen.

»Was ist das denn?«, ruft Ludmilla, als sie die Tür öffnet. Sie zeigt auf ein Minifläschchen Sekt und eine Rose mit einem Zettel auf der Fußmatte.

Die kleine Aufmerksamkeit ist für Lu, wie sich bei genauem Hinsehen herausstellt. Ihre dunklen Augen blitzen verdächtig, und ein verwegenes Leuchten huscht über ihr Gesicht, als sie kichernd vorliest: »*Der Rest wartet unten auf dich. Wirst du kommen? Wann immer du willst. In Vorfreude, Dominik – der Lauscher an der Wand.*«

»Du gehst da aber jetzt nicht mehr hin«, sage ich bestimmt und begleite sie nach unten zur Haustür. Sie könnte ja abgeschlossen sein. Meistens ist das zwar nicht der Fall, aber ich will mir Gewissheit verschaffen, dass Lu nicht auf dumme Gedanken kommt.

So etwas kann auch nur Lu passieren! Man muss sie einfach gernhaben. Mich ärgert bloß, dass sie mir nichts von Pascal verraten hat. Andererseits ist Lus Schweigen ein Zeichen dafür, dass man sich auf sie verlassen und ihr alles anvertrauen kann. Geheimnisse sind bei ihr sicher aufgehoben.

Auch ohne meinen Hut fühle ich mich beschwingt, leicht und glücklich. Das ist das Lebensgefühl, das ich vermisst habe. Ob das wohl die ersten Auswirkungen der Glückskeks-Challenge sind? Oder liegt es am Frühling, der auch vor Hamburg nicht Halt macht?

9

Mein Junitermin hat soeben abgesagt. Der Tag der Absagen, trage ich in mein Tagebuch ein, das mich schon lange begleitet, aber seit der Trennung von Darius in der hintersten Ecke vergraben liegt. Meine Eintragungen damals endeten immer in Selbstmitleid und Herzschmerz, weshalb ich das Tagebuchschreiben aufgegeben habe. Seit ich jedoch als Wunschfee Menschen beglücke, schreibe ich wieder alles auf, was ich erlebe.

Schade, dass der Junitermin geplatzt ist. Dann könnte ich ja ein paar Tage verreisen. Urlaubspläne habe ich allerdings nicht, noch nicht einmal Campingurlaub. Die halbe Miete von Darius fehlt mir an allen Ecken und Kanten. Irgendwas muss ich mir einfallen lassen, um hier wohnen bleiben zu können und mich nicht ständig einschränken zu müssen.

In meinem zweiten Tagebucheintrag halte ich fest, dass auch Pascal mich versetzt hat, ein Shooting ist ihm kurzfristig dazwischengekommen. Nach Ludmillas Schwärmerei habe ich mich besonders auf ihn gefreut, auch wenn unsere Treffen bislang chaotisch verlaufen sind. Und dann noch die Bemerkung, dass er an mir interessiert sei. Wieso ist mir das entgangen?

Jetzt bin ich erst recht neugierig geworden, mehr über Pascal zu erfahren. Was ist es, dass Lu eine so hohe Meinung von ihm hat? Sie hat eine gute Menschenkenntnis, und ich vertraue darauf, dass sie sich nicht täuscht. Aber das werde ich herausfinden, egal, wie lange es dauert. Ich kann es nicht leugnen, der Mann interessiert mich mehr, als mir lieb ist. Wenn ich an ihn denke, habe ich immer die Härchen auf seinen Fingern vor Augen und stelle mir vor, wie seine Hände mich überall sanft berühren.

Auch der nächste Tag bringt meine Pläne durcheinander. Mister Juni meldet sich und fragt an, ob wir den Termin in der Kunsthalle schon auf Ende Mai vorverlegen können. Es spricht nichts dagegen, ich bin einverstanden und freue mich darauf.

Ein paar Minuten später ist er wieder am Telefon, weil er es sich noch einmal anders überlegt hat. Er hat eine Einladung zu einer Vernissage, die er total vergessen hat. Mein Gott, warum kann der Kerl sich denn nicht endlich mal entscheiden? Er möchte, dass ich ihn zu der Eröffnungsfeier begleite, Kunstverständnis wird nicht vorausgesetzt, und er übernimmt alle Kosten, auch mein Taxi.

Mein nächster Glückskandidat, Hanro Graf, plaudert erst einmal über Kunst im Allgemeinen, und dann kommt er in blumigen Worten auf die Ausstellung zu sprechen, sodass ich Lust kriege, ihn zu begleiten. Meine Neugier wächst mit seinen bildhaften Beschreibungen der Werke, zu denen auch Aktzeichnungen zählen.

Es klingt so verlockend, aber seit meinem Date mit dem Ginkomörder bin ich vorsichtiger geworden und versuche, besser auf mich aufzupassen. Pascals vorwurfsvolle Bemerkung, ich würde mich naiv verhalten und auf Abenteuer mit fragwürdigen Leuten einlassen, sitzt tief.

»Einverstanden«, sage ich trotzdem. »Ich begleite Sie zu der Vernissage. Wo treffen wir uns? Vor der Galerie? Und wie erkennen wir uns?«

»Mit einem Glückskeks am Revers? Oder einem vierblättrigen Kleeblatte?«, scherzt er. »Wir werden uns schon finden. Wir haben ja unsere Handynummern.«

»Gibt es denn sonst niemanden, der als Begleitung in Frage kommt?« Das beschäftigt mich schon die ganze Zeit. Hanro Graf klingt nett, sympathisch und scheint gebildet zu sein. Wieso hat so ein interessanter Mann in seinem Freundeskreis niemanden, mit dem er eine Vernissage besuchen kann?

»Nicht wirklich.« Hanro lacht. »Unter Beziehungsstatus würde ich schreiben: ›Es ist kompliziert!‹ Wie alt sind Sie eigentlich, Paulina? Sie klingen noch so jung.«

»Wäre das ein Hinderungsgrund?«, frage ich zurück, nicht bereit, dem Unbekannten mehr über mich zu erzählen als notwendig. »Gegenfrage: Wie alt sind *Sie* denn?«

»Ende vierzig.«

Ich gehe davon aus, dass er etwas geschummelt hat und schon über fünfzig ist. Daraufhin sage ich ihm, ich sei Ende zwanzig. »Was zieht man zu einer Vernissage denn an?«, erkundige ich mich. Das ist ein wichtiger Punkt, den ich nicht außer Acht lassen darf. Wenn ich nichts Passendes habe, muss ich ja noch los und mir was kaufen oder ausleihen. »Eine Vernissage ist für mich eine Premiere, ich habe keine Ahnung, ob es einen Dresscode oder sowas gibt.«

»Flippig, verrückt, ausgefallen«, sagt Hanro. Ich höre sein Schmunzeln heraus, als er fortfährt. »Schwarz oder Weiß. Auf gar keinen Fall Rot. Nicht einmal eine Armbanduhr in der Farbe. Die Künstlerin ist in dem Punkt sehr speziell, sie hat eine Aversion gegen Rot und soll schon mehrmals ausgeflippt sein und Gäste, die gegen die Regel verstoßen, hinausgeworfen haben.«

»Krass«, ist mein einziger Kommentar. Das schreit förmlich danach, etwas Rotes untendrunter zu tragen. Grinsend stelle ich mir vor, nicht die Einzige zu sein, die auf diese Idee kommt. Wenn nun alle Gäste etwas Rot an verborgenen Stellen mit sich tragen, kann das ja lustig werden. Ich sehe das künstlerische Ambiente im Geiste deutlich vor mir und kann ein Lachen nicht unterdrücken. Etwas eilig verabschiede ich mich von Hanro und gebe mich meinem Lachflash hin. Dann inspiziere ich meinen Kleiderschrank. Also, etwas Rotes muss sein, auch wenn ich mir dafür extra etwas kaufen muss.

Über die weitere Kleiderordnung mache ich mir nicht so viele Gedanken, da wird sich schon was finden. Jetzt muss ich nur zusehen, dass ich meinen Hut wiederbekomme, der soll mein Outfit noch toppen. Ich rufe Mirko an und frage, ob der Zauberhut mittlerweile wieder aufgetaucht ist. Ja, er hat ihn zufällig gefunden, die Kinder haben ihn gut versteckt. Am nächsten Tag will er vorbeischauen und ihn zurückbringen. Na also, geht doch!

10

Wie versprochen kommt Mirko am nächsten Tag vorbei. Als ich ihm die Tür aufhalte und sehe, dass er meinen Hut aufgesetzt hat, bin ich sprachlos. So eine Frechheit! Spitzbübisch grinst er mich an und tut so, als wären wir alte Freunde.

»Da bin ich. Also, ich meine, dein Hut.«

Er nimmt ihn ab, fährt sich mit den Fingern durchs Haar und wartet offensichtlich, dass ich mich dazu äußere. Soll ich ihn jetzt auch noch loben oder ihm sagen, dass ihm der Hut super steht und er sich unbedingt so einen Bowler zulegen soll?

»Das sehe ich. Wo hatten deine Süßen ihn denn versteckt?«

»Diese raffinierten Blagen.« Er lacht. »In der Waschmaschine hab ich ihn gefunden. Darauf muss man erst mal kommen«, sagt er entschuldigend. In seinen Augen ist so viel Wärme, als er von Emma und Finn spricht. »Was für einen Wunsch hat Emmi dir eigentlich zugeflüstert? Verrät die Wunschfee ihn mir?«

»Nein. Aber das bleibt ein Geheimnis zwischen Emma und mir.«

Mirko sieht mich ungläubig an. Hat er tatsächlich erwartet, dass ich es ausplaudere? Er greift zu seinem Portemonnaie, holt einen Fünfziger heraus und versucht mich damit zu bestechen. Denke ich jedenfalls.

»Du meinst wohl, für Geld kann man alles kaufen? Ist in eurer Familie wohl so üblich.«

»Wie? Ach so. Nein. So ist das nicht gemeint. Das wollte ich dir fürs Fensterputzen geben. Das hatte ich schon liegen, als du da warst, aber dann ging das plötzlich alles so schnell. Du kannst es doch bestimmt gut brauchen. Bitte, Paulina, nimm es. Ich fühle mich sonst so miserabel.«

»Und wie fühle ich mich wohl, wenn du mit einem Geldschein vor meiner Nase herumwedelst? Kauf deinen Kindern lieber was Schönes von dem Geld. Oder geh mit deiner Frau aus und sieh zu, dass ihr eure Beziehung rettet. Hast du noch Ärger wegen mir gekriegt?«

Bedröppelt steckt er das Geld wieder ein.

»Ich wollte dich nicht beleidigen. Vielleicht denke ich wirklich zu oft immer erst an mich«, sagt er nachdenklich. »Sie hat überhaupt nicht mit mir geredet, sondern nur die Kinder geschnappt und ist dann sofort verschwunden. Hat sie dich angesprochen?«

»Wir haben uns gegrüßt, und dann hat sie nen Spruch gebracht, dass ich wohl die Neue bin. Sie ist aber sofort weiter, ich konnte es nicht richtigstellen. Mirko, du liebst doch deine Kinder, unternimm was. Geh mit ihr essen und überzeuge sie davon, dass es keine Neue gibt. Oder gibt es eine andere? Oder soll ich mit deiner Frau reden?«

»Nein, es gibt keine andere. Meinetwegen kannst du gern mit ihr reden, aber ich kann dir jetzt schon sagen, sie wird dich eiskalt abblitzen lassen.«

»Ist dir eigentlich bewusst, dass sie dich beschatten lässt?«

Mirko sieht mich ungläubig an.

»Was tut sie? Woher weißt du das? Nein, das glaube ich nicht.«

»Dann frag sie mal, was es mit der dunklen Limousine auf sich hat, die die ganze Zeit gegenüber vorm Haus stand, bis ich gegangen bin. In dem Moment, als deine Frau aus ihrem Wagen stieg, fuhr sie weg. Das war bestimmt kein Zufall.«

»Du meinst, ein Privatdetektiv? Das kann ich mir nicht vorstellen. Das soll sie mir selber sagen.«

»Sehe ich auch so. Bestell ihr schöne Grüße, sie kann mich gern anrufen.«

Mirkos übermütige Stimmung ist wie weggeblasen. Er trinkt hastig seinen Tee aus, hat aber noch etwas auf dem Herzen. »Darf ich noch einmal wiederkommen?«

»Ja, darfst du. Um mir zu erzählen, wie's gelaufen ist.«

»Wäre es okay, wenn ich die Kinder mitbringe?«

»Ich glaube, das ist keine gute Idee. Dann kommen wir ja nicht zum Reden. Ein anderes Mal sehr gern. Grüß die beiden Mäuse von mir.«

Mirko macht ein bedröppeltes Gesicht, als er geht. Das hindert mich aber nicht daran, ihm hinterherzurufen, dass man Zauberhüte von anderen nicht aufsetzen darf, weil sich der Zauber dann umkehrt.

Nach seinem Besuch rufe ich Lu an und erzähle ihr davon und von dem nächsten Glückskeksdate mit dem Dresscode. Sie verspricht, mich für das Event herauszuputzen, zu schminken und zu stylen, vorausgesetzt, sie kann den Samstagnachmittag freinehmen.

»Du bist ein Schatz«, sage ich und drücke uns beiden die Daumen. Die Vernissage kann kommen, ich bin auf die Künstlerin und meinen Junimann sehr gespannt.

11

Ludmilla kommt wie verabredet am Tag der Vernissage mit ihrem Schminkköfferchen, in dem auch ein kleiner Prosecco Platz hat, bei mir vorbei. Sie konnte ihren Dienst tauschen. Ich bin mega happy, dass sie da ist.

»War es sehr schwierig, freizubekommen?«

»Es war nicht so leicht, wie ich dachte.« Sie grinst mich an, stellt ihr Köfferchen ab und taxiert mich bis zu meinen lackierten Zehennägeln. »Was hast du dir denn überlegt, was du heute Abend anziehen willst?«

»Steht noch nicht hundertpro fest.«

Wir gehen ins Schlafzimmer, und ich zeige ihr die Auswahl, die ich auf meinem Polsterbett ausgebreitet habe. Alles in Schwarz und Weiß, so wie Hanro es vorgeschlagen hat.

»Das ist ja sehr übersichtlich«, kommentiert sie mit sorgenvollem Gesichtsausdruck.

Ich zucke mit den Schultern. Seit der Trennung war ich nicht mehr shoppen, wofür auch? In meinem Kleiderschrank habe ich ohnehin keinen Platz mehr, da immer noch Sachen von Darius darin hängen.

»Ich finde es ausreichend. Was meinst du, Lu, soll ich lieber ein Kleid oder eine schwarze Hose mit weißem Top anziehen.« Ratlos sehe ich meine Freundin an, mir gefällt beides. Außerdem mache ich in fast allen Sachen eine gute Figur, worum mich meine Freundinnen beneiden.

»Hose und Top«, ist ihre spontane Antwort. »Hast du auch einen Blazer im Schrank? Und was ist mit Hosenträgern? Hat Darius welche dagelassen?«

»Echt jetzt? Hosenträger?«

»Hmm. Wenn es eine Frau richtig gut tragen kann, dann du. Das ist total sexy. Los, zeig mal.«

Ich schlüpfe in die enge Hose, die meine langen Beine besonders gut zur Geltung bringt.

»Macht nen schönen Arsch.« Lu nickt. »Hosenträger wären das Tüpfelchen auf dem I.«

Widerstrebend öffne ich die Schrankseite, in der ich Darius' Hinterlassenschaft verbannt habe.

»Dann will ich mal schauen, ob da noch was ist.« Seine Hosenträgersammlung, aus der er nur wenige Stücke mitgenommen hat, ist noch bei mir. »Da sind sie doch«, freue ich mich. Neben einer Fliege und Manschettenknöpfen knubbeln sie sich in einer Schublade zusammen.

»So schlimm?«, fragt Lu. Sie hat gesehen, wie zaghaft ich nach den Trägern greife, und auch den Kloß in meinem Hals, der mir die Luft nimmt.

»Geht so«, gebe ich zu. »Wird Zeit, die Sachen wegzutun. Der Kleiderschrank muss unbedingt aufgeräumt werden, ich will seine Sachen nicht länger in meinem Schlafzimmer. Darius hat hier nichts mehr zu suchen.«

»Bevor Darius' Klamotten nicht verschwunden sind, kannst du keinen anderen Kerl mit ins Bett nehmen. Das ist ja so, als säße er im Kleiderschrank und ...«

»Schluss jetzt! Kein Wort mehr!«, rufe ich lachend. »Wen soll ich schon mitnehmen in mein Bett?«

Bevor Lu mir darauf antwortet, sinniere ich darüber nach, ob ich die Sachen einem guten Zweck zukommen lassen soll, oder seinen Freund Matze anrufen und fragen, ob er alles abholen will. Immer noch ein wenig wehmütig greife ich zu einem weißen Hemd, das ich an meinem Ex so sehr geliebt habe, und ziehe es über. Es passt. Und es steht mir.

»Hey, das sieht mega aus.« Lu klatscht begeistert in die Hände. »So kannst du gehen.« Sie setzt mir den Hut auf meine ungebändigte Mähne und schiebt mich vor den großen Spiegel.

»Ich weiß nicht.« Ich ziehe eine Schnute. »Das Hemd riecht nach Darius. Ich glaube, das ist keine gute Idee.«

»Oh doch! Das ist sogar eine sehr gute Idee. Wofür gibt es denn Parfum?«

Sie nimmt sich den Inhalt ihrer Handtasche vor und wirft etliche Pröbchen auf die Bettdecke. Ein experimentelles Duftabenteuer ist mir aber heute zu gewagt, da verlasse ich mich lieber auf meinen, mit dem ich mich sicher fühle und der seit Jahren zu mir gehört.

»Okay«, sage ich, nachdem ich mich mehrmals vor dem Spiegel von allen Seiten begutachtet habe. »Du hast mich überzeugt.«

Nun geht es weiter mit dem Styling, doch zuvor will Lu mit mir anstoßen.

»Rate mal, was wir trinken?«

»Hä?« Was soll denn diese Frage. »Prosecco«, antworte ich.

»Ja. Aber nicht irgendeinen Prosecco. Das ist der von deinem heißen Nachbarn.«

Sie entkorkt den Prosecco, dann perlt der Inhalt in unseren Gläsern, und wir sehen uns tief in die Augen. Es ist ein altes Freundinnenritual, das wir immer noch pflegen. Ada hat es mit eingeführt und behauptet, es würde sieben Jahre schlechten Sex bedeuten, wenn man sich beim Anstoßen nicht in die Augen sieht. Darauf wollen wir es lieber nicht ankommen lassen. »Die leere Flasche stelle ich deinem süßen Nachbarn später vor die Tür, und vielleicht ...«

»Ludmilla? Was hast du vor?«

Ihrem Gesichtsausdruck nach hat sie etwas im Sinn, das ich nicht gutheißen kann. Zu blöd, dass ich es eilig hab und allmählich losmuss.

»Mal sehen, wie der guckt, wenn ich bei ihm anklingle. Aber vielleicht hat der Herr ja auch schon Damenbesuch und keine Zeit für mich.«

»Ich befürchte, ich kann dich nicht davon abhalten«, sage ich resigniert, weil ich Lu zu gut kenne und ihr das ohne Weiteres zutraue.

Rasch schlüpfe ich noch einmal aus den Klamotten und ziehe einen roten BH und das zugehörige Höschen an. Kritisch überprüfe ich im Spiegel, ob das Rot auch nirgends durchschimmert. Einen Rauswurf will ich nicht riskieren. Aber nicht einmal ein Fitzelchen ist zu erahnen.

Lu beginnt nun mit meiner Verwandlung und macht aus der natürlichen Paulina Kleemann ein Kunstwerk, eine höllisch attraktive Frau, die trotz Make-up, Puder und Rouge nicht angemalt aussieht. Als sie zu einem knallroten Lippenstift greift, muss ich sie bremsen, wir entscheiden uns für einen dunklen Beerenton.

Mit wenigen Griffen steckt sie mir das Haar kunstvoll hoch, seitlich zupft sie ein paar Strähnchen heraus und setzt mir dann meinen Bowler auf.

»Fertig!«, ruft sie und fotografiert ihr Meisterwerk von allen Seiten. Für ein Selfie umarmen wir uns mit den erhobenen Gläsern. »Wann musst du denn los? Und wie kommst du zur Galerie Kunterbunt?«

»Woher weißt du, in welcher Galerie die Vernissage stattfindet?«, frage ich verblüfft. »Das habe ich dir doch gar nicht erzählt. Oder doch?« Ich kann mich nicht erinnern, den Namen erwähnt zu haben.

»Steht groß in der Zeitung.« Sie lacht. »Außerdem muss ich doch wissen, wo ich meine Freundin notfalls rausholen muss.«

»Dann bestell ich mir jetzt das Taxi, der Graf zahlt«, sage ich, womit ihre Frage beantwortet ist.

»Na denn. Viel Spaß mit deinem Herrn Graf und der schönen Kunst. Ich räume hier noch auf, und dann verschwinde ich. Musst nicht auf mich warten. Geh ruhig schon nach unten.«

»Das ist lieb von dir. Und Lu ...«, streng sehe ich sie an, »mach keinen Unsinn und lass die Finger von Dominik.«

Wie ein unschuldiges Lämmchen, das kein Wässerchen trüben kann, schaut sie mich mit ihren Kulleraugen an. Mit zwiespältigen Gefühlen verabschiede ich mich zum nächsten Glückskeksabenteuer.

Ein wohliges Prickeln breitet sich in mir aus, je näher wir der Galerie kommen. Schweigend chauffiert der Taxifahrer mich durch den Großstadtverkehr, sodass ich ungestört meinen Gedanken nachhängen kann. Mit Kunst haben sie wenig zu tun, sondern mehr mit dem Menschen, den ich in wenigen Minuten kennenlerne. Es ist spannend, sich mit jemandem zu treffen, von dem man nur eine vage Vorstellung hat. Ob ich diesem Hanro einen winzigen Glücksmoment schenken kann? Wie er wohl ist und wie er aussieht, was er macht, wie sehr er sich für Kunst interessiert? Ob er außer Kunst noch weitere Hobbys hat? Er kann mich lediglich an meinem Hut erkennen, von dem ich ihm vorab ein Foto geschickt habe. Das Taxi steht noch nicht ganz, da nähert sich auch schon ein Mann, der nur Hanro Graf sein kann.

»Mein Glückskeks? Paulina Kleemann?«, fragt er überflüssigerweise.

»Herr Graf?« Ich zwinkere ihn an. Er lächelt, und ich kann nur denken: *Was für Augen!*, obwohl er eine modische Brille trägt. Den Größenunterschied – er ist sicher zehn Zentimeter kleiner als ich – bemerke ich erst, als wir voreinander stehen und er mich mit einem kräftigen Händedruck begrüßt. Es war eine gute Entscheidung, Sneaker statt Pumps zu nehmen.

»Ist was nicht in Ordnung?«

»Es könnte nicht besser sein. Paulina, ich freue mich riesig, dass du mich begleitest. Eine so schöne junge Frau hatte ich ehrlich gesagt nicht erwartet.«

Er ist charmant, wir werden uns bestimmt amüsieren.

»Das wird ein lustiger Abend. Wir werden die Blicke aller auf uns ziehen«, sagt er.

»Weil wir so ein ungleiches Paar sind?«, rutscht es mir heraus.

»Ich hoffe, du hast keine Vorurteile gegen kleine Männer. Ich mag große Frauen, mir macht es nichts aus, wenn eine Frau größer ist«, nimmt er auf, was ich unausgesprochen lasse. »Aber ich mag auch kleine Frauen«, setzt er noch hinterher. Wir lächeln unserem Spiegelbild in der Tür zu, die wir ansteuern. Der Abend wird sicher nicht langweilig.

Wie richtig ich mit dieser Einschätzung liege, zeigt sich bereits, als der Türsteher Hanros Einladung kontrolliert. Ich glaube, ich seh nicht richtig, es ist Pascal.

»Herr Graf und Frau Kleemann«, sagt er, ohne eine Miene zu verziehen, und wünscht uns viel Vergnügen.

Außer einem genuschelten »Hallo« kommt nichts über meine Lippen. Türsteher! Oder vornehmer ausgedrückt, Security-Mitarbeiter ist also ein weiterer Job von ihm. Mir ist schleierhaft, was Lu daran so interessant findet. Ich kann es beim besten Willen nicht nachvollziehen. Allerdings bleibt mir auch keine Zeit, darüber nachzugrübeln, denn mein Begleiter schiebt mich sacht ins Innere des Kunsttempels. An der Garderobe fragt er, ob ich den Sicherheitsmenschen kenne.

»Wieso?«

»Nun«, sagt er, »auf der Einladung ist nur mein Name vermerkt. Hanro Graf mit Begleitung. Woher kann er also wissen, dass du Paulina Kleemann bist? Oder habe ich mit einer berühmten Persönlichkeit das Vergnügen?«

»Der Typ ist ein Patient von mir«, erwidere ich, dann lasse ich mich von den überwiegend großformatigen Bildern in ihren Bann ziehen. Hanro schaut sich nach einem Stehtisch für uns um, den er schnell entdeckt und zielsicher anstrebt.

»Du bist Ärztin?«, erkundigt er sich dann. »Du bist doch noch keine dreißig. Dann warst du aber schnell.« Er nimmt zwei Sektkelche von einem Tablett und reicht mir einen.

»Richtig«, sage ich, auf das Alter bezogen. Wieder ein Kompliment. »Ich bin aber keine Ärztin, ich arbeite nur in einer Zahnarztpraxis. Genau genommen bin ich Zahnmedizinische Fachangestellte mit einigen Zusatzqualifikationen und poliere anderen gern die Zähne. Also, ich meine, ich mache die professionelle Zahnreinigung. Und ohne Qualifikation bin ich auch noch zuständig für das Betüddeln von Angstpatienten, da bin ich Naturtalent.«

»Dann bist du für das strahlende Lächeln des Türstehers verantwortlich?«

»Welches strahlende Lächeln? Ich habe keins gesehen, der hat doch kaum eine Miene verzogen.«

»Doch, er hat gelächelt. Schon als du aus dem Taxi stiegst. Aber du hast es nicht bemerkt. In welcher Praxis hältst du denn Händchen?«, scherzt er. Seufzend sagt er, dass er sich wünscht, auch so ebenmäßige, weiße Zähne zu haben.

Ein alberner Kiekser kommt, und dann muss ich laut lachen. Einige Gäste drehen sich pikiert nach mir um.

»Upps.«

Ich schlürfe meinen Sekt und überlege, was ich sagen kann, ohne meinen Begleiter vor den Kopf zu stoßen. Denn wenn ich ehrlich bin, kann man an seinem Gebiss wohl nicht viel optimieren. Aber er scheint damit ganz gut leben zu können.

»Auf einen schönen Abend«, sagt er leichthin, leert sein Glas und lächelt mich mit seinen schiefen Zähnen herzlich an. »Bei mir wird das nichts mehr. Meine Zähne haben sich schon in früher Jugend schiefgestellt. Zu meiner Zeit war es noch nicht üblich, jedem Kind eine Zahnspange zu verpassen. Ich hab mich dran gewöhnt und bewerbe mich nicht für Schönheitswettbewerbe. Außerdem kann ich mit meinen Zähnen gut zubeißen, und ich habe sie noch alle. Auch die Weisheitszähne.«

Der Mann hat einen unbeschreiblichen Humor, der jedes Mal dann, wenn ich nicht damit rechne, durchblitzt und mich zum Lachen bringt. Auf seinen Beziehungsstatus angesprochen, den er als kompliziert dargestellt hat, erzählt er knapp von seiner gescheiterten Ehe. Das ist alles längst vorbei, sagt er und fängt an, von seinem eineinhalbjährigen Enkelkind zu schwärmen. In seinem Leben gibt es momentan keine Frau, aber er ist offen für eine neue Beziehung. Wir stoßen auf die Liebe an. Alles Weitere muss bis nach dem offiziellen Teil der Vernissage warten, der jetzt beginnt. Die Künstlerin wird vorgestellt und dann ihre Werke, ihre Inspiration, und auch ihr Spleen mit dem Rot kommt zur Sprache.

»Wenn die wüsste«, flüstere ich Hanro Graf mit einem Zwinkern zu.

»Nein«, haucht er entsetzt zurück. »Du auch?«

»Ich sehe was, was du nicht siehst, und das ist rot«, nuschle ich. Wir brauchen uns nur anzusehen, um zu wissen, was gemeint ist. Wir starren in unsere Gläser, um nicht schon wieder lachend aufzufallen. Heimlich halte ich nach Pascal Ausschau, ich kann ihn aber nirgends entdecken. Ob er immer noch vor der Tür Wache hält? Meiner Meinung nach macht das keinen Sinn. Oder werden noch weitere Gäste erwartet?

Nach dem offiziellen Teil werden die Gäste gebeten, sich in aller Ruhe umzusehen und die Gelegenheit gern zu nutzen, um die Künstlerin persönlich kennenzulernen. Kaufinteresse ist natürlich auch gewünscht. An unserem Stehtisch haben wir einen guten Überblick, folglich haben wir wenig Lust, ihn zu verlassen. Aber dann entdeckt Hanro einen Freund, mit dem er sich unter die anderen Gäste mischt. Ich schaue mich allein ein wenig um. Mich interessieren auch die Preisschildchen. Beim näheren Hinsehen seufze ich still in mich hinein und verabschiede mich davon, jemals ein Werk der Künstlerin zu besitzen. Allein die kleineren Formate werden im oberen dreistelligen Bereich gehandelt.

»Es ist fantastisch, nicht wahr?«, spricht mich jemand an, als ich versunken vor einem Bild verweile.

»Es berührt etwas in mir«, sage ich leise. »Leider ist es unerschwinglich für mich.«

Als ich mich umdrehe, steht vor mir eine Verwandte meines Ex, die ich von Geburtstagen und Familienfeiern kenne.

»Carla!«, rufe ich erfreut. »Was machst du denn hier?«

Wir haben uns ewig nicht mehr gesehen, aber das tut unserer Sympathie füreinander keinen Abbruch. Wir waren von Anfang an auf einer Wellenlänge. Nur meinetwegen hat Carla ihren Zahnarzt gewechselt.

»Du siehst toll aus. Mit wem bist du denn hier?«, frage ich und schaue mich nach ihrer Begleitung um.

Ihre grünen Augen lachen mich an, sie zieht mich in ihre Arme und drückt mich.

»Ich bin allein hier und hab schon befürchtet, dass man mich wegen meiner roten Haare nicht reinlässt.«

Dann tritt sie einen Schritt zurück, checkt mich von oben bis unten ab und meint, dass ich umwerfend rüberkomme.

Natürlich will auch sie wissen, mit wem ich da bin. Ob es einen neuen Mann in meinem Leben gibt. Mittlerweile hat es sich also herumgesprochen, dass ich wieder Single bin.

»Ähm. Also, ich bin nicht allein hier. Es ist nur ein Bekannter, den ich begleite.«

Sie grinst unverschämt bei dem Wort ›Bekannter‹ und reitet darauf herum, wie bekannt wir denn miteinander sind. Außerdem soll ich ihn ihr vorstellen.

»Siehst du den da vorne?« Mit einer Kopfbewegung deute ich in seine Richtung.

»Der Kleine?«

Ich liebe ihre direkte Art und kann nicht anders, als breit zu grinsen. Als hätte er es gehört, schaut Hanro zu uns herüber, nickt und steht wenig später mit drei Gläsern in der Hand bei uns.

»Na, haben Ihnen die Ohren geklingelt?«, spricht Carla ihn an, woraufhin er ihr gleich das Du anbietet.

»Oh. Die Damen haben über mich gelästert?«

»Und wie!«, versichern wir.

»So, so. Darf man auch wissen, worüber?«

Mit hochgezogenen Augenbrauen sieht er mich an und will wissen, ob ich sein Geheimnis verraten hätte. Carlas Neugier ist geweckt.

»Was denn für ein Geheimnis?«

»Psst.« Er legt einen Finger an die Lippen. »Nicht weitersagen.«

»Ich bin die Verschwiegenheit in Person«, versichert Carla mit Hinweis auf ihren Beruf als Rechtsanwältin. »Ich bin zum Schweigen verdonnert, darauf habe ich sogar einen Eid geschworen.« Sie hebt die Finger. »Ist es was Schlimmes? Dann bist du bei mir an der richtigen Adresse.« Gewohnheitsmäßig zieht sie eine Visitenkarte aus einem kleinen Etui und reicht sie ihm. »Also?«, fordert sie Hanro mit einem Funkeln in den Augen noch einmal auf.

Amüsiert und verwundert beobachte ich, wie sich die Blicke der zwei ineinander verfangen. Carla schaut zu ihm auf und verhext ihn mit ihren grünen Augen. Auf Hanros Reaktion bin ich jetzt aber gespannt. Es dauert einige Sekunden, bis er sich aus ihrem Blick löst und antwortet.

»Hat Paulina dir verraten, dass ich die oberste Regel des Abends gebrochen habe? Ich trage R, O, T. Untendrunter.«

Sie rückt nah an Hanro heran und entblößt für den Bruchteil einer Sekunde ihre Schulter. Sattes Rot auf weißer Haut. Blitzschnell verdeckt sie alles wieder, ihre Augen sprühen Funken, und die Sommersprossen auf ihrer Nase wackeln bei den Grimassen, die sie zieht, um nicht in schallendes Gelächter auszubrechen.

Sie kann sich kaum noch halten, hat sich dennoch unter Kontrolle, Hanro scheint es nicht anders zu gehen. Nur ich schaffe es nicht, entschuldige mich und suche das Weite, um nicht peinlich zu werden. Die zwei sind mir bestimmt nicht böse über meinen Rückzug. Ich bin mir sicher, sie werden noch weitere Geheimnisse miteinander teilen.

Fluchtartig laufe ich zum Ausgang, direkt in Pascal hinein.

»Was ist denn mit dir los?«, fragt er mit einem unmerklichen Schmunzeln. »Hat dir jemand was getan?«

Ich halte mir den Bauch und kann nicht antworten. Ich gebe nur noch grunzende Urlaute von mir und winke ihn mit mir hinaus.

»Na gut«, murmelt er mit einem Blick auf die Uhr.

Hier draußen kann ich meiner Heiterkeit wenigstens freien Lauf lassen. Als ich mich umsehe, stelle ich fest, dass es nicht nur mir so geht. Kleine Grüppchen, manche mit einer Zigarette oder einem Drink in der Hand, stehen plaudernd beisammen. Ich lache immer noch und flüstere Pascal den Grund dafür ins Ohr. Er verzieht seinen Mund zu einem so breiten Grinsen, als würde er für eine Zahnpasta Reklame machen.

»Komm mal mit.«

»Wohin? Was hast du vor?«

»Zeig ich dir.« Er nimmt meine Hand und zieht mich hinter eine Toreinfahrt. Mein Bauch vibriert, doch vom Lachen allein kommt es nicht, es fühlt sich an, als ob ein Schwarm Schmetterlinge darin umherschwirrt.

»Paulina, sieh mal hier«, sagt er mit rauer Stimme so nah an meinem Ohr, dass ich seinen Atem spüre.

Verwirrt werfe ich den Kopf in den Nacken und schaue in den Nachthimmel.

»Was denn? Was gibt's denn da zu sehen, außer jeder Menge Sterne?«

»Nein, nicht da oben.«

Pascal legt mir die Hand in den Nacken und lenkt meinen Blick nach unten. Mit Leichtigkeit öffnet er seine Gürtelschnalle, dann die Hose und zupft an dem Bund von dem, was er auf der nackten Haut trägt. Bei dem Licht kann ich die Farbe des feinen Stoffs nur erahnen, aber das kleine Stückchen Haut unterhalb seines Nabels sehe ich überdeutlich und muss mich beherrschen, mit meinen Fingerspitzen nicht durch die feinen Härchen abwärts zu gleiten.

»Du auch?!«, fragt Pascal.

»Du meinst?«

Wie meint er das denn, ist das eine Frage oder soll das eine Aufforderung sein?

»Ja, ich meine«, sagt er.

»Du willst doch jetzt nicht …? Hier …?«

Er lacht auf.

»Nein. Das nicht. Das hebe ich mir für später auf.«

Blitzschnell sieht er wieder so korrekt aus, wie es sich für einen anständigen Türsteher gehört. »Ich meinte eigentlich, ob du auch etwas Rotes trägst und ob du es mir zeigst.«

»Ach das. Ich dachte schon …«, fange ich an zu stammeln, öffne die oberen Knöpfe meines Hemds und zeige ihm die rote Spitze meines BHs.

»Fühlt sich gut an«, sagt er und streichelt über den Träger, ehe ich seine weichen Lippen auf meiner Schulter spüre. In meinem Bauch ist ein sehnsüchtiges Ziehen, das ich schon fast vergessen habe.

»Du wolltest noch etwas sagen«, erinnert er mich. »Als du meintest: ›Ich dachte schon …‹ Also, was dachtest du?«

Mir wird heiß, und ich bin dankbar, dass man die Röte auf meinen Wangen nicht erkennen kann. Pascal flüstert und spricht aus, was ich gedacht habe.

»Du dachtest doch nicht etwa, dass ich hier mit dir Sex haben will?«

Er hebt mein Kinn an, sodass ich seinem Blick nicht ausweichen kann.

»Das würde ich dir durchaus zutrauen.«

»Da täuschst du dich aber gewaltig, meine Süße. Du hast ein ziemlich schräges Bild von mir«, beschwert er sich, nimmt meinen Arm, und wir verlassen unser geschütztes Eckchen. Unmöglich kann er den Eingangsbereich noch länger im Stich lassen. Mit einem verschwörerischen Seitenblick grinse ich ihn an. Er zwinkert nur für mich sichtbar zurück und sieht auf die Uhr. Vor der Galerie ist alles in Ordnung, die Stimmung ist gelöst und heiter.

»Wie soll ich mir denn ein vernünftiges Bild von dir machen, wenn du nichts von dir preisgibst und immer ausweichst? Wie soll das gehen?«, zicke ich ihn an.

»Kann ich dich nachher mitnehmen und nach Hause bringen?«, fragt er statt einer Antwort. »Ich meine, falls du nicht mit deinem Begleiter zurückfährst. In einer Stunde hab ich Feierabend.«

»Mein Begleiter«, wiederhole ich schnaubend. Er hat schon wieder von sich abgelenkt. »Der vermisst mich bestimmt schon. Ich sage dir Bescheid. Bei dem sollte ich mich langsam mal wieder blicken lassen.«

»Da vorne sehe ich ihn schon. Scheint nicht so, als ob er dich vermisst. Ich laufe jedenfalls nicht weg.«

Tatsächlich. Durch die Fensterfront entdecke ich Hanro und Clara, die ein Kunstwerk betrachten. Er hat den Arm um ihre Schultern gelegt und flüstert ihr etwas zu. Ich hab mich also nicht getäuscht, zwischen den beiden hat es gefunkt.

»Ich geh mal wieder rein und vertreibe mir drinnen so lange die Zeit, bis du Feierabend hast. Wäre nett, wenn du mich nach Hause bringst.«

Seine Augenbraue zuckt, mehr nicht. Ich drehe mich noch einmal um, aber er nimmt keine Notiz mehr von mir.

Hanro grinst mich an, als ich in der Galerie auf die beiden zugehe.

»Wir haben dich schon vermisst«, sagt er. »Wo hattest du dich versteckt?«

»Wir haben dich vorm Haus gar nicht gesehen. Und der schöne Türsteher war auch nicht da«, kommentiert Clara mit blitzenden Augen. »Hanro meint, ihr kennt euch?«

»Flüchtig«, gebe ich zu.

»Wer's glaubt«, gickelt Clara mit einem vieldeutigen Lächeln. Sie lehnt sich an Hanros Schulter an und fragt mich, ob ich etwas dagegen habe, wenn sie jetzt gehen. Als ob ich den beiden eine Erlaubnis geben müsste! Natürlich habe ich nichts dagegen, dass die Turteltäubchen die Ausstellung verlassen.

»Wir haben uns alles angesehen und auch ein Bild erstanden.«

Ich gratuliere Hanro und Clara zu ihrem Kauf, allerdings frage ich nicht weiter nach, für welches sie sich entschieden haben. Ich muss unbedingt eine Lösung für mein finanzielles Problem finden, damit ich mir auch mal etwas leisten kann. Vielleicht sollte ich mich doch mit dem Gedanken anfreunden, einen Untermieter bei mir einziehen zu lassen.

Hanro drückt mir einen Hunderter in die Hand, den ich nur widerstrebend einstecke. Fürs Taxi und dafür, dass ich ihm einen Wunsch erfüllt habe. Einen Herzenswunsch, versichert er mir.

»Es war mir ein Vergnügen«, gebe ich zurück, verabschiede die beiden mit einer dicken Umarmung und dem Versprechen, in Kontakt zu bleiben.

»Macht was Schönes draus«, rufe ich ihnen hinterher, als sie Hand in Hand die Galerie hinter sich lassen.

12

Leicht angeschickert, mit dem Taxigeld in der Hand, gehe ich zu Pascal. Sein Angebot, mich nach Hause zu bringen, steht noch, also stecke ich das Geld wieder ein.

»Können wir fahren? Bist du fertig?«, frage ich.

»So gut wie. Ich sag nur noch schnell meinem Auftraggeber Bescheid. Bin gleich wieder da.«

Ich sehe ihm hinterher, und Lus Bemerkungen über seinen knackigen Hintern fallen mir unwillkürlich wieder ein. Das liegt wohl an dem Aperol vorhin. Aber es stimmt, Pascal hat einen richtig geilen Hintern. Sonst wäre er ja auch kein Model für Unterwäsche.

»Wie kannst du dir als Student einen BMW leisten?«, frage ich, als wir im Auto sitzen. »Oder hat Opa Valentin den Wagen gesponsert?«

»Nein, hat er nicht. Alles selbst erarbeitet«, entgegnet er knapp. »Soll ich noch mit hochkommen?«

Pascal rangiert den Wagen in eine Parklücke, unmittelbar vor der Haustür. Normalerweise ist hier nie was frei, das grenzt schon an ein Wunder.

»Hmm.« Ich nehme seine Hand vom Lenkrad, wir sehen uns an und wissen beide, dass wir so nicht auseinandergehen können. »Du wolltest mir doch noch etwas zeigen. Oder?«

»Du mir aber auch, Pauli. Und du hast gesagt, du willst mich kennenlernen. Also, richtig kennenlernen.«

»Worauf warten wir dann noch?« Mein Mund ist trocken, und mein Herz hämmert wie blöd. Jede einzelne Stufe bis zu mir ist zu viel, die Treppe scheint kein Ende zu nehmen. Pascal erklimmt die Stufen im Gegensatz zu mir mit einer erstaunlichen Leichtigkeit. Er ist verdammt sportlich, was man seinem Body ja auch ansieht. Auf der Etage, auf der mein nerviger Nachbar wohnt, gebe ich ihm Zeichen, besonders leise zu sein. Dominik soll nicht mitbekommen, dass ich nicht allein bin. Auf Zehenspitzen schleiche ich vorbei. Just in dem Moment höre ich das vertraute Knarren seiner Tür. Sie geht einen Spaltbreit auf, und ich erkenne Ludmilla, die sich auf die Zehenspitzen stellt und sich mit einem Kuss von dem langen Kerl verabschiedet. Ich halte die Luft an. Sie hat es also doch getan! Soll ich mich unsichtbar machen oder meinem Ärger freien Lauf lassen? Damit würde ich allerdings das ganze Haus aufwecken.

»Ich komme wieder«, zwitschert Lu.

Unsichtbar machen! Zu spät, Lu hat uns schon gesehen.

»Macht es euch noch schön, ihr zwei. Wir hatten auch viel Spaß«, ruft sie uns hinterher, dann läuft sie leichtfüßig und kichernd treppab. Dominik lehnt lässig am Türrahmen. Sein heldenhaftes breites Grinsen lässt die Vermutung zu, dass er es wieder einmal geschafft hat, eine Frau flachzulegen. Potenzmonster! Wutschnaubend blaffe ich ihn an, die Klappe zu halten, ehe er überhaupt den Mund aufgemacht hat. Jetzt zwinkert er mir auch noch zu, zieht sich dann aber schnell in seine vier Wände zurück. Unten fällt die Haustür ins Schloss.

Vor zwei Minuten war ich noch so gut drauf, bereit für einen schönen Ausklang des Abends mit Pascal. Doch nun bin ich verärgert. Wegen Lu. Am meisten aber über mich selbst, denn nach ihren Andeutungen hätte ich es wissen müssen.

»Wie wär's mit einem Absacker auf dem Balkon?«, frage ich unnötigerweise, da die Eiswürfel in meinem Glas bereits lustig aneinanderklirren. Die Mischung meines Drinks hat die Farbe eines feurigen Sonnenuntergangs, am Aperol habe ich nicht gespart. Lecker!

»Schon vergessen?« Er nimmt mir das Glas aus der Hand. »Ich trinke keinen Alkohol.«

»Ach ja, stimmt. Da war doch was. Langweilige Spaßbremse!«, necke ich ihn.

»Aber du musst zugeben, ich bin ein äußerst netter, sympathischer und gutaussehender Langweiler«, entgegnet er von sich überzeugt. An Selbstbewusstsein mangelt es ihm jedenfalls nicht. Trotzig greife ich nach meinem Cocktail, den der Blödmann mir weggenommen hat. Er glaubt, dass ich genug für heute habe.

»Ich hab echt genug! Für heute. Was sagst du denn dazu, was Lu da abzieht?«

»Was soll ich dazu sagen? Ist doch allein ihre Sache. Lu ist ein erwachsenes Mädchen. Die weiß, was sie tut. Und wenn sie sich für deinen Nachbarn interessiert und er sich für sie, dann sollten wir ihr das gönnen. Ist doch alles okay.«

»Pah! Glaubst du, ich wünsche ihr nicht, dass sie sich verliebt? Aber doch nicht in den Kerl da unten. Der hat alle drei Monate 'ne Neue am Start, und das weiß Lu ganz genau. Das Haus ist hellhörig, ich kriege alles mit, was der mit seinen Freundinnen so treibt.«

»Klingt spannend. Schade, dann sind wir ein bisschen zu spät gekommen.« Er grinst sein Zahnpastalächeln.

Das mag ich mir gar nicht erst vorstellen, von unten das Gestöhne von Dominik und Ludmilla mitzubekommen. Nicht einmal im Traum. Und schon gar nicht live. Wie soll das denn werden, wenn die sich das nächste Mal treffen und ich unfreiwillig Zeuge werde?

»Ich dachte, du interessierst dich auch für mich«, holt Pascal mich zurück. »Wenigstens ein kleines bisschen.«

»Gib mir sofort meinen Aperol, sonst kann ich das nicht entscheiden, ob ich interessiert bin«, pflaume ich ihn an. Pascal macht keinerlei Anstalten, er sieht mir nur ruhig und unaufgeregt in die Augen. Ich erwidere seinen unergründlichen Blick und bemerke erstmalig seine dichten hellen Wimpern, um die jede Frau ihn beneiden würde.

»Gewonnen«, gebe ich nach. »Vielleicht, aber auch nur vielleicht, bin ich ein klitzekleines bisschen an dir interessiert.«

Seine Augen scheinen mich magisch anzuziehen. Ich mache einen Schritt auf ihn zu, mein Drink ist unwichtig geworden, als er seine Hände auf meine Hüften legt und mich an sich zieht. Ich spüre seinen Atem an meiner Wange, dann seine Lippen auf meinem Mund. Unsere Augen sagen sich so viel Unausgesprochenes, bevor seine Zunge zwischen meine Lippen drängt und mich leise aufstöhnen lässt. Nur noch fühlen will ich ihn, sonst nichts. Jede noch so sanfte Berührung steigert mein Verlangen nach mehr, nach viel mehr, nach hemmungslosem Sex. Unsere Küsse sind nicht mehr spielerisch, das Stadium des sanften Erforschens weicht unbändiger Lust.

Mein Hut fällt als Erstes, und das Hemd von meinem Ex hat nur noch ein paar geschlossene Knöpfe. An meinem Ohr knabbernd fragt Pascal, ob er auch die restlichen Knöpfe öffnen darf. Was für eine Frage!

»Darfst? Nun mach schon.«

Ruck, zuck sind alle Knöpfe offen, und nun leuchtet ihm meine schönste rote Unterwäsche entgegen.

»Wunderschön«, raunt er zwischen zärtlichen Küssen auf meinem Dekolletee.

Mir wird wahnsinnig heiß, mein Unterleib pocht vor freudiger Erwartung, und mein Mund ist wie ausgetrocknet.

Mein Verstand hat sich längst verabschiedet. Nur wir zwei zählen, nichts anderes. Langsam streift er mir die Träger von den Schultern und betrachtet meine Nippel, die sich deutlich unter den Körbchen abzeichnen. Er umkreist sie mit den Fingern so gefährlich sanft, dass mir die Luft wegbleibt.

Plötzlich funkt mir mein Gehirn dazwischen und erinnert mich, dass er versprochen hat, mir mehr zu zeigen als das rote Bündchen seiner Boxershorts, und ich verschließe mein Hemd mit dem mittleren Knopf.

»Was ist los? Habe ich etwas falsch gemacht? Oder magst du das nicht? Bin ich zu forsch?«

Das war wohl nur eine rhetorische Frage.

Ich schüttle den Kopf, setze mich auf den Tisch und sage, er soll mir mal zeigen, wie er als Wäschemodel posiert.

»Zeig mir, was du so draufhast. Und drunter.« Ich kichere und wandere mit meinem Blick abwärts. Bedächtig zuppelt er sein schwarzes Shirt aus der Anzughose, das macht mich noch mehr verrückt.

»Echt jetzt?«

Unschlüssig sieht er mich an.

»Ich kann für nichts garantieren.« Damit meint er die Ausbuchtung in seiner Hose. »Ähm. Du siehst, ich hab einen ... Ständer. Deine Schuld.«

Er nimmt kein Blatt vor den Mund, so viel Direktheit hab ich nicht von ihm erwartet. Will ich wirklich, dass er seine Hose auszieht?

»Warte einen Moment.«

Elegant schwinge ich meine Beine über den Tisch und komme auf der anderen Seite zum Stehen.

»Ich hol uns ein Wasser vom Balkon.«

Schon bin ich draußen, sehe auf die Lichter der Stadt und die Sterne über mir. Die frühsommerliche Luft ist mild, aber frisch, genau die richtige Abkühlung, die ich jetzt brauchen kann. Pascal steht wenig später hinter mir, umfängt mich mit den Armen und schiebt eine vorwitzige Haarsträhne beiseite, die ihn hindert, meinen Nacken zu küssen.

»Fühlst du es?«, raunt er mir zu.

Was für eine Frage!, denke ich, fest an ihn geschmiegt.

»Und ob! Willst du hier draußen deine Show abziehen?«, flachse ich.

Doch da höre ich von unten, wie Dominik telefoniert und gerade sagt, dass es jetzt spannend wird. Er spricht zwar leise, aber ich kann jedes Wort verstehen. Es kann nur Lu sein, am anderen Ende der Leitung.

»Spanner«, rufe ich nach unten. Ich schnappe mir das Wasser und Pascal und knalle die Tür hinter uns zu.

»Das war's dann wohl. Lass die Hose besser da, wo sie ist. Unter den Bedingungen geht bei mir gar nichts. Bitte sei mir nicht böse, aber es geht wirklich nicht.«

»Wir können ganz leise sein«, sagt er in mein Haar.

»Nee. Vergiss es. Ich weiß, was an Geräuschen hier ankommt, das wird unten nicht viel anders sein. Und wenn ich daran denke, dass Ludmilla in der Leitung ist und nur darauf wartet, dass Dominik ihr alles erzählt … Tut mir leid, Pascal. Ich kann nicht anders.«

»Wir können auch zu mir fahren«, schlägt er vor. »Bei mir ist es ganz ruhig im Haus.«

»Wo wohnst du überhaupt? Noch nicht einmal das weiß ich von dir.«

Er grinst, als er mir die Adresse nennt, und zieht seine Sachen wieder an. Wir wohnen im selben Stadtteil, bis zu ihm sind es nur ein paar Minuten. Aber die Stimmung ist hin und weicht einer bleiernen Müdigkeit.

»Nein, heute nicht mehr«, lehne ich ab.

»Wie wäre es, wenn ich für dich koche? Es wird vielleicht nicht das perfekte Dinner. Ist aber schon nah dran.«

»Angeber! Wann willst du mich zum Essen einladen?

Lassen deine Jobs dir überhaupt noch Zeit dazu?«, lästere ich.

»Nächstes Wochenende bin ich bei einem Shooting. Aber an dem darauffolgenden habe ich frei.«

Ich überlege kurz, hole mein Handy und schaue in meinen Kalender. »Ganz schlecht«, sage ich dann. »Da bin ich wieder in Sachen Glückskeks unterwegs.«

»Ich dachte, das machst du immer mittwochnachmittags?« Pascal zieht eine beleidigte Schmollschnute, ich muss ihn einfach küssen. Allerdings nur ganz zärtlich, schließlich will ich mir nicht wieder anhören müssen, ›alles deine Schuld‹.

»Normalerweise ist das auch so. In besonderen Situationen muss man auch mal eine Ausnahme machen. Ich soll einen netten jungen Mann zu einer Hochzeit begleiten.«

»Ach so ist das.«

Mit meiner Auskunft ist er wohl nicht zufrieden, und schon fange ich an zu quasseln und erzähle alles, was ich über die Hochzeit und den Single-Mann weiß, der sich das gewünscht hat.

»Der hat mich für den ganzen Tag und die Nacht gebucht«, sage ich augenzwinkernd.

»Und wann kann *ich* dich für einen Tag und eine ganze Nacht buchen?«, kommt Pascals Gegenfrage.

»Wenn du einen Glückskeks von mir hättest, also, dann hättest du eine Chance«, entgegne ich mit einem unterdrückten Gähnen.

»Wenn ich das gewusst hätte«, Pascal stöhnt, »dann hätte ich ihn selbst behalten und nicht meinem Opa geschenkt.«

13

Obwohl ich mir nicht den Wecker gestellt habe, wache ich viel zu früh auf. Jetzt einen Kaffee am Bett, denke ich, bin aber zu faul aufzustehen und ihn mir selbst zu machen. Wenn ich Pascal bloß nicht nach Hause geschickt hätte! Schon male ich mir aus, wie er mir mit einem Lächeln einen heißen, duftenden Wachmacher serviert. Ich darf gar nicht daran denken, wie schön der Abend hätte werden können, wenn Lu uns nicht über den Weg gelaufen wäre und ... Was und? Hätte ich? Irgendwie bin ich völlig durcheinander, was nichts mit meinem Schwips der letzten Nacht zu tun hat.

Mit Lu muss ich unbedingt ein ernstes Wörtchen reden. Aber erst nach der Dusche und mit einem Kaffee im Bauch. Als ich sie anrufen will, sehe ich schon eine Nachricht von ihr auf meinem Handy. Ob ich etwa sauer auf sie bin, will sie wissen. Und was ich heute vorhabe. Auch Pascal hat mir eine Nachricht geschickt. Er konnte die halbe Nacht nicht schlafen, weil er ständig an mich denken musste. Grins. Der Tag fängt doch gar nicht so schlecht an.

Ich wähle Lus Nummer, leider ohne Erfolg. Nur ihr blöder Anrufbeantworter spricht mit mir. Bei Dominik kann sie nicht sein, das hätte ich mitgekriegt. Während ich Erdbeeren und ein Stück Banane für mein Müsli schnipple, frage ich mich, was ich ihr denn nun vorwerfen will. Dass sie mich hintergangen hat? Dass sie mein Vertrauen auf übelste Art und Weise missbraucht hat? Dass meine Freundin Lu sich an meinem Nachbarn vergriffen hat? Ich gieße kochendes Wasser über meine Haferflocken, schnappe mir den Pott Kaffee und eine leichte Decke und verziehe mich auf den Balkon. Glocken läuten in der Nähe, und ein Spatz auf dem Balkongeländer legt das Köpfchen schief, als wartete er nur darauf, dass ein Krümelchen für ihn abfällt.

»Ist ja gut, Kleiner, ich hab noch was für dich«, sage ich, gehe hinein und komme mit einem trockenen Scheibchen Brot und meinem Handy wieder zurück. Der Spatz flattert aufgeregt näher, setzt sich auf den Tisch und pickt hungrig jeden Krümel von der Decke, während ich versuche, Ludmilla eine Nachricht zu schreiben, auf die sie antwortet und nicht auf stur schaltet. Denn das kann sie hervorragend. Wenn Lu eingeschnappt ist, kommt man nicht so leicht wieder an sie ran.

Als der Spatz mit seinem Frühstück fertig ist, hab ich meine Nachricht immer noch nicht ausformuliert, werde aber auch andauernd von aufploppenden Erinnerungen aus dem Konzept gebracht. Ich weiß ja, dass die Hochzeit in zwei Wochen anliegt, muss ich daran wirklich noch erinnert werden? Daran nicht, aber ich sollte mir Gedanken über meine Garderobe machen.

Was ziehe ich an? Was ist angemessen? Ich brauche Lu noch einmal als Style-Coach. Das könnte ich ihr doch schreiben, überlege ich. Außerdem brenne ich darauf, ihr von meinem gestrigen Abend zu erzählen. Von Hanro und Carla, bei denen ich live dabei war, als der Funke zwischen ihnen übergesprungen ist. Wie das wohl mit den beiden weitergegangen ist? Ich bin mir zu hundert Prozent sicher, dass sie eine tolle gemeinsame Nacht hatten, der noch viele folgen werden.

Mit der leeren Tasse gehe ich hinein, um meinen Kleiderschrank zu inspizieren. Die Ernüchterung folgt, als ich sehe, wie viel Platz meine festliche Garderobe im Schrank einnimmt, im Gegensatz zu den Sachen von Darius. Ich muss unbedingt Matze anrufen, damit er endlich die Klamotten meines Ex abholt und den Schlüssel zu unserer Wohnung abgibt, den er immer noch hat. Wenn ich das Pascal erzähle, wird der mir wahrscheinlich eine Standpauke halten und fragen, ob ich von allen guten Geistern verlassen bin, so leichtsinnig und blauäugig zu sein. Ich könnte ihm noch nicht einmal widersprechen, denn ich vertraue grundsätzlich auf das Gute im Menschen.

Als wäre es Gedankenübertragung, klingelt es, und Ludmilla steht mit einer Brötchentüte vor der Tür.

»Dass du dich hierher traust«, rufe ich mit gespielter Empörung, froh darüber, ihr noch keine WhatsApp geschickt zu haben.

»Du hattest letzte Nacht den Frühstücksservice bestellt, oder war das dein Nachbar?« Sie wirft ihre Jacke auf einen Stuhl und erzählt scheinheilig, dass sie auch für Pascal und für Dominik Brötchen mitgebracht hat. »Wie? Pascal ist nicht über Nacht geblieben? Ich dachte, es hätte nun endlich mal gerappelt im Karton? Ein bisschen Liebesleben würde dir guttun, meine liebe Pauli. Nicht immer nur den Nachbarn belauschen! Das tut man nicht.«

»Kaffee?«, bremse ich ihren Redefluss, mit dem sie von ihrem schlechten Gewissen ablenken will. »Kannst ruhig sagen, dass es dir leidtut. Wenn du nicht mit Dominik rummachen würdest, dann ...«

»Was dann? Dann wäre Pascal jetzt noch hier? Wolltest du das sagen?«

Ich nicke. »Frühstücksei?«

»Wachsweich. Du weißt ja, wie ich es am liebsten mag.«

Lu schleicht sich von hinten an und dreht mich an den Schultern zu sich herum.

»Damit du beruhigt bist, meine liebe Pauli, mit Dominik

und mir war noch nichts. Jedenfalls nicht gestern Abend. Wir haben trotzdem viel Spaß zusammen gehabt, nur ein bisschen geknutscht. Der Typ ist nicht nur verboten attraktiv, mit dem kann man sich sogar richtig gut unterhalten. Und lachen. Und knutschen. Und er ist charmant. Der ist ein echter Frauenversteher. Ich glaube, du hast ein völlig falsches Bild von ihm.«

»Und was war mit dem Abschiedskuss?«

»Das war nur ein harmloses Küsschen.«

»Ich hab ein völlig falsches Bild von dem Lüstling? Sag mal, wer wohnt denn hier im Haus und muss seine Affären ertragen? Und du willst mir erzählen, der ist ein anständiger Kerl? Du hast sie doch nicht mehr alle. Lu.« Kopfschüttelnd sehe ich sie an. »Sag mir, dass du mich nur verarschen willst. Das kann doch nicht deine echte Meinung sein. Oder hat er dich schon so angetriggert, dass du nicht mehr weißt, was du sagst und tust?«

»Nein, Pauli. Aber ich glaube, er ist nicht der Mann, für den wir ihn alle halten. Er sieht gut aus. Ja. Und er ist verdammt heiß. Ja. Auch das. Aber in dem langen Kerl pocht ein riesiges Herz. Dominik ist sehr feinfühlig und verständnisvoll. Ich jedenfalls fühle mich sehr wohl in seiner Nähe. Ist das ein Problem für dich?«

»Noch nicht.« Ich zeige auf den Balkon, eigentlich wollte ich dort sitzen. Doch dann überlege ich es mir anders und decke drinnen den Tisch.

»Weißt du, was ich meine. Eigentlich würde ich viel lieber draußen sitzen und mit dir quatschen. Aber dann haben wir wieder einen ungebetenen Zuhörer. Und das ist es, was es kompliziert macht. Ich möchte dich nicht unten mit ihm zusammen im Bett hören. Ich gönne ihn dir von ganzem Herzen, Lu. Aber ich könnte es nicht ertragen, wenn dir noch mal jemand das Herz bricht. Und Pascal hätte ich letzte Nacht auch nicht nach Hause geschickt, wenn ich nicht daran hätte denken müssen, dass Dominik alles mitbekommt und dir erzählt.«

Nun bin ich doch aufbrausender geworden, als ich wollte. Lu knabbert an ihrer Lippe und fährt sich wiederholt durch ihre dunkle Wuschelmähne. Das macht sie immer, wenn sie angestrengt nachdenkt.

»Verstehe«, sagt sie nach einer Weile. »Mir würde auch die Lust vergehen, wenn ich mir vorstelle, du sitzt oben mit roten Ohren.« Jetzt wickelt sie die Strähne um ihren Finger. Die Nägel sind anders lackiert als sonst, fällt mir auf. Sie macht jetzt ganzheitlich auf natürlich. Es ist ungewohnt.

»Hat das auch mit Valentin zu tun?«, schneide ich ein anderes Thema an. »Ich meine deine Nägel?«

»Vielleicht«, murmelt sie. »Da fahre ich anschließend hin, den Vertrag unterschreiben. Als Hausdame.« Befreit lacht sie mich an. »Schon seltsam, wie sich plötzlich alles so schön ineinanderfügt. Mehr Geld und endlich wieder einmal Herzklopfen. Ach Pauli, wir müssen über kurz oder lang eine Lösung finden für dein Nachbarschaftsproblem.«

»Zieht doch zusammen. Also, Dominik zu dir«, stichle ich.

»Oder du suchst dir was anderes«, haut sie zurück.

»Never!« Damit beende ich das leidige Wohnungsthema und fange an, in allen Einzelheiten von der Vernissage, der Künstlerin und meinem Begleiter zu erzählen.

»Hast du das gewusst, dass Pascal auch als Türsteher tätig ist?«

Ein Blick auf Lu sagt mir, dass sie Bescheid weiß.

»Du hättest mich ja wenigstens vorwarnen können«, maule ich.

»War doch eine nette Überraschung, so wie es aussieht. Und erzähl mir nicht wieder, dass du an dem Typen nicht interessiert bist. Ich hab doch Augen im Kopf. Ihr beide seid so was von heiß aufeinander, das sagt selbst der alte Herr.«

Nun bin ich wirklich überrascht. Er hat uns doch nur einmal zusammen erlebt. Genau genommen zweimal.

»Wie sieht's denn aus mit deinem nächsten Date? Weißt du schon, was du anziehen willst?«

Ich zucke mit den Schultern. »Null Ahnung. Komm mit und schau dir an, was ich habe.«

Lu rollt mit den Augen, als sie erkennt, wie bescheiden meine Möglichkeiten sind. Es ist wirklich zu dumm, dass wir von der Statur her so unterschiedlich sind.

»Ich guck mal, ob ich noch was für dich organisieren kann.« Wenn sie von ›organisieren‹ spricht, kann ich davon ausgehen, dass sie alle in ihrem Bekanntenkreis auf die Kleiderfrage ansetzen wird. Ich muss lächeln und drücke sie. Es wird abenteuerlich, aber ich bin zuversichtlich, dass Lu mir schon in der nächsten Woche einen Arm voll schöner Kleider präsentieren wird. »Hast du denn schon mit Darius' Kumpel telefoniert, der die Sachen abholen soll?«

»Nee. Ich rufe Matze aber heute noch an. Versprochen.«

»Gute Idee. Wenn er wirklich noch einen Schlüssel für die Wohnung hat, dann kann er das doch gut erledigen, wenn du dein Hochzeitsdate hast.«

»Meinst du?« Ich überlege kurz, der Vorschlag ist gar nicht so dumm. »Er hat einen Schlüssel, da bin ich mir sicher. Ich glaube, es ist besser, wenn ich nicht dabei bin. Soll er doch den ganzen Krempel von Darius mitnehmen.«

»Sehr schön. Dann haben wir das ja auch geklärt. Dann will ich mich mal langsam auf den Weg zu meinem neuen Job machen. Wann triffst du denn Pascal wieder? Ihr habt euch doch verabredet? Oder etwa nicht?«

»Noch nichts Genaues. Er will für mich kochen, hat er gesagt.«

Lu grinst saublöd, spart sich aber jeglichen Kommentar. Sie küsst mich auf beide Wangen und setzt mich unter

Druck mit ihrem Drängen, selbst die Initiative zu ergreifen. »Du willst ihn doch. Worauf wartest du noch?«

Dann läuft sie leichtfüßig die Treppe hinunter. Vergeblich warte ich auf das Knarzen der Tür unter mir. Die Brötchentüte raschelt, sie hat sie wohl nur bei ihm abgelegt. Das hätte ich der liebsten Lu nicht zugetraut.

Wie nicht anders zu erwarten, bekomme ich in den nächsten Tagen laufend Fotos von Kleidern für die Hochzeit. Lu hat wirklich einen siebten Sinn dafür, was mir steht.

Von Kristian, den ich zu der Hochzeit begleiten soll, höre ich so gut wie gar nichts mehr. Selbst wenn ich ihm Bilder meiner Kleiderauswahl schicke, reagiert er sehr verhalten und viel zu spät, wie ich finde. Es müsste doch in seinem Interesse sein, zu wissen, ob er sich mit mir blamiert oder mit mir angeben kann. Natürlich tendiere ich zu Letzterem. Er hat sogar ein Foto von mir, damit er einschätzen kann, ob ich überhaupt in die Gesellschaft passe. Anfangs behauptete er, ich sei die optimale Besetzung. Er wollte mich zuvor sogar treffen, um uns abzustimmen, was wir antworten, wenn die Frage aufkommt, wie wir uns kennengelernt haben und wie lange wir schon zusammen sind. Und nun sowas!

Als ich meinem Ärger Luft mache, ist Lus einziger Kommentar, Kristian hätte nicht die Eier, das durchzuziehen. Sie nun wieder! Mir kommen allerdings auch langsam Zweifel, je näher der Termin rückt. Mein einziger Trost ist Pascals Einladung, mich von ihm bekochen zu lassen. Das Wochenende ist bei ihm ja nicht verplant. Und Matze könnte dann auch in aller Ruhe die Sachen von meinem Ex abholen. Außerdem bin ich sehr gespannt zu sehen, wie Pascal wohnt. Bestimmt hat er keine Blumen, weil er ja so viel unterwegs ist. Seit wir uns das letzte Mal gesehen haben, ist schon eine Woche vergangen, und wir haben es nicht einmal geschafft, uns auf einen Kaffee zu verabreden. Ständig ist er unterwegs oder hat immer dann Zeit, wenn ich arbeiten muss.

An meinem freien Mittwochnachmittag trifft mich Kristians Absage mit voller Wucht. Er schreibt, es tue ihm sehr leid, aber er ist wieder mit seiner Freundin zusammen und geht mit ihr zu der Hochzeitsfeier. Sorry, Glückskeks!

Ich wünsche ihm einen schönen Abend und alles Gute und versichere ihm, dass ich mich für ihn freue und dann ja zu seiner Hochzeit kommen könnte. Den Sarkasmus erkennt er nicht einmal, er bedankt sich und lässt mich wissen, dass er jetzt wohl so weit wäre, selbst zu heiraten. Und im Übrigen war mein Foto ausschlaggebend dafür, dass er wieder mit seiner Ex zusammengekommen ist. Sie konnte es nicht ertragen, sich vorzustellen, dass er und ich …

Sofort teile ich Lu die neuen Erkenntnisse mit. Sie will nach Feierabend vorbeischauen, mich trösten und die Kleiderauswahl zurücknehmen. Mist! Irgendwie hatte ich mich total darauf gefreut.

»Du wirst ihm aber doch keine zweite Chance geben, falls dieser Kristian sich noch einmal mit einem Wunsch meldet?«, fragt Ludmilla.

»Nö. Wer nicht will, der hat schon. So schlimm ist es vielleicht auch gar nicht«, knurre ich und erzähle von meiner Absicht, Pascal zu besuchen und da weiterzumachen, wo wir letztes Mal aufgehört haben.

»Weiß er schon von deinen Plänen?«

»Noch nicht. Ich wollte erst mal wissen, was du davon hältst. Der soll ja nicht glauben, dass er mir so wichtig ist.«

»Pauli!«, ruft Lu theatralisch. »Hast du dich selbst mal reden hören?«

Lu lacht, bis ihr die Tränen kommen, und von unten Dominiks Rufen: »Lu, bist du oben?«

Zwei Minuten später klingelt es auch schon an der Tür, und mein heißer Nachbar steht vor uns mit einer Flasche Prosecco.

»Darf ich mitfeiern?«, fragt er, geht auf den Balkon und schießt den Korken in die Botanik. Lu holt ungefragt Sektgläser und lässt sich von dem langen Kerl durch die Luft wirbeln.

»Wir feiern zwar nicht, aber da du schon mal da bist, komm doch herein.« Ich grinse ihn an. »Dann können wir uns ja auf den Balkon setzen. Von unten hört ausnahmsweise mal niemand mit.«

»Oder soll ich lieber gehen?« Das meint er scheinbar so, wie er es gesagt hat, und stimmt mich etwas versöhnlicher.

»Die Antwort auf deine Frage hast du ja nun«, entgegnet Ludmilla, »ruf Pascal an und bring ihm bei, dass du seine Einladung am kommenden Wochenende gern annehmen würdest.«

Dominik versteht nicht ganz, worum es geht, aber Lu gibt ihm die wichtigsten Infos.

»Also, wenn mir eine Frau auch nur andeutet, sie will das Wochenende mit mir verbringen, dann würde ich auf der Stelle die Bude putzen, einkaufen und mir überlegen, was ich mit ihr alles anstellen will.«

»Kommt bei dir ja wohl öfter vor«, rutscht es mir raus. Dominik bestätigt das mit einem selbstgefälligen Lächeln. Dann sieht er Lu mit einem Blick an, als würde er nur darauf warten, dass sie sich fürs Wochenende bei ihm einlädt. Ich kippe das volle Glas Prosecco in mich hinein, als sie ihm in dem Moment genau das vorschlägt.

»Dann fang schon mal an zu putzen«, fordert sie Dominik auf. »Bis Sonntagmittag kann ich bleiben.«

Er flüstert ihr noch etwas ins Ohr, zwinkert mir zu, und

weg ist er. Seine Wohnungstür knarzt fröhlich, und von unten hören wir ihn pfeifen und klappern. Jetzt brauche ich eine heiße Schokolade.

»Perfektes Timing!« Ludmilla strahlt mich mit ihren dunklen Augen an, in denen ein verräterischer Glanz liegt. »Du bist nicht da, das werde ich ausnutzen. Pauli, du bist der beste Glückskeks in meinem Leben«, säuselt sie und kann nicht aufhören, mich zu umarmen.

»Dann will ich mal sehen, dass ich Pascal erreiche und ihm die frohe Botschaft überbringe. Ob er auch einen Putzflash bekommt?«

14

Meine Vorfreude auf das Wochenende mit Pascal bekommt einen leichten Dämpfer, als er nicht sofort auf meine WhatsApp reagiert. Wieder einmal stelle ich fest, wie wenig ich von dem Mann weiß. Google gibt auch nichts her. Entweder ist er wirklich so ein unbeschriebenes Blatt, oder aber er hat's faustdick hinter den Ohren und arbeitet mit sämtlichen Tricks, um im Internet anonym zu bleiben. Doch das soll sich spätestens am Wochenende ändern. Noch immer schwirrt mir der Abend nach der Vernissage durch den Kopf und wie wir hier gelandet sind. Seine Augen! Und dann seine Hände auf meiner Haut. Unsere Küsse und wie er sich geziert hat, seine Hose zu öffnen. Bei den Erinnerungen fange ich an zu kichern. Er sah so verdammt sexy aus, wie er dastand und seine Erregung nicht verbergen konnte.

Ständig sehe ich nach, ob er die WhatsApp schon geöffnet hat. Vielleicht präsentiert er sich ja wieder in Unterwäsche irgendeiner Kamera? Allein der Gedanke daran lässt mich innerlich glühen. Soll ich ihn anrufen? Ich bin kurz davon, seine Nummer zu wählen, da meldet mein Handy den Eingang der ersehnten Nachricht.

Paulina, was ist los? Ich dachte, du bist bei deinem Hochzeitsdate? Es tut mir unendlich leid, aber ich kann dich nicht zu mir einladen. Momentan bin ich in Barcelona. Nein, kein Shooting, bei einem Kumpel. Anfang August bin ich wieder in Hamburg, dann holen wir alles nach. Versprochen! Ich vermisse dich, Kuss Pascal.

»Fuck!«, schimpfe ich. »Warum hat er mir davon kein Sterbenswörtchen gesagt?« Das ärgert mich am meisten. Warum schreibt er, dass er mich vermisst, aber nichts davon, dass er Urlaub macht? Seine Nachricht mehrmals zu lesen, ändert allerdings auch nichts an der Tatsache, dass Pascal nicht da ist und mein Kribbeln im Bauch einer gehörigen Portion Wut weicht.

Ich wünsche ihm viel Spaß mit seinem Kumpel und überlege fieberhaft, wie meine Wochenendgestaltung denn nun aussehen soll. Auf keinen Fall möchte ich miterleben, wie Ludmilla sich mit meinem Nachbarn vergnügt. Ich muss weg, ein paar Tage raus. Aber wohin? Es ist Sommer, die Inseln sind mit Sicherheit alle ausgebucht. So kurzfristig eine bezahlbare Unterkunft zu finden, braucht mehr Glück als Verstand.

Nach der Erkenntnis genehmige ich mir einen Prosecco, setze meinen Zauberhut auf, denke ganz fest an Ada und mache mich im Internet auf die Suche nach einem Quartier. Sylt wäre super, oder auch Norderney, aber es ist aussichtslos, und ich gebe entnervt auf. Das wird wohl nichts.

»Paulina Kleemann hat ihr Limit für ›mehr Glück als Verstand‹ offensichtlich ausgeschöpft«, murmele ich vor mich hin, als säße Ada neben mir und wüsste eine Lösung für mein Problem. Der Spruch stammt von meiner Mama, ich muss ihr unbedingt mitteilen, dass es mit meiner Glückssträhne endgültig vorbei ist. Doch damit will ich noch bis zum nächsten Tag warten.

»Willst du uns nicht am Wochenende mal wieder die Ehre geben?«, fragt meine Mutter und macht mir den Besuch zuhause in Osnabrück so schmackhaft, dass ich nicht Nein sagen kann. Für ein bisschen Muttivation einschließlich

Rundumverwöhnprogramm bin ich immer zu haben. »Wir könnten am Samstag gemeinsam zum Weinfest auf dem Marktplatz gehen. Das Wetter wird gut, und du triffst bestimmt viele alte Freundinnen und Bekannte. Ab wann können wir denn mit dir rechnen?«

»Ich würde nach der Arbeit losfahren, dann bin ich morgen Abend gegen achtzehn Uhr bei euch.«

Es ist schon ziemlich lange her, als ich bei meinen Eltern war. Da war ich noch mit Darius zusammen. Seitdem ist so viel passiert, wir werden aus dem Quatschen überhaupt nicht mehr herauskommen, es gibt so viel zu erzählen. Von meiner Aktion *Glückskeks* habe ich ihnen noch nichts gesagt und auch nicht, wie sehr ich rechnen muss, um einigermaßen gut leben zu können. Letzteres behalte ich besser für mich. Sonst kommen meine Eltern noch auf die Idee, mir finanziell unter die Arme greifen zu müssen. Aber das will ich nicht. Sie sollen sich keine Sorgen machen.

Meine Mum interessiert zunächst einmal, ob ich mich noch vegan ernähre. Als ich ihr versichere, dass die vegane und auch die vegetarische Phase vorbei ist, atmet sie hörbar auf und fragt, was sie für mich auf den Grill tun sollen. Ich bin nicht sehr wählerisch, Grillwürstchen, Gemüse oder etwas Geflügel reicht völlig aus, um mich glücklich zu machen. Im Hintergrund höre ich meinen Pa, der die Grillzange garantiert nicht aus der Hand geben wird, dazwischenquatschen. Es wird mal wieder Zeit, dass ich mich in meiner Heimatstadt sehen lasse.

Mit meinem Wochenendköfferchen steige ich in den IC, der mich von Hamburg nach Osnabrück bringen soll. Nach zwei Stunden komme ich ohne Verspätung an und kann sofort in die Buslinie nach Hellern einsteigen. Unser Haus liegt in einer angenehmen Wohngegend, und noch heute sagen meine Eltern, dass es das Beste war, was ihnen jemals passieren konnte. Damit meinen sie meinen Lottogewinn, von dem sie das Haus seinerzeit gebaut haben.

Das Aroma von Holzkohle weht mir bereits entgegen, als ich die Einfahrt hinaufgehe. Meine Ma hat mich schon gesehen, bevor ich an der Tür bin, und empfängt mich, als käme ich von einer Weltreise zurück.

»Lucky!«, ruft sie immer wieder, »Lucky, was ist das schön, dich mal wieder zuhause zu haben.«

Papa macht nicht so viele Worte, aber auch seine Augen leuchten. Er will gelobt werden für sein perfektes Timing mit den Würstchen, die der Auftakt zu einem gemütlichen Sommerabend sein sollen. Tante Melanie schaut auch noch auf einen Gemüsespieß und einen Wein vorbei, und über die halbhohe Hecke winken die Nachbarn und erkundigen sich nach meinem Wohlergehen in der Weltstadt Hamburg. Gott sei Dank kommt Papa nicht auf die Idee, das gesellige Ehepaar auch zum Grillen einzuladen, vermutlich haben sie darauf nur spekuliert.

Nach dem ersten Gang muss ich eine Runde durch den Garten machen, um den neuen Teich zu bestaunen, in dem zwei Goldfische ihre Bahnen ziehen. Auch im Haus sind kleinere Veränderungen vorgenommen worden, die ich selbstverständlich gebührend bewundere. Nur oben im Dachgeschoss, das immer mein Reich war, hat sich nichts verändert. Es ist schön hier, ich sollte öfters herkommen und mich verwöhnen lassen.

Zu fortgeschrittener Stunde und schon etwas weinselig erzähle ich meinen Eltern von meinem Glückskeksprojekt und den Menschen, die ich dabei kennengelernt habe. Außer von Pascal. Den Typen erwähne ich auch nicht, als meine Ma geradeheraus fragt, ob ich einen neuen Freund habe. Mit der Frage habe ich gerechnet, also fange ich munter an zu sabbeln, von Lu und ihrem Techtelmechtel mit meinem Nachbarn. Auch die Story von der Vernissage und der Auflage, um Himmels willen kein Rot zu tragen. Wir lachen Tränen, und die Sache mit meinem Liebesleben ist erst mal vom Tisch. Brenzlig wird es allerdings, als Mum sich erkundigt, wie ich ohne Darius zurechtkomme. »Kannst du die Miete denn überhaupt allein bezahlen, oder wie machst du das?«

»Ach Mama, ich hab doch immer mehr Glück als Verstand. Mach dir deswegen keinen Kopf. Es geht schon.«

»Am Telefon hörte sich das aber etwas anders an«, erinnert sie mich. »Du willst von uns ja nicht einmal mehr Lucky genannt werden, weil du mit dem Glück auf Kriegsfuß stehst.«

»Lucky so ein dämlicher Name, den konnte ich noch nie leiden. Ich bin nicht mehr das kleine Mädchen, nennt mich einfach Paulina oder meinetwegen auch Pauli.«

»Ach Kind.« Mum seufzt mit ihrem mütterlich wissenden Blick, ehe sie ein letztes Mal nachschenkt. »Auf unser Glückskind Paulina.«

Am Samstag setzt sich das elterliche Verwöhnprogramm mit einem fulminanten Frühstück auf der Terrasse fort. Gut gestärkt radeln wir danach in die City, zum Wochenmarkt am Dom. Wie könnte es auch anders sein! Das ist die Wochenendlieblingsbeschäftigung meiner Eltern, seit ich denken kann. Beim Holländer kaufen sie Käse, vom Biohof Obst und Gemüse, und wenn sie damit fertig sind, bekommt meine Mum von meinem Pa einen prächtigen bunten Blumenstrauß.

Meine Mutter schlägt vor, noch einen Bummel durch die Stadt zu machen, und Papa erteilt sie den Auftrag, mit den Einkäufen nach Hause zu fahren. Sie will mir unbedingt die Läden in der Redlingerstraße zeigen. Ein Insidertipp, wie sie sagt. Die Straße ist recht kurz, ich bin nicht davon überzeugt, dort vernünftig schoppen zu können. Aber dann verirren wir uns doch in die kleinen inhabergeführten Geschäfte und stöbern nach Herzenslust, was damit endet, dass wir in jeder Hand mindestens eine Einkaufstüte tragen.

Wir stärken uns mit Biopommes, schlürfen einen vor Ort gerösteten Kaffee und entdecken einen Klamottenladen, der richtig Bock auf ein neues Styling macht. Zum Schluss müssen wir noch einmal in den Laden, vor dem ein mega cooles Lastenrad darauf hinweist, dass die Inhaberin persönlich anwesend ist. Hier finde ich schließlich noch die passenden Ohrringe zu meinem neuen Outfit und eine Kleinigkeit für Lu. Meine Mama zeigt sich von ihrer knallharten Seite. Sie besteht darauf, alles zu bezahlen, und erlaubt mir noch nicht einmal, dass ich den Kuchen spendiere, den wir mitnehmen wollen.

»Hier hat sich aber einiges getan, richtig schön ist Osnabrück geworden«, sage ich staunend, woraufhin meine Mutter den Neumarkt als Schandfleck der Stadt erwähnt und sich darüber auslässt, dass es da überhaupt nicht vorangeht und eine Stadt, die mit dem Slogan ›Ich komm zum Glück aus Osnabrück‹ wirbt, sich so etwas nicht erlauben kann.

»Wenn ich das nächste Mal wieder hier bin, sieht der Neumarkt bestimmt ganz anders aus«, sage ich leichthin. Doch das will sie nicht hören, sie ist davon überzeugt, dass diese Baustelle eine Never-ending-Story ist.

»Ich kann nur hoffen, dass du uns vorher noch mal die Ehre gibst. Aber zum Glück haben wir ja unsere schöne Altstadt.«

»Ich bin schon gespannt, wen ich beim Weinfest so alles treffen werde. Wird sicher ziemlich voll.«

»Bestimmt. Aber du kennst ja deinen Papa, der organisiert uns garantiert einen tollen Stehtisch, von dem aus wir alles im Blick haben.« Mama schmunzelt, man merkt ihr an, dass sie immer noch in meinen Vater verliebt ist.

Den restlichen Nachmittag verbringe ich ganz relaxt unterm Sonnenschirm, so lange, bis ich Ludmillas Nachricht lese. Sie hat herausgefunden, dass ich nicht bei Pascal bin, und will wissen, wo ich mich herumtreibe. Außerdem hat er bei ihr angefragt, ob ich sauer auf ihn bin. Darauf gehe ich in meiner Antwort natürlich nicht ein, schließlich weiß ich es selber nicht so genau. Lu ist zufrieden, als ich ihr von meinem Elternbesuch schreibe und dass sie spätestens am Sonntagabend wieder mit mir rechnen kann.

Auf das Weinfest freue ich mich ganz besonders, denn da treffe ich bestimmt viele Leute, die ich lange nicht gesehen habe. Mein Pa ergattert einen der begehrten Stehtische, von dem aus wir einen super Überblick haben. Er holt eine Flasche Wein und etwas Käse, und wir genießen es, mal wieder zusammen zu sein. Das Getümmel auf dem Marktplatz ist noch überschaubar, das ist die beste Gelegenheit, um eine Runde über das holprige Kopfsteinpflaster zu drehen und nach Bekannten Ausschau zu halten.

So zügig, wie ich mir das gedacht habe, komme ich aber nicht voran, hier und da bleibe ich stehen für ein Hallo und ein kleines Schwätzchen. An einem Stand entdecke ich eine ehemalige Kollegin, und beim Näherkommen stelle ich fest, dass sie mit den anderen aus dem Team zusammensteht, einschließlich Dr. Kim. Mit großem Hallo begrüßen wir uns. Es ist so schön, sie zu wiederzusehen. In dieser Praxis hab ich gelernt, und wenn ich mich nicht in Darius verliebt hätte, wäre ich heute noch bei dem Zahnarzt. Dr. Kim versorgt mich mit einem Wein und interessiert sich dafür, wie es mir geht und ob ich manchmal Heimweh habe. Wir plaudern über dieses und jenes, und dann erzählt er von einer freiwerdenden Stelle, für die ich in seinen Augen die ideale Besetzung bin.

»Könnten Sie sich denn vorstellen zurückzukehren? Anfang nächsten Jahres, spätestens zu April muss ich die Stelle neu besetzen. Ich schick Ihnen die Stellenbeschreibung zu, bevor sie offiziell ausgeschrieben wird, wenn Sie möchten.«

Ich nicke und bin total überrascht von dem Angebot. Was für ein Zufall. Meinen Eltern darf ich das gar nicht erzählen, sie würden mich liebend gern wieder in der Nähe wissen.

»Wie sieht's denn aus, bist du inzwischen verheiratet?«, erkundigt sich Michelle mit einem Blick auf meine Hände. »Immer noch große Liebe?«

Unbewusst ziehe ich wohl einen Schnüss, das sagt alles.

»Sag nicht, ihr habt euch getrennt?«

»Es hat nicht funktioniert.«

Mitleidig sind einige Augenpaare auf mich gerichtet, die mehr erfahren wollen. Ich hab allerdings keine Lust, näher darauf einzugehen und die schöne Stimmung zu versauen.

»Halb so wild«, sage ich, »ist besser so.«

Wir stoßen auf die Liebe und das Leben an, und ich lasse sie raten, ob es schon einen neuen Mann in meinem Leben gibt. Wie es um meinen Beziehungsstatus steht, erfahren sie allerdings nicht mehr, da ein alter Schulfreund mir plötzlich auf die Schulter klopft.

Ich muss zweimal hinsehen, um sicher zu sein, dass es Timo ist. Wir waren zusammen in der Ruderriege des Gymnasiums, und er war damals echt cool drauf. Seine wilden Zeiten scheinen allerdings vorbei zu sein, wenn ich ihn heute so anschaue. Manchmal ärgere ich mich, nicht doch studiert zu haben. Mein Notenschnitt war nur leider nicht besonders, mit mehr Glück als Verstand habe ich das Abi überhaupt geschafft.

Timo wirkt noch attraktiver als zur Schulzeit, der Vollbart steht ihm. Es ist, als hätten wir uns vor ein paar Tagen das letzte Mal gesehen, die alten Zeiten leben wieder auf. Von Dr. Kim und den Mädels aus der Praxis verabschiede ich mich mit dem Versprechen, über das Stellenangebot nachzudenken.

Timos Neugier ist geweckt, als er das aufschnappt. Auch ihn interessiert, ob ich Ambitionen habe, wieder nach Hause zurückzukehren.

»Paulina, das wäre mega toll. Dann können wir viel zusammen unternehmen und vielleicht …«

Wir kommen ins Gespräch, und er erzählt mir von seinem Job und seiner langjährigen Freundin, mit der er seit ein paar Monaten nicht mehr zusammen ist.

»Du bist auch Single, wenn ich das eben richtig gehört habe?«, fragt er mit einem tiefen Blick. Er konnte mich immer schon gut leiden, besser gesagt, er war verliebt in mich. Bei mir war das nicht der Fall, Timo war stets der Kumpel, mit dem man feiern und chillen und vor allem rudern konnte. Beim Feiern haben wir uns auch mal geküsst, aber das war schon alles. »Ich komme dich gern mal in Hamburg besuchen, und wir stürzen uns ins Nachtleben.«

»Wer sagt dir denn, dass ich Single bin?«

»Das klang doch so.« Er bestellt Champagner, mit dem wir anstoßen und unser Wiedersehen feiern. »Bist du das denn nicht? Das wäre ja bedauerlich.«

»Ach Timo, es ist kompliziert«, lasse ich ihn im Ungewissen.

Weitere Details erspare ich ihm und mir. Zwischendurch schaue ich zu meinen Eltern rüber, die mit Bekannten zusammenstehen und sich offensichtlich amüsieren. Auf einer kleinen Bühne vor der Stadtwaage mit dem Standesamt probt eine Band gerade ihren Soundcheck, wenig später fangen sie an zu spielen. Auch wir wippen im Takt mit, bis Timo meine Hand nimmt und mit mir auf die Fläche vor der Bühne will, wo schon ein paar Mutige tanzen. Wir tanzen Discofox zu der Musik, und ich bin erstaunt, wie gut er führen kann. Er wirbelt mich herum, dass meine Haare nur so fliegen und mein Hut nicht mehr sicher ist auf meinem Kopf. Bei meinen Eltern am Tisch ist er besser aufgehoben.

Ich bringe ihn rasch hin und muss unwillkürlich an Adas und Lars' standesamtliche Hochzeit und den anschließenden Sektempfang hier auf dem Marktplatz denken. Das Trauzimmer war bis auf den letzten Stuhl besetzt, und vor dem historischen Gebäude warteten unzählige Freunde mit Glückwünschen und Geschenken auf das Brautpaar. Mit dem Handy habe ich jede Menge Fotos gemacht, auf denen Ada in ihrem langen weißen Kleid strahlend herumwirbelt, ihren Ring vor die Kamera hält oder an dem Blumenkranz in ihren kurzen Haaren zupft. Es war so toll, sie wieder so lebendig zu sehen, nach der Knochenmarkstransplantation und den damit einhergehenden Therapien. Die Liebe hatte gesiegt, und sie lag an dem Tag für uns alle spürbar in der Luft. Selbst die Standesbeamtin war so ergriffen, dass sie weinen musste. Genau drei Monate später ging sie von uns.

»Ach Ada ...« Ich seufze leise, als ich zu Timo zurückgehe. Wir tanzen weiter, bis uns schwindelig ist. Ada hätte das gefallen. Bestimmt amüsiert sie sich auf ihrer Wolke, wenn sie zusieht, wie ich anfange mit Timo zu knutschen. ›Küssen ist nur eine andere Form von Kommunikation‹, der Spruch ist von ihr. Und da ich ein kommunikativer Mensch bin, kommuniziere ich an diesem Abend frei drauflos. Zwischendurch trifft mein Blick den meiner Mutter. Sie nickt mir aufmunternd zu, sie mochte Timo immer schon sehr gern.

Zu späterer Stunde fragt er, ob ich mit ihm nach Hause gehe und über Nacht bleiben will. Er wohnt noch immer am Westerberg und erzählt, wie er seine Eigentumswohnung im Industrial Style eingerichtet hat.

»Heute nicht. Vielleicht ein anderes Mal«, lehne ich ab. »Dieses Wochenende ist für meine Mum und meinen Pa reserviert. Aber ich komme gern bei meinem nächsten Besuch vorbei.«

Wir küssen uns wieder leidenschaftlich und tauschen unsere Handynummern, bevor wir an den Stehtisch meiner Eltern gehen. Sie freuen sich, meinen alten Schulfreund mal wieder zu sehen, und ich hab gleich das Gefühl, er gehört zur Familie.

»Ein netter Junge«, sagt meine Mutter, als Timo nicht mehr bei uns ist. »Der hat sich aber gut rausgemacht. Wirst du denn jetzt öfter hier sein?«

»Frag mich morgen noch einmal. Es war doch etwas viel Wein, und vom Tanzen ist mir noch ganz schwindelig. Ich nehm mir ein Taxi und fahr nach Hause. Ihr könnt ja noch bleiben.«

Ohne einen weiteren Blick auf mein Handy falle ich in meinem ehemaligen Kinderzimmer ins Bett. Am nächsten Tag ist der Schock groß, als ich Ludmillas Nachrichten und die entgangenen Anrufe sehe.

15

So schlimm wird es schon nicht sein«, meint meine Mutter zuversichtlich, als ich sie zum Abschied umarme. »Lu hat sicher ein bisschen übertrieben.«

»Hoffentlich.«

Ihre Nachrichten sind allerdings mehr als besorgniserregend. Ich muss so schnell wie möglich zurück nach Hamburg und fahre früher los als ursprünglich geplant. Ich muss sie unbedingt heute noch sehen.

Drei Stunden später schließe ich in meiner Wahlheimat die Haustür auf. Noch immer leicht benommen steige ich die Treppen hinauf und höre schon auf der zweiten Etage das vertraute Knarzen von Dominiks Tür. Davor erwartet Ludmilla mich bereits.

»Lass mich doch erst mal ankommen«, versuche ich sie abzuwimmeln. Lu heftet sich aber gleich an meine Fersen, sie meint, es wäre besser, wenn sie bei mir ist.

»So schlimm wird es schon nicht sein«, zitiere ich die Worte meiner Mutter. Als ich jedoch aufschließe und mein Reisegepäck im Flur abstelle, ahne ich, was Lus mir mit ihren Andeutungen sagen will. Auf der Kommode liegt ein Blatt Papier mit Grüßen von Matze. Er hat Darius' Sachen wie vereinbart abgeholt.

›Darius meint, ich kann alles von ihm mitnehmen, auch Geschirr und so. Konnte noch einiges gebrauchen. Auf die Espressomaschine war ich schon immer scharf. Danke, Pauli!‹, lese ich.

»Sag mir, dass das nicht wahr ist.«

Lu schüttelt den Kopf, es *ist* wahr.

»Und wo ist der Schlüssel?«

»Hier.« Lu hält ihn wie eine Trophäe in der Hand. »Den hab ich dem Burschen persönlich abgenommen, als er durchs Treppenhaus polterte. Es hörte sich sehr verdächtig an, und ich dachte, ich seh mal lieber nach, was los ist. Mit einem Kumpel zusammen war er gerade dabei, deinen Tisch nach unten zu schleppen. Das hat ihm überhaupt nichts ausgemacht, dass er an den Wänden und am Geländer Macken reingehauen hat.«

»Mein Tisch?«, kreische ich. »Das soll wohl ein schlechter Scherz sein?«

Lu kann mir gar nicht so schnell folgen, wie ich zu meinem Lieblingsmöbel stürme und mich davon überzeuge, dass er noch an seinem Platz steht.

»Den Kerl hab ich erst mal ordentlich zusammengefaltet, und dann hab ich ihn mit deinem Tisch wieder die Treppe hochgeschickt«, berichtet Lu immer noch aufgebracht. »Dominik war bei mir, der kann echt furchteinflößend sein, wenn's drauf ankommt.«

Ich fange an zu heulen, als ich mit der Hand über die Maserung des Holzes streiche und eine lange Kerbe ertaste. Aber es ist nicht nur eine, es sind auch mehrere Kratzer darauf.

»Der spinnt ja wohl! Sag mal, mit wem war Matze denn da? Weißt du das?«

»Glaubst du, der hat sich bei mir vorgestellt? War so ein kleiner Kräftiger, voll tätowiert und kaum noch Haare.«

Ich habe eine vage Vermutung, wer es gewesen sein könnte. Aber es ist ja auch egal. Matze soll für den Schaden aufkommen, den werde ich mir vorknöpfen. Eigentlich sollte ich Darius die Hölle heißmachen. Warum hat er mich nicht darüber informiert, dass er seinem Kumpel eine

Vollmacht gegeben hat, alles mitzunehmen, was von ihm ist?

Mit Lu zusammen laufe ich durch die Zimmer und mache eine Bestandsaufnahme, was der Mistkerl aus meinem Haushalt hat mitgehen lassen. Meine heißgeliebte Espressomaschine steht nicht mehr auf der Arbeitsplatte in der Küche, ein gerahmtes Poster, auf dem der Eiffelturm in Schwarzweiß abgebildet war, hinterlässt einen hellen Fleck auf der Raufasertapete. Von mir aus kann er das behalten. Mein Traum von Paris ist sowieso geplatzt. Womit ich aber ganz und gar nicht einverstanden bin, ist die Entführung meiner Monstera, die Ada mir vermacht hat und die mich seit Darius' Auszug mit immer neuen kräftigen Blättern erfreut. Sogar der Blumenhocker, auf dem sie stand, ist weg. Wutschnaubend wähle ich Matzes Nummer.

»Er geht nicht ran!«, schimpfe ich. Allem Anschein nach ahnt er, was ihm blüht.

»Wenn du Unterstützung brauchst«, sagt Lu, »ich bin dabei.«

»Musst du nicht noch zu Valentin?«

»Nö.« Sie lacht. »Habe heute meinen freien Tag. Du willst doch nicht jetzt sofort zu Matze? Du weißt ja nicht einmal, ob er zuhause ist. Seine Adresse hast du aber? Oder?«

»Ja, die hab ich, falls er nicht umgezogen ist. Mist. Dann muss ich wohl meinen nächsten freien Mittwochnachmittag dafür opfern. Und du musst arbeiten.«

»Vielleicht kann Dominik dir helfen?«, schlägt Lu vor. »Komm mit, wir gehen runter, und du fragst ihn.«

Ehrlich gesagt habe ich wenig Lust dazu. Aber dann gehe ich doch mit. Dominik ist echt nett, er kann es wohl einrichten und ist dabei. So erfahre ich auch endlich, was der Frauenversteher unter mir beruflich macht. Er ist Trainer in einem Sportstudio und studiert noch irgendwas mit Gesundheitswesen. Hätte ich ihm gar nicht zugetraut.

»Und woher weißt du, dass er dann zuhause ist?«, fragt er nach.

»Ich weiß es nicht hundertprozentig. Aber das war sonst immer der Tag, an dem er sich mit Darius getroffen hat.« Mir fällt plötzlich etwas ein. Ich flitze nach oben und bin drei Minuten später wieder unten bei Dominik und Lu. »Darius hatte auch immer einen Schlüssel zu Matzes Wohnung. Den sollte ich ihm doch unbedingt wieder zukommen lassen. Hier ist er.«

Dominik pfeift durch die Zähne. »Wann wollen wir bei ihm einbrechen?«

»Möglichst früh.«

Wir verabreden, am Mittwoch um zwei Uhr nachmittags hier loszufahren. Dominik will ein Auto leihen, und ich werde versuchen, Matze vorzuwarnen, und meinen Besuch ankündigen. Falls ich ihn nicht ans Telefon kriege, erlebt er eine Überraschung.

Als das geklärt ist, gehe ich nach oben, packe meine Reisetasche aus und bereite mir eine heiße Schokolade mit viel Sahne zu. Dann checke ich die eingegangenen Neuigkeiten auf meinem Smartphone.

Eine Nachricht von Pascal treibt meinen Puls in die Höhe, bevor ich sie überhaupt gelesen habe. Auf den ersten Blick sind es nette Urlaubsgrüße aus Barcelona, etliche Schnappschüsse hat er angehängt, auf denen er mal allein, mal mit einer Gruppe posiert. Meine Freude über seine Grüße wird gedämpft, als ich seine letzte Bemerkung lese. Die hätte er sich sparen können.

›Dich kann man nicht mal für ein Wochenende alleinlassen! Du solltest die Schlösser austauschen.‹

Na super! Was soll ich dazu sagen? Ich habe keine Lust, ihm darauf zu antworten.

Erfreulicherweise ist da auch noch eine WhatsApp von Timo, der sich offenbar Hoffnungen macht, dass aus unserer

Knutscherei mehr werden könnte. Ich muss immer noch schmunzeln, wenn ich an das Weinfest denke. Es war so unbeschwert und so befreiend, mal wieder ausgelassen zu tanzen und zu flirten. Das war wie bei den Ruderfreizeiten, als Timo und ich uns zum ersten Mal geküsst haben. Damals pochte mein Herz in seinen Armen wie verrückt, aber gestern war das nicht der Fall. Das war einfach nur nett. Was für ein Wochenende!

Meine Rückholaktion bei Matze hätte nicht besser laufen können. Wie erwartet, habe ich ihn vorher nicht erreicht. Er war auch nicht zuhause, als Dominik und ich bei ihm aufgeschlossen haben. Innerhalb von zehn Minuten haben wir die Sache durchgezogen, ich habe meine Monstera mitgenommen, auch die Espressomaschine und noch ein paar andere Kleinigkeiten, die mein Ex mir geschenkt hat.

Aber nett wie ich bin, habe ich ihm eine Flasche Starkbier dagelassen, eine Notiz unter die Flasche geklemmt und seinen Schlüssel hingelegt. Das war richtig gut! Jetzt fühle ich mich gleich viel besser. Ich muss nur noch zusehen, wie ich die Kratzer vom Tisch kriege. Dominik hat mir zu einer speziellen Politur geraten. Ich sollte am besten in dem Möbelhaus nachfragen, wo ich den Tisch gekauft habe.

Damit hat Dominik Pluspunkte bei mir gewonnen, und ich fange an, das Bild meines Nachbarn zurechtzurücken. Was aber natürlich nichts an der Tatsache ändert, dass das Haus hellhörig ist und ich nicht scharf auf eindeutige Geräusche von unten bin, wenn er mit Lu zusammen ist.

16

Was fällt Ludmilla eigentlich ein? Sie kann Pascal doch nicht immer erzählen, was bei mir los ist. Das geht ihn überhaupt nichts an. Von wem soll er es denn sonst haben, dass ich Matze, den ich wirklich nicht besonders gut kenne, in meiner Abwesenheit in meine Wohnung gelassen habe? *Dich kann man nicht alleinlassen.* Arroganter Kerl! Dann soll er gefälligst nicht wegfahren, wenn er mich nicht alleinlassen kann.

›Wieso spielst du dich so auf und verschwindest nach Spanien, ohne auch nur einen Ton zu sagen? Wie lange bleibst du denn?‹, antworte ich auf seine WhatsApp. ›Was ist, wenn ich für mein nächstes Glücksdate einen Bodyguard brauche?‹

Kaum habe ich das abgeschickt, soll ich ihm Tag, Uhrzeit und vor allen Dingen den Wunsch nennen, den ich erfüllen soll.

Es ist das zweite Wochenende im August, den genauen Tag, ob Freitag oder Samstag, haben wir noch nicht festgelegt, das machen wir vom Wetter abhängig. Und von der Prognose, wann mit den meisten Sternschnuppen zu rechnen ist. Mit wem ich in die Sterne schauen und mir die Nacht um die Ohren schlagen will, das schreibe ich ihm nicht. Soll er sich ruhig Gedanken dazu machen.

›Keine Panik, dann bin ich wieder in Hamburg‹, antwortet er. ›Am ersten Wochenende jobbe ich als Türsteher, aber das zweite ist komplett frei. Außer Sonntag, das ist Valentins Geburtstag. Du kommst doch mit? Bitte. Und eins kannst du mir glauben, Pauli, ich werde auf dich aufpassen, mein süßer, verrückter Glückskeks! Ob du das willst oder nicht.‹

Mein süßer Glückskeks! Hui, mir wird ganz warm ums Herz, als ich das lese. An Lus Einschätzung, dass er mich sehr mag, ist wohl doch was dran. Langsam glaube ich es auch.

Selbstverständlich werde ich Valentin zum Geburtstag gratulieren. Was für eine Frage! Wie alt wird er denn? Ich muss Lu fragen, sie als seine Hausdame und Sonntagsmädchen wird es wissen und hat sich garantiert schon eine Überraschung für den alten Herrn ausgedacht. Ich erreiche sie sofort, und wir verabreden uns nach Feierabend im Biergarten.

Die drückende Schwüle des Sommerabends lässt sich nur mit alkoholfreien Kaltgetränken ertragen. Neben Lu, die wie immer wie aus dem Ei gepellt aussieht, komme ich mir vor wie ein Marathonläufer, der mit letzter Kraft durchs Ziel gespurtet ist. Die Hitze scheint ihr nicht viel auszumachen, nur eine Haarsträhne hat sich aus ihrem Pferdeschwanz gelöst und klebt an ihrer Wange. Mit dem Ringelshirt, dem blauen Minirock und den klassischen Pantoletten sieht sie sehr hanseatisch aus. Wäre sie jetzt auch noch blond, könnte man sie für eine waschechte Hamburger Deern halten.

Wie immer haben wir uns viel zu erzählen. Das ist insofern problematisch, da wir uns gegenseitig ins Wort fallen und dann noch einmal von vorn anfangen müssen. Mir scheint, Ludmilla ist verliebt. Sie hat noch mehr Feuer in den Augen als sonst, ein eindeutiges Zeichen bei ihr. Wenn ich ihr das auf den Kopf zu sage, wird sie das abstreiten, also lasse ich es. Stattdessen spreche ich sie darauf an, was sie Pascal gegenüber alles ausgeplaudert hat. Sie tut so, als wüsste sich nicht, wovon ich spreche, und ist sich keiner Schuld bewusst.

»Mein Gott, ist das denn so schlimm?« Lu rollt mit den Augen. »Endlich mal jemand mit Beschützerinstinkt, der sich Gedanken um dich macht. Das tut er definitiv. Er hat mir auch schon getickert, dass du zu Valentins Geburtstag mitkommst. Super! Er wird sich mega doll freuen.«

Manchmal rollt sie das R dermaßen übertrieben, dass ich automatisch lachen muss. Auch jetzt, als sie *frrreuen* sagt.

»Wie alt wird er denn?«

»Rate mal.«

Alles, was über dreißig ist, kann ich nur schwer schätzen. Regelmäßig tippe ich falsch, nicht immer zum Vorteil der betreffenden Person. Bei Valentin liege ich mit achtundsiebzig nur knapp daneben. Er wird am Sonntag fünfundachtzig. Wirklich ein Grund zum Feiern, wer weiß, wie viele Geburtstage er noch vor sich hat.

»Wow! Das hätte ich nicht gedacht.«

»Ich auch nicht. Er hat uns zum Kaffee eingeladen, und ich hab mir etwas Besonderes für ihn überlegt.«

»Erzähl!«

»Aber kein Wort zu Pascal!«, sagt sie und verrät mir, wie sie sich seinen Ehrentag vorstellt. »Ist schon alles organisiert.«

Das hab ich auch nicht anders von ihr erwartet. Lu ist perfekt in allem, was sie macht. So wie es aussieht, kann sie sogar einen Bad Boy wie Dominik bekehren und ihn für eine dauerhafte Beziehung begeistern. Welche Tricks sie ausspielt, hab ich leider noch nicht in Erfahrung gebracht. Aber er hat angebissen, worauf sie zu Recht stolz sein kann.

»Lu! Du kleines Luder«, rutscht es mir raus. Zum Abschluss des Abends genehmigen wir uns doch noch ein Kaltgetränk mit Schuss. Dabei erzähle ich Ludmilla, dass das Sternegucken nicht wie geplant an einem Mittwoch stattfindet, sondern an dem darauffolgenden Wochenende.

Das hätte ich lieber nicht sagen sollen. Lus schwarze Augenbraue zuckt nach oben, und ein verräterisches Grinsen breitet sich auf ihrem Gesicht aus.

»Lu!« Eindringlich sehe ich sie an. »Was hat das zu bedeuten?«

»Was denn?«, tut sie unschuldig. »Ich freu mich für dich, weil du dann ausschlafen kannst.«

Den Kommentar, der mir auf der Zunge liegt, behalte ich für mich. Ich bin mir ziemlich sicher, was ihre Spontanreaktion zu bedeuten hat. Sie wird die Situation schamlos ausnutzen für eine heiße Nacht mit Dominik. Lieber komme ich noch mal auf den Weltenbummler zu sprechen. Bestimmt ist sie im Bilde, was es mit seinem Aufenthalt in Barcelona auf sich hat.

»Mit Fußball hat es jedenfalls nichts zu tun«, weicht sie aus. »Er wollte Freunde besuchen. Sag mal, Pauli, kann es sein, dass du eifersüchtig bist?«

»Ich doch nicht! Du weißt genau, dass ich alles andere bin, nur nicht eifersüchtig. Aber wieso macht er wieder so ein Geheimnis darum? Du als meine beste Freundin könntest mir wenigstens einen klitzekleinen Tipp geben. Ihr seid doch immer so dicke miteinander.«

»Wollen wir noch was bestellen?«

Das ist doch nur ein Ablenkungsmanöver von ihr. Da es in der Ferne schon grummelt und schwere Gewitter vorhergesagt sind, sollten wir die Gelegenheit für ein neues Getränk nutzen.

»Ja gut, einen noch. Aber ich trinke nur mit dir, wenn du mir verrätst, wieso unser Unterhosenmodel als Security arbeitet. Welche Voraussetzungen bringt er dafür mit? Oder reicht ein Wochenendkurs in Selbstverteidigung?«

Ludmillas Augen blitzen, wieder setzt sie ihr geheimnisvolles Lächeln auf. Bestimmt darf sie mir das nicht erzählen, aber dann plaudert sie tatsächlich.

»Du wirst es mir sowieso nicht glauben, aber dein schöner Pascal –«

»Was heißt denn hier *mein* schöner Pascal?«

»Nun lass mich doch erst einmal ausreden, oder soll ich besser die Klappe halten?«

Sofort bin ich still.

»Unser sexy Unterhosenmodel und Türsteher hat bei der Polizei gearbeitet. Ausbildung und so.«

Meine Verblüffung dauert exakt so lange wie die Zeit zwischen dem Wetterleuchten und dem darauf folgenden krachenden Donner.

»Echt jetzt? Ohne Scheiß?«

Lu nickt. Wir leeren unsere Gläser in rasantem Tempo, um wie die anderen Gäste auch vor dem Gewitter im Trockenen zu sein. Mit allem hab ich gerechnet, aber nicht mit sowas. Polizei!

Ein paar Tische weiter sehe ich Lars mit seinen Freunden. Auch sie machen Anstalten, das Lokal zu verlassen. Ich winke ihm zu und gehe kurz rüber. Mich interessiert sehr, ob er noch Kontakt zu Mara hat.

»Wir schreiben uns hin und wieder«, sagt er. »Und übernächstes Wochenende besuche ich sie auf Norderney. Sie jobbt da immer noch. Das hatte sie doch erzählt?«

»Hmm, hatte sie gesagt. Ich fand es mega schön, als wir Musik gemacht haben. Grüß Mara von mir. War es sehr schwierig, ein Zimmer zu bekommen, oder kannst du bei ihr übernachten? Oder willst du zelten?« Nein, neugierig bin ich gar nicht, nur interessiert an den Menschen, die mir am Herzen liegen.

Lars lächelt. »Nein. Oder doch. Ich erfülle mir einen Traum, eigentlich wollte ich das mit Ada erleben. Aber …« Er wird immer leiser, ich kann ihn kaum noch verstehen. »Sie ist trotzdem bei mir.«

»Du sprichst in Rätseln. Was meinst du?«

Auf dem Tisch stehen etliche Weizenbiergläser, vielleicht ist er etwas angeheitert.

»Wir hatten zur Hochzeit einen Gutschein für zwei Nächte im Schlafstrandkorb geschenkt bekommen. Den will ich nun einlösen. Die Wettervorhersage für die Inseln sieht gut aus. Es wäre so toll, eine sternenklare Nacht am Meer zu erleben, mit Wellenrauschen und allem«, schwärmt er. »Meine Gitarre nehme ich auch mit. Entschuldige, Pauli, aber wir müssen los. Lu schaut auch schon die ganze Zeit zu uns rüber und winkt.«

Wir umarmen uns fest, und ich wünsche ihm ein schönes Wochenende mit vielen Sternen, mit Sonne, Meer und Strand. Ich flüstere ihm zu, dass ich in derselben Nacht zum Sternegucken verabredet bin. Verdammt, schon wieder muss ich eine Träne wegblinzeln.

17

Als Pascal wieder deutschen Boden unter den Füßen hat, meldet er sich als Erstes bei mir. Er will mich sehen. Es ist mein freier Mittwoch, und er hat Glück, dass er mich überhaupt erreicht hat.

»Heute Abend? Bei dir? Oder bei mir?«

Was ist denn nun plötzlich los? Hat er mich so vermisst? Ich kann's kaum glauben.

»Du hast es aber eilig. Wie kommt's?«

»Paulina, das weißt du doch ganz genau.«

»Sag's mir. Ich habe keine Ahnung, wovon du sprichst«, entgegne ich.

Er soll ruhig zugeben, dass er Tag und Nacht an mich denkt und Sehnsucht nach mir hat. Seine nüchterne Antwort holt mich jedoch aus meinen Mädchenträumen zurück.

»Es gibt noch etwas zu besprechen, wegen Valentins Geburtstag.«

Ich fasse es nicht! Er lacht laut auf, als hätte er mich durchschaut. Aber dann sagt er genau das, was ich hören will.

»Ich geb's ja ungern zu, aber ich muss ständig an ein zu laut lachendes blondes Mädchen denken, das immer mit einem komischen schwarzen Hut auf dem Kopf herumläuft.« Nun schweigt er, als wartete er auf einen Kommentar von mir. »Außerdem geht mir der Abend nach der Vernissage nicht mehr aus dem Kopf. Und ...«

»So?«, frage ich, weil mir nichts Passenderes einfällt, was ich erwidern könnte. »Und was noch?«

»Wie schön es sich angefühlt hat, dich im Arm zu halten und zu küssen«, sagt er ganz leise. »Und dass ich dir noch etwas schulde.«

»Meinst du etwa eine Vorführung deiner Boxershorts?«

Diese Bemerkung kann ich mir beim besten Willen nicht verkneifen. Pascal lacht auf, äußert sich aber nicht weiter dazu.

»Komm heute Abend gegen sechs vorbei«, lade ich ihn ein. »Und bring ne Pizza mit. Mit Champignons. Wein habe ich zuhause.«

Auf die Minute pünktlich steht er mit zwei Schachteln Pizza in der einen und einer leuchtenden Sonnenblume in der anderen Hand vor meiner Tür.

»Für dich, Sonnenschein«, sagt er, macht die Hände frei und zieht mich an sich, als wäre er ein Rückkehrer von der Front. Er strubbelt mir durchs Haar, küsst meine Nasenspitze, hält mich noch fester, und dann folgt ein so leidenschaftlicher Kuss, der mich innerlich glühen und zugleich zittern lässt.

Seine Lippen sind so unglaublich weich, ebenso die feinen Härchen auf seinem Handrücken und seinen gebräunten Armen, die mich noch immer umfangen. Langsam löse ich mich aus der Umarmung, trete einen Schritt zurück und sehe ihn an. Sein strahlendes Lächeln und die wasserblauen Augen wirken unter der spanischen Sonnenbräune noch intensiver. Der Mann schaut anbetungswürdig gut aus. Sein Haar ist länger geworden, und er hat sich einen Dreitagebart stehen lassen, der ihm etwas sehr Markantes gibt.

»Du hast die Sonne mitgebracht«, sage ich atemlos. Ich mache mich auf die Suche nach einer Vase, stelle sie auf das Balkontischchen und zeige auf die Pizza. »Wir sollten sie essen, bevor sie kalt wird.«

»Was ist denn mit deinem Nachbarn unten? Hat er wieder

hübsche Frauen zu Besuch?«, ruft Pascal in einer Lautstärke, die Dominik eine Etage tiefer hören muss, falls er wieder einmal zufällig draußen ist.

»Hab heute Nachmittag noch nichts von ihm mitgekriegt. Manchmal muss Dominik ja auch arbeiten. Weißt du eigentlich, dass zwischen Lu und ihm was läuft? Ihr erzählt euch ja immer alles. Dann müsstest du auch wissen, was sie heute vorhat.«

Pascal verneint, er hat keine Ahnung, was sie vorhat. Er sagt auch Nein zu dem Glas Wein, das ich ihm anbiete. Hab mal wieder nicht daran gedacht, dass er keinen Alkohol trinkt. Nach dem ersten Stück Pizza spreche ich ihn schließlich darauf an. Es kann doch nicht sein, dass wir uns seit Monaten kennen und ich nichts von ihm weiß. Gut, so oft haben wir uns nicht gesehen. Aber ich möchte schon wissen, wen ich küsse und mit wem ich ins Bett gehen will. Denn das will ich. Fragt sich nur, wann.

»Wirklich keinen Wein? Vielleicht eine Schorle? Hab allerdings nur einen aus dem Supermarkt im Haus. Aber mir schmeckt er hervorragend.« Mit einem verführerischen Augenaufschlag versuche ich ihn zu überreden, aber darauf fällt er nicht rein.

»Netter Versuch. Ich trink eine Apfelschorle oder ein alkoholfreies Bier. Falls du sowas dahast.«

»Sag mal, Pascal, kann es sein, dass du ein Alkoholproblem hast?«, frage ich nun direkt. Der Gedanke geht mir schon die ganze Zeit im Kopf herum, das würde sein Verhalten erklären. »Bist du Alkoholiker?« Nun ist es raus. Es muss sein. Ich mische eine Apfelschorle für ihn und auch für mich.

Pascal sieht mich nur merkwürdig an. »Lass uns erst essen, dann erzähle ich dir, wieso ich nichts trinke. Alkoholiker bin und war ich übrigens nie. Werde ich auch niemals werden.«

Schweigend essen wir weiter, nach dem letzten Stück Pizza fängt er an zu erzählen.

»Mein Vater hatte ein Alkoholproblem. Das hat mich dermaßen abgestoßen, dass ich mir geschworen habe, niemals so zu werden wie mein Vater. Es ist nicht besonders witzig, so aufzuwachsen.«

Diese Möglichkeit hatte ich so gar nicht auf dem Schirm. Ich versuche mir vorzustellen, wie es ist, mit einem Elternteil zusammenzuleben, das unter dieser Sucht leidet.

»Was ist denn jetzt mit ihm? Hat er dich oder deine Mutter geschlagen?« Bangend warte ich auf seine Antwort.

»Nein. Gewalttätig war er nicht. Nur schwach. Schrecklich schwach und kein Vater, der ein Vorbild ist, der einem Schutz und Halt geben kann. Er lebt nicht mehr. Hatte einen Fahrradunfall. Er war sturzbetrunken. Im wahrsten Sinne des Wortes.«

»Oh mein Gott! Und deine Mutter?«

»Meine Mutter lebt auch nicht mehr. Sie hatte Krebs. Als der Alte nach dem ersten Entzug wieder rückfällig wurde, hat sie sich scheiden lassen. Nie wieder hat sie einen anderen Mann angeguckt. Ich glaube, sie hat ihn trotz allem geliebt.«

Pascals Blick ist düster und abwesend, als wäre er weit weg. Aber nur für einen kurzen Moment. »Mein einziger Verwandter, der noch lebt, ist mein Opa. Bei Valentin und Lisette habe ich einen Großteil meiner Kindheit und Jugend verbracht. Opa war für mich der Vater, den ich mir immer gewünscht habe. Hoffentlich lebt er noch lange und bleibt so fit, wie er jetzt ist.« Pascals Gesichtsausdruck verändert sich, das Düstere ist verschwunden. »Ludmilla tut ihm gut. Der alte Herr hat eine kluge Entscheidung getroffen, deine Freundin zu engagieren. Natürlich habe ich sie vorher überprüfen lassen. Man kann ja nicht vorsichtig genug sein.«

»Du meinst polizeilich überprüfen lassen? Sie hat mir gesteckt, dass du bei der Polizei warst.«

»Hat sie also doch geplaudert«, sagt er mit einem Zwinkern. »Ich habe immer noch gute Kontakte zur Polizei, die werde ich auch weiterhin pflegen.«

»Und warum bist du nicht geblieben?« Was mag dazu geführt haben, einen so sicheren Job aufzugeben? Hat er jemanden erschossen und ist damit nicht fertig geworden?

Mitten in diesen Überlegungen kommt mir der Verdacht, dass er mich vor meinem Date mit Valentin auch gecheckt haben könnte, und ich frage ihn danach.

Pascal zeigt sein Zahnarztlächeln und nickt. »Selbstverständlich!«

»Dann war dein Zahnarztbesuch also nur ein Vorwand?«, kombiniere ich.

»Schlimm? Es hat sich ja herausgestellt, dass du keine Vorstrafen hast und auch sonst ein netter Mensch zu sein scheinst.«

»Krass!« Jetzt ist mir doch nach einem Wein, das muss ich erst einmal verarbeiten. »Und nun studierst du Psychologie?«

»So ähnlich.«

»Was war denn los? Wieso hast du da aufgehört? Das ist doch ein bombensicherer Job. Und was ist mit deinen Nebenjobs? Du bist mir echt ein Rätsel.«

»Und du?«, dreht er den Spieß um und beginnt mit dem Frage-und-Antwort-Spiel. »Wie war deine Kindheit? Wolltest du immer Zahnarzthelferin werden? Was sind deine Träume und Wünsche? Erzähl sie mir.«

Denkste! So leicht lasse ich mich nicht ablenken.

»Die erzähle ich dir später mal. Jetzt nicht. Du schuldest mir noch ein paar Antworten.«

»Paulina! Du kannst aber auch richtig nervig sein. Sturkopf!«

Dazu muss ich ja wohl nichts sagen. Ich halte mein Gesicht in die Abendsonne und warte einfach ab, bis er weiterredet.

»Also gut. Es ist so, dass ich jede Art von Gewalt verabscheue. Bei der Polizei wird man leider ständig damit konfrontiert. Mich interessiert mehr, wie die Menschen ticken. Wie sie dazu kommen, abscheuliche Verbrechen zu begehen und solche Sachen. Für den Securityjob bin ich durch meinen beruflichen Werdegang natürlich prädestiniert. Die Aufträge, die ich annehme, werden gut bezahlt. Und das Modeln bringt noch mehr Kohle und ist weniger anstrengend. Vom Aussehen her komme ich übrigens sehr nach meinem Vater. So ganz verkehrt war der auch nicht. Der konnte auch lustig sein und war überdurchschnittlich intelligent. Hab ich wohl auch von ihm.«

»Boah! Du Angeber!«

»Warum ich die Jobs mache? Sie machen mir Spaß, und es ist ein schöner Zuverdienst, um gut leben zu können. Mein Opa hat uns viele Jahre unterstützt, dem will ich nicht länger auf der Tasche liegen. Der soll Ludmilla lieber ein ordentliches Gehalt zahlen.«

»Wie selbstlos du doch bist«, ziehe ich ihn auf. »Wie sieht's denn aus mit deinen dunklen Seiten?«

»Gut sieht's damit aus. Tiefschwarz«, kontert er. »Willst du sie kennenlernen?«

»Momentan lieber nicht«, sage ich. »Warum kann es denn nicht mal ganz einfach und unkompliziert sein? Ohne dunkle Geheimnisse?«

Wir flachsen noch eine Weile. Manchmal bin ich mir nicht sicher, ob es nicht doch ernster gemeint ist, als es den Anschein hat.

Obwohl es schon spät geworden ist, ist es immer noch angenehm warm. Meine Lichterkette und die aufgestellten

Kerzen verbreiten eine heimelige Stimmung. Wir setzen uns auf mein selbstgebautes Palettensofa, lassen den Blick über Hamburgs Lichter streifen und kuscheln. Sein Duft macht mich völlig kirre. Ich schnuppere, will ihn riechen, ihn berühren und fühlen.

Eng umschlungen liegen wir beieinander, reden, schauen in den Nachthimmel und tasten uns mit unseren Liebkosungen immer weiter voran.

»Da, eine Sternschnuppe!«, rufe ich unvermittelt. »Hast du sie auch gesehen?«

»Ich hab nur dich gesehen. Hast du dir denn etwas gewünscht?«, will Pascal wissen.

»Darf man nicht verraten. Aber nein, ich war nicht schnell genug. Ich sollte meine Wünsche für das Glücksdate am besten aufschreiben, für Freitag.«

»Übermorgen? Dann möchte ich am Samstag ein Glücksdate mit dir. Meine Einladung zum Essen steht immer noch. Ein Gästebett habe ich auch.«

Ich lache. »Und wer soll da schlafen?«

Wir wissen beide, dass wir nicht voneinander lassen können. Meine Hände sind längst unter sein Shirt gekrabbelt, nur wenige Zentimeter von seinem Nabel entfernt.

»Willst du heute Nacht bei mir bleiben?«, flüstere ich an seinem Ohr.

»Wollen schon, aber ich glaube, es ist besser, wenn ich heute zuhause schlafe. Ich muss früh raus und habe noch einiges zu erledigen. Auf meinem Schreibtisch liegen wichtige Unterlagen, die morgen früh in die Post müssen. Da sollte ich mich gleich noch dransetzen.«

»Echt? Was kann denn so wichtig sein?« Das ist ja eine glatte Abfuhr.

»Das erzähle ich dir Samstag, nicht jetzt.«

Schmollend hole ich meine Hände unter seinem Shirt hervor.

»Hey. Nun guck doch nicht so beleidigt«, sagt Pascal, der wirklich Anstalten macht, nach Hause zu gehen.

»Tue ich auch nicht. So sehe ich immer aus, wenn ich müde bin. Mein Wecker klingelt nämlich auch immer sehr früh. Um halb sechs. Ich muss jedenfalls jetzt ins Bett«, zicke ich ihn an.

»Ja, dann … Schlaf schön.«

Wahrscheinlich will er auch noch hören, dass ich ihm nicht böse bin. Er spricht es zwar nicht laut aus, aber ich habe feine Antennen für sowas. Sein Abschiedskuss bestätigt das nur. »Bleibt es denn bei Samstag? Um sechs?«

»Ich kann mir das ja mal durch den Kopf gehen lassen«, antworte ich. »Wenn es einen guten Wein zum Essen gibt, dann stehen deine Chancen nicht schlecht. Was gibt's denn?«

»Alles, was du willst.«

»Da kann ich ja schlecht Nein sagen.«

18

Auf meinen nächsten Einsatz als Wunschfee freue ich mich mega doll. Vor allem freue ich mich, Susanne dann endlich persönlich kennenzulernen. In der Nacht von Freitag zu Samstag soll es Sternschnuppen regnen, so die Vorhersage.

Das wird ja ein geiles Wochenende. Freitags beobachte ich die Sterne am Himmel und Samstag ...? Vielleicht sehe ich dann auch Sterne, wenn ich in seinen Armen liege.

Mein Navi weist mir wieder einmal zuverlässig den Weg zu der älteren Dame. Von der U-Bahn-Station sind es noch zwanzig Minuten Fußweg, die ich aber garantiert schneller zurücklege. Nach zwölf Minuten liegen bereits die letzten Meter vor mir. Mit langen Schritten biege ich in eine gediegene Straße mit alten Häusern, schönen Fassaden und gepflegten Gärten ein. Vogelgezwitscher begleitet mich auf dem Weg, es muss ein Paradies für Vögel sein.

Pünktlich um acht bin ich bei Susannes Adresse angekommen. Mit einem freudigen Juchzer öffnet sie die Tür, bevor ich überhaupt geklingelt habe.

»Moin Paulina.« Sie begrüßt mich mit einem verschmitzten Lächeln, zu dem sie sogleich eine Erklärung liefert. »Ich habe hinter der Gardine gestanden und nach dir Ausschau gehalten. Ich konnte es einfach nicht erwarten.«

»Moin Susanne«, grüße ich zurück und erwidere ihren kräftigen Händedruck. »Ich konnte es genauso wenig erwarten. Dein Wunsch ist so besonders, so anders und wesentlich schöner als Fenster putzen.«

Wir gehen durch ein farbenfroh und gemütlich möbliertes Wohnzimmer, über die angrenzende Terrasse in den Garten. Eine warme Brise bringt zwar nicht die gewünschte Abkühlung, weht uns aber eine Duftmischung in die Nase, die nur von den leuchtenden Farbklecksen ihrer Blumen kommen kann. Das ist der echte Duft des Sommers, der mich an meine Kindheit erinnert.

»Wow! Was für ein toller Garten!«

Ich ziehe meine Schuhe aus und laufe barfuß mit ihr durchs Gras und über sonnenwarme Steine.

»Wenn ich den nicht hätte …« Susanne seufzt. »Der Garten ist mein ganzer Stolz. Es macht mir so viel Freude, alles wachsen zu sehen, die Natur zu beobachten und zu fotografieren. Ich bin jetzt sogar auf Instagram, und meine Fotos haben schon mehrere hundert Fans. Ist das nicht toll?«

Sie zeigt mir ihr Profil auf dem Handy. Sie hat weit mehr Follower als ich mit meinem Account. Blumen- und Tierfotos gehen wohl immer.

»Mein Mann war leidenschaftlicher Hobbygärtner und Rosenliebhaber. Jetzt muss ich mir die Rosen selber schneiden, früher hat er mir sonntags immer eine neben die Kaffeetasse gestellt. Irgendwann werde ich die Gartenarbeit allein nicht mehr schaffen, vielleicht sollte ich mich jetzt schon nach einem Gärtner umsehen.« Sie lacht. »Nein, Quatsch. Das kann noch ein paar Jahre warten.«

Als wir bei den Rosen sind, zählt Susanne mir die fantasievollen Namen der Schönheiten auf, bei denen wir leicht schmunzeln müssen. Ich liebe Rosenduft, stecke meine Nase in die Blüten und inhaliere den Duft, der mich regelrecht berauscht. Kein Wunder, dass diese Note bei der Herstellung von Parfums so beliebt ist. Wir schlendern an lauschigen

Sitzecken vorbei, an einer Kräuterspirale und einer üppigen Himbeerhecke, die zum Naschen einlädt.

»Wie bist du denn auf die Idee mit deinen Glückskeksen gekommen?«, fragt Susanne.

Ein kleiner Gartenteich liegt vor uns, auf dem Kerzen zwischen Seerosenblättern schwimmen. Eine Picknickdecke ist auf dem Rasen ausgebreitet, daneben stehen zwei Relaxliegen. Es dämmert bereits, lange kann es nicht mehr dauern, bis wir den Nachthimmel beobachten können.

Ich erzähle ihr die Geschichte von den Glückskeksen als Kurzfassung und beschreibe das Projekt als einen Versuch, mit dem ich das Glück in mein Leben zurückholen möchte.

»Ich versuche es anzulocken, indem ich anderen Menschen glückliche Momente schenke. Ob es mir gelingt, ist so ne Sache, das weiß man natürlich vorher nicht. Die Aktion ist also nicht ganz uneigennützig«, rede ich weiter, »man sagt ja: Geteiltes Glück ist doppeltes Glück. Wenn es mir also gelingt, dir ein schönes, beglücktes Gefühl dazulassen, dann hab ich schon gewonnen.«

Susanne erzählt, wie überrascht sie war, als sie die Botschaft im Innern entdeckt hat. Sie ist erst mal ins Grübeln gekommen. Es ist ganz schön schwierig, sich etwas von jemandem zu wünschen, den man nicht kennt, von dem man nicht einmal weiß, ob es eine Frau oder ein Mann ist. »Was für eine zauberhafte Idee, Paulina.«

Sie nimmt eine Flasche Grauburgunder aus dem Weinkühler und schenkt uns ein.

»Lass uns auf die Glückskekse anstoßen! Und bitte sag einfach nur Sanne zu mir. So werde ich von allen genannt.«

»Klingt auch viel netter, Sanne. Wollen wir nicht auch auf die Sternschnuppen anstoßen? Hoffentlich haben wir Glück und sehen welche. Ich hab mir extra eine Liste gemacht, weil ich nicht unvorbereitet sein möchte. Als das letzte Mal eine vom Himmel gefallen ist, war ich so überrascht, dass ich vergessen hab, mir etwas zu wünschen.«

Sanne verkneift sich ein Lachen. »Du willst aber nicht den ganzen Abend mit einem Zettel in der Hand neben mir sitzen und immer, wenn's passiert, einen Wunsch ablesen?« Sie sieht mich schräg an. »Das ist so unromantisch.«

Ihr Kichern hört sich total süß an, es klingt wie Froschgequake, unter das sich hohe Kiekser mischen.

»Willst du nicht deinen Hut abnehmen? Es ist doch immer noch so schwül. Oder hast du darin deine Wunschliste versteckt?«

»Nö, der hat eine andere Bedeutung.«

Ich erzähle ihr von meiner Freundin Ada, ohne meine Tränen wegblinzeln zu müssen, und Sanne fängt an, von ihrem Mann, ihrer Ehe und von vielen kleinen Erlebnissen mit ihm zu plaudern, die unvergesslich sind. Wir philosophieren über das Leben, die Liebe und die Menschen, die wir schmerzlich vermissen. Trotz dieser tiefgehenden Gespräche gibt es aber immer wieder etwas, worüber wir von Herzen lachen müssen. Es ist erstaunlich einfach, mit Sanne aufwühlende Unterhaltungen zu führen und dabei eine angenehme Leichtigkeit mitschwingen zu lassen. Ob es an ihrer Lebenserfahrung liegen mag? Sie ist mindestens doppelt so alt wie ich, aber wir merken den Unterschied nicht. Das Alter ist nicht wichtig.

»Paulina, du bist ein Geschenk des Himmels. Es ist so schön, dass du da bist.«

»Du meinst wohl eher, ich bin eine Sternschnuppe?«, scherze ich.

»So ähnlich. Ich glaube, du bist so ein Mensch, der überall eine Spur Glitzer hinterlässt, egal, wohin du gehst. Mit Glitzer ist es ja bekanntlich so, dass er sich selbst in den feinsten Ritzen festsetzt und man Jahre später immer noch Überbleibsel von ihm findet.«

»Wow! So etwas Schönes hat ja noch niemand zu mir gesagt. Was machst du eigentlich beruflich?«

»Ist unwichtig. Wieso?«

»Ich dachte nur, weil du das so schön gesagt hast. Bist du Schriftstellerin?«

Sanne lacht. »Völlig daneben. Ich bin Apothekerin, aber ich arbeite nur noch an drei Tagen in der Apotheke.« Dann wird sie wieder ernst. »Mit deinem Glückskeks habe ich einen echten Glücksgriff gemacht. Weißt du, mit meinen Kindern oder auch mit Freunden wäre es etwas anderes, jetzt hier zu sein. Es hat was, dass wir uns vorher nicht kannten.«

Sie füllt die Gläser noch einmal, wir wechseln von der Decke auf die gepolsterten Liegen und schweigen eine Weile. Mir ist seltsam feierlich zumute. Ich habe das Gefühl, zur richtigen Zeit am richtigen Ort zu sein, eine unendliche Dankbarkeit ist in mir. Sanne nimmt meine Hand, und wir verlieren uns minutenlang in der endlosen Weite des Himmels, an dem unzählige weiße Pünktchen flimmern. Die Sternschnuppen haben es offenbar nicht eilig, wir haben immer noch keine gesehen. Es müsste doch mal langsam losgehen.

Sanne schaut auf die Uhr und meint, dass es noch etwas dauern kann.

»Mehr als einhundert Sternschnuppen pro Minute sollen in dieser Nacht vom Himmel regnen«, gibt sie ihr Wissen über die Sternschnuppennächte im August preis. Nach einem kleinen Vortrag bin ich darüber im Bilde, dass man im Juli und August die Sternschnuppen des Perseiden-Meteorstroms bei entsprechender Witterung beobachten kann.

»Ich hoffe, du langweilst dich nicht, wenn ich dich damit zutexte.«

»Nö. Aber ich kann mir das bestimmt nicht alles merken.

Ich will jetzt endlich mal was sehen, damit ich das auch glauben kann.«

»Zwischen zwei und vier Uhr morgens sollen sie am besten zu sehen sein«, sagt sie mit einem erneuten Blick auf die Uhr. Wir haben erst kurz nach Mitternacht, es wird wohl später als von mir einkalkuliert. Aber gut, dann bleibe ich eben bis in die frühen Morgenstunden.

Konzentriert und ohne einen weiteren Pieps zu sagen, suche ich den Himmel nach einem Meteoritenschweif ab. Wenn es gleich losgeht und ein winziger Lichtpunkt vom Himmel fällt, will ich ihn nicht wunschlos verglühen lassen. Ich taste nach dem Zettel in meiner Tasche, traue mich aber nicht, ihn noch einmal anzuschauen. So viele Wünsche habe ich auch gar nicht zusammenbekommen.

Es ist kurz nach eins, als das Naturschauspiel unerwartet losgeht.

»Hast du gesehen?«, rufe ich verzückt und zeige in die Richtung, in der ein heller Fleck soeben seine Bahn gezogen hat und im All verglüht ist. Meine Liste ist nicht mehr von Bedeutung, es sind immer dieselben drei Wünsche, die mir in den Sinn kommen.

Sanne schaut meinem Fingerzeig hinterher und juchzt laut auf, als sie auch eine Sternschnuppe sieht.

Mit dem Wünschen kommen wir beide nicht nach, ist auch nicht so wichtig. Aus einer seichten Stelle im Teich holt Sanne eine Flasche Champagner hervor, den sie für eine besondere Gelegenheit aufgehoben hat. Der Korken landet mit einem unüberhörbaren Plopp irgendwo im Gebüsch, in den Gläsern blubbern danach winzige Bläschen an die Oberfläche, und wir nippen erwartungsvoll an dem kostbaren Tropfen.

»Igitt«, ruft Sanne nach dem ersten Schluck. »Der schmeckt ja überhaupt nicht. Weg damit!« Mit Verachtung kippt sie den Inhalt in den Teich. Sie hat recht, der schmeckt nach Kork, und ich folge ihrem Beispiel und lasse die Seerosen davon kosten. Es geht doch nichts über einen anständigen Wein, denke ich, bei dem wir dann auch bleiben.

Unsere Wünsche sind ebenso vertraulich wie das, was Sanne mir in dieser Nacht alles erzählt hat. Ich bin die Erste und wahrscheinlich auch die Einzige, der sie anvertraut hat, wie sie die letzten Atemzüge ihres Mannes begleitet und ihm seinen allerletzten Wunsch erfüllt hat. Es war ihr ein Herzensbedürfnis, dieses Geheimnis mit jemandem zu teilen.

Aber sie hätte mich vorwarnen können. Ich bin mir im Unklaren, ob ich davon hätte wissen wollen. Nun ist es aber so, und ich schiebe den Gedanken an die Seite. Ebenso die Müdigkeit, die meine Augenlider schwer werden lässt. Es ist ganz schön anstrengend, stundenlang fokussiert in den Nachthimmel zu starren.

Neben mir auf der Liege ist es ruhig geworden, ich höre ein leises Grunzen, dem japsende Laute folgen. Sanne schläft. Sie merkt nicht einmal, dass ich eine Decke über sie lege.

Sie würde es sehr wahrscheinlich nicht mitbekommen, wenn ich mir jetzt ein Taxi bestelle und nach Hause fahre. Aber das wäre nicht fair, wenn sie aufwacht und ich verschwunden bin. Ich wickle mich auch in ein kuscheliges Plaid, warte auf die nächste Sternschnuppe und träume.

Plötzlich fahre ich hoch, horche und lege mich wieder zurück. Doch dann ist das Geräusch wieder da. Etwas bewegt sich, da bin ich mir ziemlich sicher, die Frage ist nur, ob es ein Tier ist oder ein Einbrecher, oder ob es nur die Blätter an den Bäumen sind. Vielleicht ist es ein Mäuschen oder eine Katze. Obwohl meine Augen sich längst an die Dunkelheit gewöhnt haben, kann ich nichts erkennen.

Woher kommt es? Aus dem Haus oder aus dem Garten? Oder vom Nachbargrundstück?

Ich hole tief Luft, ignoriere mein Herz, das wie verrückt hämmert, stehe lautlos auf und tapse mit nackten Füßen durch das feuchte Gras. Die Weinflasche, aus der ich noch schnell den letzten Tropfen trinke, umklammere ich mit eisernem Griff, bereit, einen Einbrecher damit k. o. zu schlagen. Der am Teich platzierte alberne Gartenzwerg mit seiner Angel scheint mich auszulachen, als er von der Taschenlampe meines Handys geblendet wird.

»Blödmann!« Erbarmungslos packe ich ihn an seiner Zipfelmütze und ertränke ihn im Wasser. »Warum grinst du auch so dämlich?«

Wieder bewegt sich etwas in der Dunkelheit. Ich gehe zu Sanne und rüttle sie wach.

»Ich glaube, hier ist ein Einbrecher«, flüstere ich.

Augenblicklich ist sie hellwach. Sie schwingt die Beine von der Liege und ruft: »Komm her, wenn du dich traust, du verdammter Einbrecher. Wenn dir dein Leben lieb ist, dann hau ab!«

Ängstlich ist Sanne jedenfalls nicht. Die verdächtigen Geräusche kommen immer näher. Schemenhaft erkennen wir aus einer versteckten Ecke des Gartens hervortretend eine Gestalt, die uns mit dem gleißenden Lichtstrahl einer Taschenlampe blendet. Wir sehen nichts mehr.

»Keine Angst«, ruft die Person. »Paulina, ich bin's. Pascal.«

Das Licht erlöscht wieder, und nun sehen wir ihn nur eine Armeslänge von uns entfernt vor uns stehen.

»Spinnst du, uns so zu erschrecken?«, gifte ich ihn an.

»Was fällt Ihnen ein? Was machen Sie hier?«, fährt Sanne den Unbekannten an. »Ist das dein Freund? Von dem du mir vorhin erzählt hast? Der mit den Unter...«, fragt sie mich.

»Genau der bin ich«, bestätigt Pascal, was mich auf der Stelle zum Widerspruch reizt.

»Davon kann ja wohl gar keine Rede sein, du spielst dich jedenfalls auf wie mein Aufpasser.«

»Freu dich doch darüber, Paulina«, fällt Sanne mir nun auch noch in den Rücken. »Ich bin Sanne«, stellt sie sich vor und lädt Pascal ein, sich zu uns zu setzen. »Ich hätte Sie nicht einmal bemerkt, ich war gerade ein bisschen eingenickt. Wie spät ist es denn?«

»Kurz nach vier«, sagt Pascal. Er setzt sich zu mir auf die Liege und legt den Arm um mich. Das fühlt sich gut an, so warm und geborgen.

»Und wie lange warten Sie schon auf Ihr Mädchen?«, will sie wissen.

»Schon viel zu lange«, weicht er aus.

Sanne sieht ihn nachdenklich an. »Ich muss jetzt ins Bett.« Sie gähnt. »Und ich glaube, ihr auch.«

Wir wollen ihr noch beim Aufräumen helfen, doch das lehnt sie konsequent ab.

Als wir gehen wollen, umarmt Sanne mich und flüstert mir ins Ohr: »Der erste Wunsch erfüllt sich gerade.«

Woher weiß sie denn bitte schön, was ich mir gewünscht habe? Sie bedankt sich für die zauberhafte Nacht und die leisen Glücksmomente, die sie geschenkt bekommen hat. Ich verspreche, dass wir in Kontakt bleiben, dann schnappe ich mir meinen Hut, und wir gehen.

»Passen Sie immer gut auf Ihr Mädchen auf.«

Mein Bodyguard zeigt sein strahlendes Lächeln.

»Paulina ist ein echter Glückskeks«, ruft Sanne ihm noch hinterher.

»Hmm. Ein Glückskeks zum Verlieben«, nuschelt er in meine Halsbeuge.

»Tschüss, Sanne! Und melde dich, wenn sich deine Wünsche erfüllen!«

Es wird langsam hell, die Vögel zwitschern ihre Morgenmelodien, und wir fahren mit weit geöffneten Seitenscheiben. Wie selbstverständlich schlägt er den Weg zu seiner Wohnung ein, ohne mich zu fragen, ob ich mitkommen will zu ihm. Er scheint sich seiner Sache wohl sehr sicher zu sein.

»Wieso wusstest du eigentlich von Sannes Adresse?« Das interessiert mich nun doch. »Hast du schon lange vor ihrem Haus auf mich gewartet?«

»Nur seit kurz nach Mitternacht«, antwortet er. »Im Übrigen hast du mir selbst erzählt, wo du hinwillst. Und Lu konnte mir die Hausnummer sagen. Sehr vernünftig von dir, ihr zu hinterlassen, wo du Wunschfee spielst.« Er grinst unverschämt, und ich gehe auch noch auf seine Bemerkung ein.

»So leichtsinnig, wie du glaubst, bin ich nämlich nicht.«

»Überhaupt nicht«, feixt er. »Gehst nur mit einem Fremden nach Hause, von dem du nicht weißt, wie er tickt.«

»Ja, Fremder. Das ist wirklich sehr unvorsichtig von mir. Ich mag Leichtsinn«, nuschle ich, als wir in seiner Wohnung sind. »Und küssen.«

Wie gern ich küsse, zeige ich ihm auf der Stelle. Dann tue ich das, was ich in meiner Fantasie schon so oft durchgespielt habe, vor seinen Augen ziehe ich mich aus, nur der Slip bleibt an.

»Leichtsinnig, oder?« Er sagt nichts. Muss er auch nicht, ich sehe ja, was ich angerichtet habe. Das Begehren in seinem Blick törnt mich unglaublich an, schnell husche ich ins Bad und wasche mich rasch.

Frisch und gut duftend krabble ich unter die Bettdecke und warte auf Pascal. Ich höre das Plätschern aus der Dusche, die munteren Vögel und das Getöse der Straßenkehrmaschine. Als er sich zu mir legt, bin ich selig weggedöst und schlafe wie ein Flusskiesel in seinem Bett.

Der Duft von frischem Kaffee, der mir plötzlich in die Nase steigt, macht mich wach. Es ist schon Mittag, sehe ich nach einem Blick auf den Wecker, den ich nicht kenne. Das Bett ist mir auch fremd, es braucht eine Weile, bis ich mich erinnere, was gestern Abend gewesen ist. Mit einem Shirt bekleidet erkunde ich meine Umgebung und gehe dem Kaffeeduft nach. Pascal sitzt am Frühstückstisch und ist mit der Zusammenstellung einer Einkaufsliste beschäftigt.

»Ausgeschlafen?«

Ich reibe mir die Augen und nicke. »Ich bin sofort weggedöst. Oder haben wir noch ...?«

»Ja und nein. Ja, du bist sofort eingeschlafen, was nicht gerade für mich spricht. Und nein, wir haben nicht miteinander gevögelt. Beruhigt?«

Ich brauche erst mal einen heißen Kaffee, um wieder klar denken zu können. Mit dem Klar-Denken ist das so eine Sache bei mir, manchmal ist mein Mund schneller als mein Verstand. So auch jetzt, als ich mich selber sagen höre: »Wer noch nicht hat, der kann ja noch.«

Wie blöd der Spruch ist, fällt mir erst auf, als ich ihn ausspreche und Pascal lauthals anfängt zu lachen.

»Stimmt wohl. Er kann noch.« Er macht eine eindeutige Geste. »Aber nicht jetzt, mein süßer Glückskeks. Du kannst bei mir noch duschen und frühstücken, aber dann muss ich dich leider rausschmeißen.«

»Wie? Echt jetzt?«

Ich kuschle mich an ihn, doch Pascal lässt sich nicht von seinem Entschluss abbringen.

»Echt jetzt. Ich hab heute Abend eine Verabredung, und bis dahin muss ich noch einiges erledigen.«

»Ich kann dir doch dabei helfen.« Mit den Fingern krabble ich unter sein Shirt, doch Pascal nimmt sie wieder weg und wird total ernst.

»Paulina, wenn ich nicht noch so viel erledigen müsste,

würde ich dich auf der Stelle in mein Bett zerren, das kannst du mir glauben. Aber ich kann es nicht aufschieben, es ist eine Terminsache, an der unglaublich viel hängt. Ich erzähl's später.«

Was hat der Mann noch alles für Geheimnisse? Was kann im Moment wichtiger sein als ich? Als könnte er meine Gedanken lesen, murmelt er in mein Haar: »Es war unbeschreiblich schön heute früh mit dir einzuschlafen, deine Wärme die ganze Nacht zu fühlen und dann neben dir aufzuwachen. Daran könnte ich mich gewöhnen. Aber wir müssen nichts überstürzen.«

»Schön war es ja wohl nur für dich. Ich bin ja noch nicht einmal neben dir aufgewacht. Du warst nicht da!«

Pascal zieht ein schuldbewusstes Gesicht und verspricht, dass so etwas nie wieder passiert. Wer's glaubt!

»Du ahnst ja gar nicht, wie lange ich wach gelegen habe und nicht einschlafen konnte, weil du so süß geschnauft hast und ich dich immerzu betrachten musste.«

»Ich schnaufe nicht im Schlaf!«, widerspreche ich. Das hat mir ja noch niemand gesagt. »Hättest du einfach mal die Augen zugemacht und mich nicht die ganze Zeit angestarrt, wäre das nicht passiert. Und außerdem«, provozierend sehe ich ihn an, »hast du mir immer noch nicht gezeigt, was du unten drunter trägst.«

Er grinst mich unverschämt sexy an. »Das steht für heute Abend auf der Speisekarte.«

»Als Dessert?«, will ich es genau wissen.

»Wäre es dir lieber als Vorspeise?«

19

Auf meinem Palettensofa döse ich lang ausgestreckt und erhole mich immer noch von der Abfuhr. Meine Vorfreude auf die bevorstehende Nacht, in der wir nicht wie ein altes Ehepaar nebeneinanderliegen werden, lässt mich nicht zur Ruhe kommen. Da helfen auch kein Yoga und keine heiße Schokolade.

Von meinem lieben Nachbarn unter mir ist nichts zu hören, es ist verdächtig still. Damit hab ich nun nicht gerechnet, denn ich bin davon ausgegangen, dass Lu meine Abwesenheit bis zur letzten Minute ausnutzen und noch bei Dominik sein würde. Ich habe mich wohl getäuscht.

Die chillige Musik meiner Playlist kann die Schmetterlinge in meinem Bauch nicht besänftigen. Ein ganzer Schwarm scheint in meinen unteren Regionen Rock 'n' Roll zu tanzen, außerdem ist da noch dieses süße Ziehen unterhalb meines Bauchnabels. Ich versuche mich zu erinnern, wann ich das letzte Mal so heiß auf einen Typen war. Ich kann nur noch daran denken, wie es wohl sein wird, mit ihm zu schlafen. Also, ich meine, richtig geilen Sex zu haben. Das mit dem Schlafen haben wir ja getestet, das können wir schon. Viel lieber wäre ich den ganzen Tag bei ihm geblieben. Aber nein, der Kerl schickt mich nach Hause und sagt auch noch, ich solle mich noch ein bisschen ausruhen. Was hat er mit mir vor?

Ausgeruht hab ich mich genug, ich muss mich beschäftigen und werfe einen Blick in meinen Kleiderschrank. Was ziehe ich heute Abend an, und was sollte ich für den Besuch bei seinem Opa einpacken? Eine geblümte Tunika wird Valentin sicher gefallen. Für das Dinner bei meinem Wäschemodel entscheide ich mich noch einmal für das Outfit, das ich zur Vernissage getragen habe.

Nachdem das geklärt ist, sehe ich mir die Nachrichten auf dem Handy an. Timo hat sich gemeldet, das war ja nicht anders zu erwarten. Täglich meldet er sich, er möchte mich schon bald wiedersehen. Wenn ich ihm meine Adresse schicke, würde er sich sofort ins Auto setzen und losdüsen. Nein, mein Lieber, das passt mir ganz und gar nicht! Freundlich vertröste ich ihn auf später. Danach lese ich Lus neueste WhatsApp.

Sie möchte wissen, wie die Sternschnuppennacht war, ob ich viele Wünsche loswerden konnte. Scheinheilig erkundigt sie sich auch, ob ich die ganze Nacht bei Sanne geblieben bin, da sie nicht gehört hat, wann ich nach Hause gekommen bin. Meine neugierige Freundin! Wenn die wüsste. Grinsend tippe ich einen Smiley mit Heiligenschein ein und verspreche, ihr am nächsten Tag alles haarklein zu erzählen.

Pascal sieht trotz Kochschürze mit dem Schriftzug *Küchenheld* umwerfend gut aus, als er mir öffnet.

»Es ist alles vorbereitet«, sagt er und bindet mir auch eine Schürze um. Fragend sehe ich ihn an. »Die Pizza muss nur noch belegt werden, und dann ab in den Ofen.«

»Wie? Das Essen ist noch nicht fertig?«, erwidere ich mit gespielter Entrüstung. Mir gefällt die Idee, gemeinsam in der Küche zu stehen und den Teig zu belegen. »Und was ist mit der Vorspeise?«

»Die steht vor dir. Bedien dich«, kommt es schlagfertig von ihm. Wenn er wüsste, was für einen Appetit ich mitgebracht habe.

»Dann lass mich mal kosten«, raune ich ihm zu. Als Erstes lege ich meinen Hut ab, dann fange ich an, an seiner Ohrmuschel zu knabbern. Leise stöhnt er auf. Seine Lippen hauchen Küsse auf meine Haut und hinterlassen eine heiße Spur, die zu meinem Mund führt. Diese weichen Lippen! Der krasse Gegensatz zu der Härte, die ich an meinem Bauch spüre und die mich alles um mich herum vergessen lässt.

»Bin ich jetzt wieder schuld?«

Pascal gibt einen knurrenden Laut von sich, der wohl ein Ja bedeuten soll.

»Jetzt will ich sehen, was du drunter trägst. Zeig es mir!«, fordere ich ihn auf. Ich winde mich aus seiner Umarmung, und benommen, wie ich bin, trete ich einen Schritt zurück. Ich kann meinen Blick nicht von ihm lösen, ich will ihm zuschauen, wenn er die Hose fallen lässt. Pascal nimmt sich viel Zeit für das Öffnen des Hosenknopfs, im Zeitlupentempo macht er sich an dem Reißverschluss zu schaffen, dann endlich landet die Hose auf dem Boden.

»Zufrieden?«

»Noch nicht.«

Wie gebannt starre ich auf seine Boxershorts. Ich sollte ihn schnellstens davon befreien, sonst platzt sie.

»Wenn du mehr willst, dann hol es dir«, fordert er mich auf. Das lasse ich mir bestimmt nicht zweimal sagen. Natürlich will ich mehr, sehr viel mehr. Ich will diesen Mann fühlen und ihn mit allen Sinnen erleben. Langsam ziehe auch ich mich Stück für Stück aus. Dass wir noch in der Küche sind, stört mich nicht, dennoch bevorzuge ich das bequeme Bett in seinem Schlafzimmer.

Er stöhnt laut auf, als ich meine Finger unter den Bund seiner Shorts schiebe, ihn von dem Stückchen Stoff befreie und seinen Schwanz mit der Hand und später auch mit meinem Mund liebkose. Die Welt steht still um uns. Wir können nur noch küssen und fühlen und einander erkunden. Pure Leidenschaft und das ungezügelte Verlangen, endlich eins zu sein, jagen mir heiße Schauer durch den Körper und zwischen meine Beine, die ich längst für ihn geöffnet habe.

»Komm schon«, japse ich. »Ich will dich tief in mir spüren.«

Ich höre etwas knistern. Es ist das Kondom, der Mann ist gut vorbereitet. Wieder einmal bin ich viel zu leichtsinnig. Bestimmt muss ich mir das später von ihm sagen lassen. Der Gedanke blitzt nur auf, verschwindet genauso schnell wieder, und dann ist mein Kopf leer und mein Körper mit jeder Faser auf Empfang. Ineinander verschlungen finden wir einen gemeinsamen Rhythmus, der uns zusammen- und auseinanderführt und quälend langsam wieder zusammen. Pascal umkreist meinen empfindlichsten Punkt, lässt mich flehen nicht aufzuhören und treibt mich immer weiter in eine unbändige Lust, die sich mehr und mehr hochschraubt. Er macht mich wahnsinnig.

»Komm zurück«, bettle ich. Mit einem Glanz in den Augen kniet er über mir und schüttelt den Kopf. Er spielt mit meinen Brustwarzen, saugt an ihnen, es ist schmerzhaft schön, während sein Finger die samtene Haut in mir massiert.

»Komm. Für mich«, flüstert er, zieht seine Hand zurück und gibt mir dann, wonach ich verlange. Mit wenigen Stößen bringt er mich zum Beben, zieht sich zurück, sieht mir in die Augen und sagt mit seinem Blick so viel, ohne ein einziges Wort. So bleibt er in mir, bis mich die Wellen meines Orgasmus davontragen. Willenlos gebe ich mich ihnen hin, bis ich kraftlos und befriedigt in die Kissen falle.

»Wow. Was war das?« Mein Gehirn ist noch offline, aber mein Herz ist voll on. »Wenn das die Vorspeise war, wie ist dann erst der Hauptgang?«

»Ach ja, da war doch noch was. Ich hab jetzt Hunger, wir sollten uns um die Pizza kümmern«, sagt Pascal, der mich so fest in seinen Armen hält, als wollte er mich nie wieder loslassen. »Bist du nun mein Mädchen, liebste Paulina?«

»War das gut.« Ich seufze noch immer ermattet und kuschle mich an seine Schulter. Wir liegen noch lange ineinander verknäult beieinander, bis wir unser Magenknurren nicht mehr ignorieren können.

»Hunger. Du auch?«

Mit Shirt und Schürze bekleidet gehen wir in die Küche, um die verbrannten Kalorien wieder aufzufüllen. Neben dem Hefeteig, der unter einem Geschirrtuch hervorquillt, stehen Schälchen mit Tomaten, Pilzen, Thunfisch, Käse und weiteren leckeren Zutaten. Nie zuvor hat es mir so viel Vergnügen bereitet, eine Pizza zu belegen. Zusammen formen wir ein Herz aus Tomaten auf den Boden, den wir mit viel Liebe dekorieren und zu dem es einen italienischen Rotwein für mich gibt, den Pascal extra gekauft hat.

»Das hast du dir ja fein ausgedacht«, necke ich ihn zärtlich. »Pure Berechnung, die Pizza noch nicht in den Ofen zu schieben.«

Ich öffne die Flasche und probiere. Genau mein Geschmack. »Magst du nicht ein Glas mittrinken? Ausnahmsweise«, versuche ich ihn zu überreden. »Auf unser erstes Mal?«

Wider Erwarten lässt Pascal sich verführen. Sein Glas ist nur halb so voll wie meins, aber immerhin.

»Auf dich, mein Mädchen, mein Glückskeks. Und auf unseren ersten Sex«, sagt er feierlich, bevor er mit mir anstößt.

»Auf uns! Und darauf, dass es kein One-Night-Stand war«, schiebe ich noch schnell hinterher.

Pascal lacht kopfschüttelnd. »Bestimmt nicht. Aber es gibt da etwas, das ich dir noch sagen muss.«

Mir fährt ein Schreck in die Glieder. Was kommt jetzt?

»Sag nicht, du bist verheiratet? Ist es was Schlimmes? Hast du womöglich eine ansteckende Krankheit?«, scherze ich.

»Dreimal Nein.«

»Dann ist ja gut. Dann kannst du mir das später erzählen. Nicht jetzt.«

Pascal trägt mich ins Schlafzimmer, legt mich auf dem Bett ab und fragt: »Bereit für die Nachspeise?«

»Immer.«

Die Nacht war für uns viel zu kurz. Vor lauter Vögeln und Reden und In-die-Augen-Schauen und Händchenhalten haben wir noch weniger Schlaf bekommen als in der Nacht zuvor. Am liebsten wären wir noch liegen geblieben, um morgens da weiterzumachen, wo wir nachts aufgehört haben. Aber Pascals Opa hat Geburtstag und erwartet uns um elf Uhr zum Brunch.

Wir stärken uns mit Kaffee, etwas Obst und Haferflocken, wir wollen ja nicht pappsatt bei Valentin ankommen. Auf Pascals großzügig geschnittenem Balkon lacht uns die Morgensonne ins Gesicht, es wird ein schöner Tag.

»Du wohnst aber auch nicht schlecht«, sage ich, nachdem Pascal mir alles von seiner Wohnung gezeigt hat. »Da könnte man ja direkt neidisch werden. Ich dachte schon, meine ist top.«

Sein Ankleidezimmer hat es mir besonders angetan, das hätte ich auch gern.

»Und günstig ist sie auch noch. Jedenfalls für Hamburger Verhältnisse. Und … kein bisschen hellhörig.«

Bei dem Mietpreis, den er mir nennt, bekomme ich Schnappatmung. Er zahlt nur zwei Drittel von dem, was ich jeden Monat abdrücken muss. »Beziehungen.« Er grinst mich an. »Bleibst du auch heute Nacht bei mir? Bitte!«

»Ich muss doch arbeiten. Und ich hab nichts dabei, was ich morgen in der Praxis anziehen kann.«

»Kein Problem. Wir holen auf dem Rückweg alles, was du brauchst.«

Sein Vorschlag gefällt mir, und ich könnte ihn schon wieder lieben. »Einverstanden.«

20

Es ist viel Zeit vergangen seit meinem letzten Besuch bei Valentin Hesse in Blankenese. Über Lu bin ich im Bilde, wie schön es jetzt bei ihm aussehen muss und dass der Garten vorm Haus ein einziges Blütenmeer ist. Bisher kam immer irgendwas dazwischen, weshalb ich einen Besuch aufgeschoben habe. Ich bin sehr gespannt und freue mich tierisch, ihn wiederzusehen.

Valentin geht es ähnlich, er strahlt übers ganze Gesicht, als Pascal und ich händchenhaltend bei ihm ankommen.

»Ach mein Kalli, das ist das schönste Geschenk, das du mir machen kannst«, sagt er zu seinem Enkel und streicht ihm väterlich über die Wange. Ich weiß genau, was der alte Herr meint, Pascal scheinbar nicht.

»Ich hab es dir doch noch gar nichts geschenkt«, entgegnet er.

»Du und Paulina«, betont Valentin, »das hab ich gleich gewusst, dass ihr zusammengehört.«

»Na, da weißt du ja mehr als ich. Als wir.«

Er lacht. »Ich bin ja auch ein alter, weiser Mann.«

Ludmilla tritt hinter ihn und mischt sich ein. »Was hab ich da gerade gehört? Der Kalli mit der Pauli?«

»Na guck sie dir doch an.«

Zum Glück redet Valentin nicht weiter. Wenn er nun auch noch angefangen hätte, von Liebe zu sprechen, wäre ich tot umgefallen. Oder ich hätte das Weite gesucht.

Lu rettet uns, indem sie energisch ans Frühstück erinnert. »Der Kaffee soll doch nicht kalt werden, oder?«

Sich ihr zu widersetzen ist aussichtslos, das hat der alte Herr offenbar schon erkannt.

»Wenn ich dich nicht hätte, meine liebe Ludmilla ...« Er seufzt glücklich und begibt sich an den festlich eingedeckten Tisch.

»Das *gute Service«*, staunt Pascal. »Ich dachte schon, das verstaubt genauso im Schrank wie Omas Kleider.«

Das Geplänkel zwischen Valentin und Kalli geht noch eine Weile so weiter. Lu verschwindet zwischendurch in die Küche und bittet mich, ihr zu helfen. Als wir allein sind, schließt sie die Tür, holt einen Prosecco aus dem Kühlschrank, und dann will sie ganz genau wissen, wie die letzte Nacht und auch die mit den Sternschnuppen gewesen ist. Ausführlich erzähle ich von Sanne und auch davon, wie sehr wir uns erschrocken haben, als plötzlich jemand durch den Garten schlich. »Wir glaubten, es ist ein Einbrecher. Aber rate mal, wer es war?«

»Dein Bodyguard, nehme ich an.«

Ich schnaube. »Dem du gepetzt hast, wo ich bin.«

»Wir haben uns Sorgen gemacht. Aber nun erzähl mal, wie war es denn so? Seid ihr jetzt ein Paar? Habt ihr ...?«

»Du nun wieder!« Mir schießen Tränen in die Augen, so sehr muss ich lachen. Etwas zu laut, wie sich herausstellt, als Pascal hereinschaut.

»Alles in Ordnung?«, fragt er.

Wir schicken ihn zu Valentin zurück, ich nehme noch einen Schluck Prosecco und komme mit der Gegenfrage. »Wie ist es denn mit Dominik und dir? Seid ihr jetzt ein Paar?«

»Im Bett sind wir das perfekte Paar.« Lu seufzt mit verklärtem Blick. Aber dann will sie die beiden Männer nebenan nicht länger warten lassen. Jede mit einem Tablett in der Hand gehen wir zu ihnen zurück.

Valentin und Pascal sind in ein Gespräch über Barcelona

vertieft. Sie unterhalten sich über die Sehenswürdigkeiten und die vielen schönen Frauen, die das Stadtbild prägen, und bemerken uns nicht sofort. Von seinem Urlaub in Barcelona hat mein Supermodel mir so gut wie nichts erzählt, denke ich. Aber wie denn auch? Wir sind gestern ja gleich übereinander hergefallen. Mir wird wieder ganz heiß, als ich an all die schönen, innigen Momente denke. Umso mehr freut es mich, hier von seinen Eindrücken in der spanischen Metropole zu erfahren.

»Mir hast du noch gar nichts von deinem Urlaub erzählt«, sage ich leise zu ihm, als ich wieder neben ihm sitze. Doch dann horche ich auf, als sein Opa fragt, wann er denn nun ganz nach Spanien gehen wird. Valentin scherzt, glaube ich im ersten Moment. Aber er sieht seinen Kalli so eindringlich an, dass mir Zweifel kommen.

»Opa!«, versucht er ihn zum Schweigen zu bringen.

»Was denn, Kalli? Das muss ich als dein Großvater doch wissen. Hat es denn geklappt? Hast du schon eine Bude gefunden?«

Mir stockt der Atem, mein Herz setzt aus, und in mir ist alles auf Alarm. Pascal wechselt die Gesichtsfarbe und nimmt meine Hand. Er hält sie ganz fest, sieht mich an und stammelt, dass er mir das noch erzählen wollte.

»Du hast mich aber nicht zu Wort kommen lassen«, tut er es jetzt ab, als wenn es mein Fehler ist, dass er mir etwas verschwiegen hat.

»Kann mir mal jemand sagen, was hier los ist?« Nervös spiele ich am Saum meines Kleidchens. Ich sehe von Valentin zu Pascal und wieder zurück. Und dann zu meiner Freundin. Ist sie etwa auch darüber im Bilde, was hier gespielt wird?

Pascal legt den Arm um mich, fährt mir durchs Haar und versucht, die Kontrolle wiederzufinden. Scheinbar gelingt es ihm innerhalb weniger Sekunden.

»Paulina, ich hätte es dir ja nachher gesagt. Reg dich nicht auf. Es ändert nichts daran, dass du mein Mädchen bist und ...« Er umfasst mein Gesicht mit seinen Händen und flüstert mir ins Ohr: »Ich habe mich in dich verliebt, mein süßer Glückskeks.«

Am Kaffee und dem Prosecco liegt es bestimmt nicht, dass meine Nerven flattern und mir abwechselnd heiß und kalt wird. Ich will endlich wissen, was Sache ist.

»Kalli, hast du deiner Paulina etwa nichts von deinem Auslandssemester in Barcelona erzählt?«, sagt Valentin. Damit bringt er Klarheit in meinen Kopf, aber das Chaos in meinem Herzen könnte nicht schlimmer sein.

Seinen Enkel entschuldigend wendet er sich mir zu. »Der Junge ist manchmal ein richtiger Geheimniskrämer, das war er immer schon. Aber seit er mit diesen Kriminellen zu tun hat, ist es noch viel schlimmer geworden mit ihm. Also, ich meine, seitdem er bei der Polizei war.«

»Wieso musst du ein Auslandssemester machen? Macht man das immer, wenn man Psychologie studiert?«

Lu füllt die feinen Sektgläser, auch das von Pascal, mit einem besonders edlen Tropfen. Da er es nicht anrührt und den Kopf schüttelt, schiebt sie es zu mir rüber.

»Ich glaube, du kannst jetzt eine Stärkung brauchen.«

In einem Zug leere ich es, halbwegs gefasst auf weitere Hiobsbotschaften.

»Psychologie?«, wiederholt Valentin. »Hat er dir das erzählt? Der Junge studiert nicht Psychologie, sondern Kriminologie. Er will die Abgründe der Menschen erforschen und sie auf den rechten Weg zurückbringen.«

»Lu, sag mir nicht, dass du das alles weißt. Wenn das so ist, dann bist du die längste Zeit meine Freundin gewesen.«

Zaghaft schüttelt sie den Kopf, dabei zupft sie verlegen an einer Haarsträhne, die ihr ins Gesicht hängt.

»Nein«, nimmt Pascal sie in Schutz, »Lu hatte keine

Ahnung, und Valentin wusste auch nicht, dass ich tatsächlich eine Zusage bekommen habe. Die Unterlagen sind erst Freitag angekommen. Und Samstagnachmittag brauchte ich dann die Zeit, um den ganzen Papierkram zu erledigen und einen Flug zu buchen. Das war auch der Grund, weshalb du nicht bis abends bei mir bleiben konntest, Baby.«

»Baby? Du spinnst wohl? Sag nie wieder Baby zu mir. Capito?«

»Versprochen, mein Mädchen.«

»Ach? Bin ich das wirklich? Wenn ich dein Mädchen bin und wir die ganze Nacht –«

»Schluss jetzt!«, donnert Lu dazwischen. »Ihr seid hier nicht allein. Habt ihr vergessen, weshalb wir hier sind? Es ist Valentins Geburtstag. Den wollt ihr ihm mit eurer albernen Streiterei doch nicht versauen?«

Drohend sieht sie uns an. Valentin lächelt müde. Er tut mir leid. Alles tut mir leid. Den fünfundachtzigsten Geburtstag des alten Mannes will ich wirklich nicht vergeigen.

Lu fragt mich, weshalb ich so angepiekt bin. »Mein Gott, Pauli, das ist doch nicht so tragisch. Er kommt doch wieder. Pascal, wann fliegst du denn genau?«

»Nächsten Donnerstag«, erwidert er leise. »Um siebzehn Uhr geht der Flieger.«

Ludmilla muss es gewusst haben, wird mir nun in aller Deutlichkeit klar. Das verlogene Miststück!

»Er kommt doch wieder! Hach! Dass ich nicht lache!«, keife ich. »Das habe ich schon mal geglaubt. Und dann bekommst du eines schönen Tages einen Anruf und musst dir anhören, er hat sich in eine andere verliebt!« Aufgebracht zische ich mir noch einen Prosecco rein. »Das will ich nicht noch einmal erleben. Nie wieder. Never ever!«

Meine Stimme überschlägt sich, ich werde immer lauter und meine Augen immer feuchter. Nicht mehr lange schaffe ich es, die Tränen wegzublinzeln.

»Entschuldigt mich.« Ich sehe das Geburtstagskind an. Es tut mir in der Seele weh, aber ich kann nicht anders. »Valentin, ich wünsche dir noch einen wunderschönen Tag. Feiert ohne mich. Feiert Barcelona! Tut mir leid, wenn ich's vermasselt hab. Mir ist übel, ich muss nach Hause.«

»Willst du dir das nicht noch einmal überlegen? Bitte, Paulina, bleib doch noch«, versucht Valentin mich umzustimmen. Das macht die Sache noch schlimmer, meine Tränen schimmern sicher schon für alle sichtbar. »Lauf nicht vor der Liebe weg. Gib ihr und diesem unmöglichen Kerl eine Chance. Der Junge hat es wirklich verdient.«

»Es geht nicht«, japse ich, klemme meine Tasche unter den Arm und stürze hinaus ins Freie, in die Mittagshitze eines anfänglich vielversprechenden Augusttages. Bloß weg hier!

Der Alkohol steigt mir zu Kopf, merke ich nach den ersten wankenden Metern. An einer Treppe, die zum Elbstrand hinunterführt, muss ich mich am Geländer festhalten. Beinah wäre ich lang hingeknallt, weil die Tränen meinen Blick verschleiern und mir Sekt am Morgen einfach nicht bekommt. Mega konzentriert steige ich die Stufen hinab und versuche aufrecht, und ohne zu schwanken, das Ufer des Stroms zu erreichen. Gigantische Frachter, vollgeladen mit bunten Containern, schippern über das Wasser.

Weit entfernt von anderen Menschen suche ich mir ein schönes Plätzchen, wo ich mich im Sand ausstrecken kann. Eine Weile schaue ich auf die Elbe und frage mich immer wieder, ob das alles wahr ist. Die Kistendampfer ziehen an mir vorbei wie die Bilder von zig unvergesslichen Momenten in meinem Kopf. Am Freitag glaubte ich in einem Teich voller Glück zu baden, Samstagnacht habe ich im Sinnesrausch Sterne vor meinen Augen tanzen sehen, und heute? Heute tut sich ein Abgrund vor mir auf, der nicht schwärzer und tiefer sein kann und mich verschlingt. Das Glück hat mich wieder einmal verarscht!

Wie konnte ich bloß so naiv sein und darauf vertrauen, dass man es anlocken kann, indem man es teilt oder anderen eine Freude macht? Leeres Gerede! Nein, korrigiere ich mich und bitte das Glück um Verzeihung. Pascal ist derjenige, der mich auf ganzer Linie verarscht hat. Und meine beste und einzige Freundin Lu ist auch nicht besser.

21

Wie durch ein Wunder bin ich gegen Abend heil zuhause angekommen. Mit einem fiesen Sonnenbrand, den ich nur mit einer Packung Quark auf Arme und Beine etwas lindern kann. Im Gesicht ist nichts zu sehen, da hatte ich ja auch meinen Hut draufgelegt. Ich hab so intensiv an Ada gedacht und mir von ihr Trost oder Ratschläge erhofft, aber es ist mir nicht gelungen, sie zu erreichen. Schätzungsweise hat sie von oben zugesehen, was Lars und Mara so machen. Er hat mir ein Foto geschickt, da lehnt er an einem Schlafstrandkorb, vor dem Hintergrund von endlosem Strand, graublauer Nordsee und einem mit Schleierwolken verhangenen Himmel. Lars sieht gut aus. Er strahlt so eine Zufriedenheit und Heiterkeit aus, wie Ada es sich gewünscht hat. Grüße von Mara richtet er mir aus und dass er noch ein paar Tage dranhängen will.

Das ist ja schön, wenn alle um mich herum unbekümmert sind und ihren Spaß haben. Mit einer Kanne heißer Schokolade und brummendem Kopf verbarrikadiere ich mich in meinen vier Wänden und schwöre mir, in den nächsten Wochen die Finger vom Alkohol zu lassen. In immer kürzeren Abständen fängt mein Handy an zu vibrieren, aber ich habe überhaupt keine Lust, mit Pascal oder mit Lu zu sprechen.

»Sei endlich still«, raunze ich es an, schalte das nervige Ding dann ganz aus und lege mich ins Bett, obwohl es noch taghell ist. Adas Hut liegt neben meinem Kopfkissen. Auch wenn das total albern und kindisch ist, mich tröstet es. Noch einmal stehe ich auf und schalte das Telefon auch auf stumm. Die sollen mich alle in Ruhe lassen.

Am nächsten Morgen werde ich von einer Flut von Nachrichten erschlagen. Manche sind Sprachnachrichten von Pascal. Der Klang seiner Stimme verursacht mir weiche Knie und einen dicken Kloß in meinem Hals. Er will mich partout noch einmal sehen, bevor er nach Spanien fliegt. Den ganzen Mist sollte ich sofort löschen, aber meine Finger wollen diesen letzten Tipp auf der Tastatur nicht machen. Irgendwas weigert sich in mir.

Lu sagt mir ohne Umschweife in der ihr eigenen Art, wie unmöglich ich mich benommen habe, und denkt, dass ich völlig durchgedreht bin. Und dann soll ich nur nicht glauben, dass sie sich so einfach aus meinem Leben rauskicken lässt.

»Du kannst mir die Freundschaft nicht kündigen. Und wenn du mir nicht aufmachst, denk daran, dass ich einen Zweitschlüssel für deine Wohnung habe.« Mist. Das habe ich total vergessen.

»Bleib mal schön locker«, antworte ich, »ich melde mich, wenn ich dich sehen will.« Dann muss ich aber auch los zur Arbeit. Noch mehr Ärger will ich mir nicht einhandeln.

Timo schickt immer noch täglich einen Gruß. Jedes Mal muss ich dabei grinsen, weil mir mit seiner Mail automatisch der Filmtitel *Und täglich grüßt das Murmeltier* in den Sinn kommt. Timo ist verdammt hartnäckig, so kenne ich ihn. Wenn er sich etwas in den Kopf gesetzt hat, gibt er nicht eher auf, bis er sein Ziel erreicht hat. Gewohnheitsmäßig grüße ich zurück und wünsche einen guten Start in die neue Woche.

In der Zahnarztpraxis hat mein Herzchaos nichts verloren, ich schiebe es beiseite und widme meine volle Aufmerksamkeit den Patienten. Die brauchen mich, und die Arbeit, die ich hier leiste, wird wenigstens anerkannt. Trotzdem schleppt sich der Tag nur so dahin. Eine junge Kollegin fragt, ob es mir gutgeht. Ich sähe so müde aus.

»Alles okay«, sage ich, »hab nur ziemlich lange Netflix geguckt.« Dafür hat sie Verständnis und hakt nicht weiter nach.

Wieder zuhause finde ich in meinem Briefkasten ein Schreiben von meinem Vermieter. Skeptisch und nichts Gutes ahnend, drehe ich es zwischen den Fingern. Mein Herz klopft schneller, was garantiert nicht an den vielen Stufen liegt, sondern weil mir sofort der Gedanke an eine Kündigung durch den Kopf schießt. Wenn einen die Pechsträhne erst mal erwischt hat, dann hält sie meistens eine ganze Serie für einen bereit. Mit zittrigen Fingern öffne ich den Umschlag und sitze fassungslos vor den wenigen Zeilen, die eine Mieterhöhung ankündigen. Fuck! Das ist zwar nicht der Worst Case, aber einhundertundfünf Euro mehr im Monat haut mich von den Socken.

Als Lu sich dann auch schon wieder aufdrängt, gebe ich nach. Einverstanden, in zehn Minuten wird sie da sein. Dann kann ich meinem Ärger wenigstens Luft machen. Ich schaue nach, was mein Kühlschrank hergibt. Viel ist es nicht, Eier sind da, auch Kartoffeln und Tiefkühlpizza. Mehrere Tafeln Schokolade schlummern in der süßen Naschbox. Hochprozentige Schokolade. Das sollte für heute reichen.

Pascals Küchenschürze, die jetzt bei mir am Haken hängt, werfe ich einen bösen Blick zu und knülle sie wütend zusammen. Nach unserer Nacht habe ich sie unauffällig mitgehen lassen, weil ich in meiner Küche auch gern einen *Küchenhelden* hätte. Ob er es schon gemerkt hat? Wieder sehe ich sein strahlendes Lächeln vor mir, seinen entrückten Ausdruck, als er neben mir mit verstrubbelten Haaren in den Laken lag.

Mit der Heldenschürze wische ich über den Tisch, lege den Brief beiseite und stelle meinen Schokoladenbecher hin. Soll ich Widerspruch einlegen? Die Miete ist seit unserem Einzug nicht erhöht worden, wahrscheinlich kann ich nichts ändern.

»Nicht gut«, sagt Ludmilla, als sie den Brief liest. »Bist du im Rechtsschutz?«

»Bin ich, aber ohne Mietrecht.«

»Gar nicht gut. Kennst du jemanden, der Anwalt ist oder wenigstens Jura studiert hat und da mal draufschauen kann?«

Sofort fällt mir Carla ein. Wir wollten uns sowieso verabreden, haben wir auf der Vernissage beschlossen. Außerdem interessiert es mich brennend, was aus ihr und Hanro geworden ist.

»Ach Lu«, ich seufze, »wenn ich dich nicht hätte.« Sie ist in vielen Dingen von Natur aus praktisch veranlagt und erkennt sofort, was getan werden muss.

»Freut mich, dass du das einsiehst«, schnappt sie. »Dann willst du mir wohl doch nicht die Freundschaft kündigen?«

»Seit wann weißt du denn schon von seinen Plänen? Du hast es gewusst, sei ehrlich.«

»Er hat mir gegenüber einmal erwähnt, dass er gern ein Auslandssemester machen würde. Das war alles. Ehrenwort! Und ... Bleiben wir Freundinnen?«

»Für immer!«, versichere ich ihr. »Eine gute Freundin ist wichtiger als jeder Kerl.« Endlich lässt sie ihre unterkühlte Maske fallen. Sie ist wieder die herzliche Lu, so, wie ich sie kenne.

»Als Freundin habe ich aber das Recht, dir auch mal unangenehme Dinge zu sagen. Egal, ob du das hören willst oder nicht.«

»Und das wäre?«

»Du hast dich gestern unmöglich benommen und total überreagiert. Valentin war todunglücklich, er hat fast geweint, als du gegangen bist. Und Pascal, der musste sich von ihm ganz schön was anhören. Auch die von mir organisierte Schiffsrundfahrt am Nachmittag hat die Stimmung nicht retten können.«

»Das mit Valentin wollte ich nicht, das tut mir wirklich leid. Ich glaube, ich sollte ihn anrufen und mich entschuldigen. Aber Lu, kannst du mich denn nicht wenigstens ein bisschen verstehen? Ich hab voll die Panik gekriegt. Das habe ich doch alles schon einmal erlebt.«

»Ich weiß. Das sitzt tief, ist mir schon klar. Aber das war gestern zu heftig. Hat Pascal sich noch mal bei dir gemeldet?«

»Ja. Er bombardiert mich mit WhatsApp und Anrufen. Ich geh aber nicht ran.«

»Paulina!!! Was willst du denn jetzt tun? Schmollen bis an dein Lebensende? Dich nie wieder auf jemanden einlassen, weil du enttäuscht werden könntest? Paulina, sei nicht blöd, gib ihm eine Chance. So einen Mann trifft man nicht alle Tage. Und er ist wirklich ein Guter. Hast du vergessen, wie er immer zur Stelle war, wenn du ihn brauchtest? Er wollte es dir doch sagen.«

»Hat er aber nicht.«

»Pauli, du kannst so verdammt stur sein!«

»Es tut sooo weh.« Ich fange an zu schluchzen.

»Sprich wenigstens mit ihm. Hör dir an, was er zu sagen hat. Bis Donnerstag hast du noch Zeit dazu. Versprichst du mir das?«

Ich schüttle den Kopf. »Versprechen kann ich im Augenblick gar nichts, das würde mich nur noch mehr unter Druck setzen.«

»Willst du ihn nicht noch einmal sehen, bevor er nach Spanien fliegt und für die nächsten Monate weg ist?«

»Weiß nicht«, nuschle ich. Mein Herz wünscht sich nichts sehnlicher als das, aber noch bade ich im Selbstmitleid.

»Na, dann denk mal drüber nach.« Sie packt die Tempos wieder ein, Lu will schon gehen. »Sei mir nicht böse, Pauli, ich muss nach dem ganzen Stress in den Arm genommen werden. In Dominiks starke Arme. Das war gestern auch für mich eine echte Herausforderung. Wir können froh sein, dass Valentin noch so fit ist und keine Herzprobleme hat.«

Gleich am nächsten Tag habe ich Carla angerufen und mich mit ihr verabredet. Sie will vorbeikommen und sich meine Wohnung ansehen. So kann sie besser einschätzen, ob die Mieterhöhung gerechtfertigt ist.

Wie ein Wirbelwind hüpft sie die Stufen bis zu mir hoch. Ihre roten Locken wippen bei jedem Schritt, und ihre Augen sprühen vor Lebenslust.

»Wer hätte das gedacht, dass wir uns so schnell wiedersehen«, begrüßt sie mich. »Da begegnet man sich monatelang überhaupt nicht, und dann gleich zweimal. Was meinst du, Pauli, haben wir jetzt eine Serie?«

»Schon möglich. Ich hätte mich aber auch ohne diesen blöden Anlass bei dir gemeldet«, sage ich. »Ich will doch wissen, wie das mit dir und Hanro weitergegangen ist.«

Carla lacht spitzbübisch. »Er kommt nachher vorbei und holt mich in ungefähr einer Stunde ab. Dann siehst du, was aus uns geworden ist.«

Upps. Nur eine Stunde. Damit hab ich nicht gerechnet.

»Habt ihr noch was vor?«, frage ich.

»Aber sicher. Bei dem schönen Wetter muss man doch rausgehen. Wir wollen noch ne Kleinigkeit essen und einen

Wein trinken. Und dich nehmen wir mit, du bist eingeladen. Keine Widerrede. Du hast ja nichts anderes vor, oder?«

»Nö. Ich habe Zeit.«

Damit ist Carla zufrieden und kommt auf mein Anliegen zurück. »Den Mietvertrag kannst du auch schon mal holen.«

»Willst du dir nicht erst die Wohnung ansehen?«

»Stimmt. Deswegen bin ich ja hier.« Ich zeige Carla mein kleines Reich, und zum Schluss präsentiere ich ihr meinen Lieblingsplatz, den Balkon. Sie hat einen Blick für Wohnungen. Erstaunlich, was ihr alles auffällt, sogar die Stelle an der Wand, an der das Poster von Paris hing.

»Wow! Jetzt kann ich auch verstehen, weshalb du so an der Wohnung hängst. Hörst du manchmal noch was von deinem Ex?«

»Vergiss es.« Damit ist alles gesagt.

»Klingt so, als wärst du endlich drüber weg.« Sie lacht. »Dann steht einer neuen Liebe ja nichts im Weg.«

»Hier. Der Mietvertrag.«

»Alles in Ordnung?« Sie schiebt ihre Lesebrille auf die Locken und sieht mich mit ihren grünen Augen eindringlich an.

»Hm. Eigentlich schon.«

Sie setzt die Brille zurück auf die Nase, wirft einen fachkundigen Blick auf den Vertrag und kommt zu dem Schluss, dass es keinen Sinn macht, Widerspruch einzulegen.

»In dem Fall kann ich leider nichts für dich tun. Rechtlich gesehen ist das alles in Ordnung. Du könntest höchstens versuchen, mit deinem Vermieter zu reden. Vielleicht kommt er dir entgegen, und ihr einigt euch auf die Hälfte.«

»Die Hälfte ist immer noch zu viel. Mein Gehalt ist zwar nicht schlecht, aber so üppig nun auch wieder nicht. Ich muss mir echt was einfallen lassen, um meine Finanzen aufzubessern. Schließlich will ich auch noch mal in Urlaub fahren.«

Schniefend fange ich nun an zu jammern. Klage über die verflixte Pechsträhne und spreche mit ihr über meinen Herzschmerz wegen Pascal.

»Ach Pauli, musst doch deswegen nicht weinen. Also ist es doch der Türsteher.« Sie grinst.

Weiter kommen wir nicht, denn nun klingelt es, Hanro will uns abholen.

»Die Wette hab ich gewonnen, mein Schatz. Es ist der Türsteher. Aber es ist kompliziert«, ist das Erste, was Carla zu ihm sagt.

»Mega kompliziert«, bestätige ich.

Die gute Laune der beiden ist so ansteckend, dass ich mein Gejammer vergesse. Ich setze meinen Hut auf, trage Lippenstift in einer satten Farbe auf und genieße das Zusammensein mit den Turteltäubchen. Carla interessiert sich sehr für mein Glückskeksprojekt und fragt, was für ein Wunsch im September ansteht.

»Eine Frau möchte mit mir wandern, mehr kann ich dazu noch nicht sagen. Ich weiß nicht, wie alt sie ist, aber ich denke, schon älter. Die Route haben wir noch nicht festgelegt, und wir haben auch keinen Plan B, falls das Wetter uns einen Strich durch die Rechnung macht.«

Wir reden über alles Mögliche an diesem Abend, irgendwann sind wir beim Thema Beziehungen angelangt. Freimütig erzählen die beiden, dass sie sich nach der Vernissage nicht voneinander trennen konnten.

»Und dann sind wir zusammen eingeschlafen.« Hanro lacht und wiederholt mehrmals, dass er nicht mehr daran geglaubt hat, sich noch einmal bis über beide Ohren zu verlieben. »Du hast uns zusammengeführt, Pauli. Nun würden wir dir auch gern einen Wunsch erfüllen.«

»Ihr wärt euch auch ohne mich über den Weg gelaufen.

Später vielleicht, aber ganz bestimmt. Was ist das für eine tolle Geschichte mit euch. Aber ein Wunsch, den ihr mir erfüllen könntet, fällt mir nicht ein.«

»Verstehe.«

Carla nickt Hanro zu, der grinst verschmitzt und meint dann: »Wir haben uns da was überlegt. Wenn wir dich in zwei, drei Wochen noch einmal besuchen dürfen, verraten wir es dir.«

»Ihr seid bei mir jederzeit willkommen!« Was für eine Frage! Dann muss ich Carla versprechen, mit meinem Vermieter, den ich kaum kenne, zu reden. Wenn er sich auf einen Deal einlässt, wäre ich ja schon mega zufrieden. Ich vertraue auf mein Geschick, andere Menschen um den Finger wickeln zu können. Mal seh'n, wie es mit ihm klappt.

Auf Pascal kann ich mich beim besten Willen nicht vorbereiten. Meine Nerven flattern schon bei dem Gedanken an ihn, und ich habe Angst, dass ich dann etwas Dummes sage oder tue. Jeder seiner Versuche, mit mir zu reden, wird genau aus diesem Grund abgewimmelt, obwohl ich genau weiß, dass er morgen nach Barcelona fliegt.

Ich weiß nicht, ob ich mich darüber freuen soll. Wenn er aber weit genug weg ist, kann ich vielleicht meine Balance schneller wiederfinden.

22

Ich weiß nicht, ob es an Carla und Hanro liegt, aber ich fange an, mein Verhalten zu hinterfragen. Wenn Pascal mir in der nächsten Stunde eine nette Nachricht schickt, dann rufe ich ihn an. Das schwöre ich mir. Auch wenn Privates während der Arbeitszeit nicht gern gesehen wird, riskiere ich zwischendurch einen Blick aufs Handy. Während einer Behandlung unterlasse ich das selbstverständlich, schließlich will ich meinen Job nicht auch noch aufs Spiel setzen.

Bis zur Mittagspause wartet nur noch eine Zahnreinigung auf mich. Und noch immer kein Gruß von Pascal. Nichts, rein gar nichts. Ich will mal nicht so sein, ich gebe ihm noch eine kleine Verlängerung. Wenn er sich bis dahin nicht meldet, dann war's das mit uns.

Als unsere Auszubildende den nächsten Patienten ins Behandlungszimmer bringt, glaube ich zu träumen. Mit Pascal habe ich nun wirklich nicht gerechnet. Sein Name steht auch nicht auf der Patientenliste. Wie bei seinem ersten Zahnarztbesuch halte ich die Luft an, als er mich ansieht. Bin ich froh, nicht mit ihm allein zu sein! Unsere Azubi hat alles vorbereitet und bittet ihn, in dem Behandlungsstuhl Platz zu nehmen. Sie legt ihm ein Papiertuch um, ordnet die Instrumente auf dem Tablett an und bittet ihn, den Mund zu öffnen.

Das tut er auch. Aber nur, um sich mit mir anzulegen und mir vorzuwerfen, ich verhalte mich naiv und kindisch. Und das im Beisein unserer Auszubildenden! Das arme Mädchen fühlt sich sichtlich unwohl. Unter einem Vorwand schicke ich sie raus.

»Noch einmal *Großreinemachen*, bevor es losgeht?«, gifte ich ihn an. »Oder was hat das sonst zu bedeuten?«

»Ich will mit dir reden, und ich will, dass du mir zuhörst und mit mir sprichst. Paulina, bitte, lass uns nicht so auseinandergehen. Ich komme doch wieder, zu Weihnachten bin ich zurück. Und ich will dich nicht verlieren. Hey, du bist doch mein Glückskeks. Und dann ist da noch etwas, das ich dir noch nicht gesagt habe.« Bittend sieht er mich an.

»Ja, was du alles willst, das weißt du sehr genau. Hast du schon mal dran gedacht, was ich will? Oder hast du mich mal gefragt? Gerade du mit deinem angeblichen Interesse dafür, wie Menschen ticken, gerade du musst das doch verstehen können, was das mit mir macht, so hintergangen zu werden.«

Ich erinnere mich daran, dass vor mir ein Patient sitzt, und wechsle vom Du zum Sie.

»Aber nun fangen wir mal mit der Zahnreinigung an. Spülen Sie bitte hiermit eine Minute. Der Timer läuft.«

Pascal gurgelt und spült, nach der Minute geht es weiter mit dem Kontrastmittel, mit dem ich seine Zähne einfärbe. Ohne mit der Wimper zu zucken, lehnt er sich zurück und lässt mich machen. Es ist eine Qual, seinen Lippen so nahe zu sein, diese Nähe ist nicht zum Aushalten.

»Glaubst du, es interessiert mich, was du mir noch nicht gesagt hast? Kommst hier einfach so reingeschneit, nur um mich fertigzumachen?«

Nun duze ich ihn doch wieder, obwohl ich so cool sein wollte. Mein Puls klettert in die Höhe, ich könnte ihm noch einiges um die Ohren knallen, komme aber nicht mehr dazu, denn mein Patient wird ungehalten. Er trommelt mit den Fingern auf die Armlehnen, mit einem Mal reißt er das

Papiertuch ab, spuckt in das Becken, schwingt sich aus dem Sessel und ruft: »Tschüss.«

Verblüfft starre ich ihn an. Er starrt zurück.

»Was wird das denn nun?«, frage ich.

»Tut mir leid, Pauli. Aber so lasse ich nicht mit mir umspringen.«

Pascal nimmt seine Sachen und geht. Einfach so. Ein verunglücktes Lächeln mit lila eingefärbten Zähnen bleibt mir im Gedächtnis. Nun wäre es meine Pflicht, ihn auf die Farbreste hinzuweisen und ihm zu raten, wenigstens den Mund auszuspülen. In diesem besonderen Fall unterlasse ich das jedoch zu gern. Soll er ruhig so rumlaufen, dann hat er noch ein paar Stunden Freude an seinem strahlenden Lächeln und wird an mich denken. Unsere Auszubildende sieht mich verstört an und fragt, wieso er Panik bekommen hat.

»Was ist denn mit dem los? Wieso ist der geflüchtet? Kommt so etwas öfter vor?« Sie räumt die Instrumente ab und kann es immer noch nicht fassen. »Prophylaxe ist doch nun wirklich nichts, wovor man Angst haben muss. Und bei dir schon mal gar nicht. Krass.«

»Voll krass. So einen Abgang hab ich auch noch nicht erlebt.«

Ludmilla ist nicht nur schockiert, als ich ihr von dem Vorfall in der Praxis erzähle, über den sie wahrscheinlich längst im Bilde ist. Sie ist mega sauer. »Wie kannst du ihm das antun? Bist du nun völlig neben der Spur?«

Ich schnaube ärgerlich, kämpfe mit den Tränen und fange an, mich zu rechtfertigen. Was war bloß in mich gefahren, warum habe ich ihn so angemacht?

»Ehrlich gesagt, ich weiß es selber nicht. Aber was soll

ich denn jetzt machen? Du hast doch für jedes Problem eine Lösung.« Mein Seufzer bleibt in der Leitung hängen, Ludmilla ist genervt.

»Als wenn du das nicht selbst am besten weißt? Paulina Kleemann, du bist unmöglich. Sieh zu, dass du es dir nicht völlig mit ihm verscherzt.«

»Hat er sich bei dir gemeldet? Ist er gut gelandet?«

Meine Neugier ist groß, seitdem er in der Praxis war, denke ich ständig an ihn. »Ihr seid ja immer so dicke miteinander, was hat er dir erzählt?«

»Im Gegensatz zu dir bin ich ja auch nett zu ihm. Außerdem reden wir meistens über Valentin, wenn er sich meldet. Es dreht sich nicht immer alles nur um dich. Kalli hat mir ein Foto geschickt, du lachst dich weg.«

»Will ich auch sehen.«

Lu zögert, doch dann leitet sie es weiter. Es ist ein Selfie. Aufgenommen am Airport, wie sich unschwer erkennen lässt. Er posiert und lächelt ein lila-weißes Lächeln. Wenn man es nicht weiß, fallen die Farbreste kaum auf. Er hat nun mal ein gutes Gebiss, mit ebenmäßigen weißen Zähnen, an denen sich nicht viel abgesetzt hat.

Auf einen Tipp von Lu kann ich allerdings lange warten. Sie geht nicht darauf ein. Ich wechsle das Thema und komme auf die Mieterhöhung zu sprechen und auf Carlas Rat, es mit einem persönlichen Gespräch zu versuchen.

»Das kriegst du hin, Pauli. Wenn du das bei Pascal wenigstens auch versuchen würdest.«

Sie erzählt noch ein bisschen von ihrem Job bei Valentin, der ihre Zuneigung zu dem alten Mann mit jedem Treffen größer werden lässt. »Ich hab ihn in mein Herz geschlossen, als wäre er mein eigener Opa. Am nächsten Wochenende werde ich sein Angebot annehmen und in Blankenese übernachten.«

»Oh.« Wer hätte das gedacht? »Und wann siehst du dann

Dominik? Übernachtet er auch bei Valentin?« Der Gedanke ist absurd, aber ausschließen will ich es auch nicht.

Ludmilla lacht zum ersten Mal heute ihr gurrendes Lachen, mit dem sie mich immer ansteckt.

»Keine Sorge. Bevor ich nicht seine Verlobte bin, nehme ich ihn weder zu Valentin noch zu meiner Familie mit. Läuft mit ihm. Richtig gut. Wir sehen uns regelmäßig, auch wenn du uns nicht hörst.«

Das hat gesessen! Ludmilla wünscht mir viel Erfolg mit dem Vermieter. Über Pascal verliert sie kein weiteres Wort.

»Wenn du dein nächstes Glücksdate hast, sag mir Bescheid. Für alle Fälle. Pascal ...« Lu bricht mitten im Satz ab. Er hat ihr wahrscheinlich gesagt, sie soll auf mich aufpassen.

»Nein, er ist weg. Unerreichbar für mich.«

Dass es so ist, erfahre ich schmerzlich jeden Tag aufs Neue. Wenn ich ihm schreibe, antwortet er nicht. Ich kann noch nicht einmal sehen, ob er meine Nachrichten liest. Was für ein Dickschädel. Selbst auf meine versteckten Entschuldigungen geht er nicht ein. Lu meint, er hat viel zu tun. Aber das hatte er sonst auch. Trotzdem konnte er mir nachspionieren. Mit Darius fing es auch so an. Zuerst antwortete er mit einer Zeitverzögerung, die immer größer wurde, bis eine Antwort schließlich ganz ausblieb.

Die Septemberdame hat einen Wanderweg im Norden Hamburgs auskundschaftet, der so malerisch beschrieben ist, dass ich sofort Lust bekomme, die Wanderschuhe anzuziehen. Ich freue mich schon riesig darauf, auch wenn ich mich nicht als Wandervogel bezeichnen möchte. Die Einzelheiten wie Treffpunkt, Uhrzeit und alles, was ich sonst noch wissen muss, wollen wir kurz vorher besprechen und auch über eine Alternative nachdenken, falls die Wetteraussichten mies sind.

Doch dann ruft Melanie mich überraschenderweise viel früher an, sie entschuldigt sich tausendmal und ist ganz aufgeregt.

»Können wir das Wandern verschieben? Mir ist etwas dazwischengekommen, womit ich im Traum nicht gerechnet habe. Oder kann ich den Wunsch noch ändern? Eintauschen gegen einen anderen Wunsch. Wobei ... Ich weiß ja nicht einmal, ob du dafür geeignet bist.«

»Was ist denn passiert? Hoffentlich nichts Schlimmes?«, frage ich. Sofort denke ich an einen Unfall oder eine Erkrankung, die uns einen Strich durch die Rechnung machen will.

»Nein, ganz im Gegenteil«, sprudelt sie hervor und erzählt von ihrer Bewerbung bei der Sendung *Wer wird Millionär.* »Stell dir vor, ich bin dabei. Da muss ich mich natürlich noch drauf vorbereiten. Und weil ich glaube, dass dein Glückskeks mir das beschert hat, wäre es ganz prima, wenn ich dich als Joker melden darf. Also, wenn ich dann überhaupt drankomme. Paulina, würdest du das für mich tun? Telefonjoker statt der Wanderung?«

»Wann muss ich denn zur Verfügung stehen?«, erkundige ich mich, bevor wir vor lauter Euphorie nicht mehr daran denken.

»Es ist der dreiundzwanzigste September«, kommt es wie aus der Pistole geschossen. »Was machst du eigentlich beruflich?«

»Wie kommst du denn darauf, dass ich als Joker geeignet bin?« Meine Zweifel sind offenbar größer als die von Melanie. »Mit meinem Abi kann ich nicht glänzen. Da hab ich mehr Glück als Verstand gehabt. Aber das sagt man mir sowieso nach.«

Eine Welle der Sympathie schwappt durch die Leitung, als sie lachen muss.

»Liebe Paulina, das ist geradezu optimal. Ich sag ja immer: Glück muss man haben! Verstand hab ich selber. Also, machst du das? Ich glaube an dich! Auf welchen Gebieten bist du stark, wofür könnte ich dich anzapfen?«

Die Frage ist gut, sie lässt sich gar nicht so leicht beantworten. »Bei allem, was mit Zähnen und Zahngesundheit zu tun hat, stehen deine Chancen nicht schlecht. Ich bin Prophylaxe-Assistentin in einer Zahnarztpraxis. Mein Schwerpunkt ist Zahnreinigung, außerdem hab ich ein Händchen für Angstpatienten. Ich sag immer: Ich verhelfe den Menschen, die zu mir kommen, zu einem strahlenden Lächeln.«

Melanie amüsiert sich über den Spruch, wir spüren, dass die Chemie zwischen uns stimmt.

»Alles, was mit Geschichte oder Fußball zu tun hat, geht gar nicht. Da bin ich eine absolute Niete. Mit Netflixserien könnte ich punkten, das ist meine liebste Feierabendbeschäftigung.« Besonders spannend klingt das ja nicht gerade. »Und dann interessiere ich mich leidenschaftlich für Schokolade, genauer gesagt für Kakao, darüber könnte ich ohne Weiteres einen Vortrag halten. Wusstest du, dass Kakao früher nur den Reichen vorbehalten war? Den Männern? Aber das hat sich ja Gott sei Dank geändert.«

»Du bist mein Joker, Paulina Kleemann!«, ruft Melanie begeistert aus. »Mit dir klappt das, mit deiner Hilfe werde ich Millionärin. Dein Glückskeks ist doch schon so cool, mir war gleich klar, dass in meinem Leben von da an alles gut wird.«

Ich grinse in mich hinein. Es wäre ja nicht das erste Mal, bei meinem Dusel. Doch das erzähle ich Melanie besser nicht. Aus Erfahrung weiß ich, dass das Glück unberechenbar ist. Es hat seine Launen und zeigt sich gern in den Momenten, wenn man überhaupt nicht damit rechnet.

»Das musst du mir genauer erzählen, was alles gut werden soll.«

»Wenn ich die Million absahne, dann …« Melanie schwelgt in Tagträumen, was sie mit dem Geld alles anstellen will.

»Wenn es so weit ist, dann kannst du dir immer noch Gedanken darüber machen«, versuche ich sie auf den Boden zurückzuholen.

»Aber eins kann ich dir jetzt schon sagen. Egal, mit wie viel ich nach Hause gehe, du bekommst zehn Prozent von meinem Gewinn. Versprochen!«

»Schon gut«, gebe ich mich geschlagen. Das kann sich noch ändern. Den Sendetermin markiere ich fett in meinem Kalender und erteile ihr mein Okay, mich einzusetzen. Nun hab ich immerhin genügend Ablenkung, denn ich werde mich intensiv vorbereiten. Ich will gewappnet sein, falls der Anruf kommt. Ein Upgrade meiner Allgemeinbildung ist längst fällig, gleichzeitig bringt es mich auf andere Gedanken. Die brauche ich momentan mehr denn je. Serien kann ich im Anschluss immer noch gucken.

23

Es gibt sie doch, diese perfekten Momente, wenn man zur richtigen Zeit am richtigen Ort ist. Manchmal ist der Zufall so verrückt, dass es einem keiner glaubt, wenn man es erzählt.

Für das Gespräch mit meinem Vermieter hab ich mich echt gut vorbereitet, Pro und Kontra notiert und mir eine Strategie zurechtgelegt. Am Wochenende werde ich ihn anrufen und ihm ein persönliches Treffen in meiner Wohnung vorschlagen. Bei der Gelegenheit kann er sich davon überzeugen, dass ich eine ordentliche Mieterin bin, die sein Eigentum in Schuss hält. Mit etwas Glück hat er die Chance, live mitzuerleben, wie hellhörig die Wände sind, was gegen eine Mieterhöhung spricht. Ich hab schon überlegt, ob ich Dominik in meine Pläne einweihen sollte. Von seinem Liebesleben bekomme ich allerdings nichts mehr mit, seit er Lu am Start hat. Unmöglich kann ich ihn bitten, sich ausgerechnet dann mit ihr zu vergnügen.

Als hätte das Schicksal es so gewollt, sitzt dann eines Morgens mein Vermieter, Herr Althaus, im Zahnarztstuhl vor mir. Laut Patientenakte ist eine Verwechslung ausgeschlossen. Wie ein Häufchen Elend, mit Schweißperlen auf der Stirn, lässt er sich auf den Behandlungsstuhl nieder. Mein Namensschild interessiert ihn nicht, er ist viel zu nervös. Der hagere Mann mit den verkniffenen Gesichtszügen ist ein typischer Angstpatient. Damit kann ich umgehen!

Für mich heißt das vor allen Dingen, Ruhe auszustrahlen. Es wäre sinnlos, ihn beschwichtigen zu wollen und ihm zu erklären, dass das Einsetzen eines herausgefallenen Inlays keine große Sache ist, vor der er sich fürchten muss.

»Wird es sehr wehtun? Der Zahn muss doch jetzt nicht raus? Bitte sagen Sie, dass es nicht schlimm ist.«

Mir ist nach Lachen zumute, aber das muss ich mir für später aufheben.

»Der Doktor kommt gleich. Wenn Sie wollen, dann kann ich bei Ihnen bleiben und Ihnen etwas erzählen, während das Inlay wieder eingesetzt wird.«

»Würden Sie auch meine Hand halten?«, murmelt er schwer atmend.

»Klar mache ich das.« Einen Moment überlege ich, ob es sehr unverschämt wäre, wenn ich einen Gegenwunsch äußere. Aber was hab ich schon zu verlieren? »Würden Sie mir hinterher auch einen Gefallen tun?«, presche ich vor.

»Jeden.«

Mit sanftem Druck umschließe ich seine feuchte Hand und rede übers Wetter, das einen goldenen Herbst verspricht. Quasseln kann ich. Auch sinnlos, monoton und so einschläfernd, dass ich schon bald merke, wie seine Atmung sich normalisiert. Unsere Auszubildende assistiert. Sie macht das gut, ich bin sicher, sie wird übernommen.

»Das war's schon. Fertig!«, sagt mein Chef wenig später die erlösenden Worte, die an unserem Patienten ungehört vorbeigehen.

»Wir haben's geschafft. Alles wieder gut«, wiederhole ich.

Erstaunt sieht er mich an. »Davon habe ich ja überhaupt nichts mitbekommen. Was haben Sie mit mir gemacht? War das Hypnose?«

Ich schüttle den Kopf und helfe ihm beim Aufstehen.

»Sie sprachen von einem Gefallen, Frau ...« Er setzt seine Brille auf und beugt sich vor zu meinem Namensschild, bis er beinahe mit der Nase daran stößt. »… Frau Kleemann. Was kann ich denn für Sie tun?«

»Ich glaube, das ist Schicksal, dass Sie ausgerechnet heute zu uns gekommen sind. Ich hätte Sie nämlich sonst angerufen, weil ich Ihre Mieterin bin und gern in Ruhe mit Ihnen über die Mieterhöhung sprechen wollte.«

»Was ist denn damit? Ich habe die Miete seit Jahren nicht erhöht, das kann ja nicht immer so weitergehen.« Er wischt sich die Hand an der schlabbrigen Stoffhose ab und fragt, ob ich mit der Summe ein Problem habe.

»Leider ja«, gebe ich zu. »Mein Freund und ich, wir haben uns getrennt, und nun sitze ich allein mit der Miete da. Also, hundert Euro mehr, das kann ich nicht. Dann muss ich eine andere Lösung finden.«

»Ausziehen? Die Wohnung werde ich mit Kusshand wieder los.«

»Schon gut.« Ich bin drauf und dran, aufzugeben. »Könnten Sie nicht noch einmal darüber nachdenken?«

»Hab ich bereits. Was schlagen Sie vor? Wie viel können Sie zahlen?« Er hat einen durchdringenden Blick und einen messerscharfen Verstand, der sich beim Zahnarztbesuch allerdings verabschiedet.

»Ich bin so schon am Limit. Allerhöchstens fünfzig Euro«, schlage ich vor.

»Frau Kleemann, ich werde darüber nachdenken. Sie hören von mir. Das Schreiben ist spätestens in der nächsten Woche bei Ihnen. Ich bin Ihnen so dankbar, dass Sie bei der Behandlung anwesend waren. Ich habe überhaupt nichts gemerkt.«

»Immer wieder gerne.«

»Lieber nicht, Zahnarzt ist der absolute Horror für mich.«

Freudig aufgeregt erzähle ich Ludmilla von dem Vorstoß bei meinem Vermieter.

»Pauli, du hast aber auch mal wieder ein Schwein gehabt«, freut sie sich, als ob damit das leidige Thema aus der Welt geschafft wäre. Wir sehen uns in letzter Zeit nicht so oft, sie ist immer very busy mit ihren zwei Jobs. Meistens reicht es ihr nicht mehr, noch eine Etage höher bis zu mir zu kommen, und sie bleibt bei Dominik hängen. Aber das sind nur Vermutungen, ich habe sie nicht gefragt, ob es so ist.

»Er hat doch noch gar nicht geantwortet«, sage ich.

»Ich hab das im Gefühl, dass er dir wohlgesonnen ist. Du gibst mir aber sofort Bescheid, wenn der Brief da ist?«

»Klar mache ich das. Versprochen! Hast du eigentlich was von Pascal gehört? Ich habe ihm schon öfter geschrieben, aber er öffnet meine Nachrichten nicht einmal. Ich glaube, den kann ich vergessen. Der hat nur mit mir gespielt, der Mistkerl.«

»Spinnst du? So einen Mann kannst du niemals vergessen. Pascal wird seine Gründe haben, wenn er nicht antwortet. Der wird sich schon melden. Glaub mir. Der mag dich.«

»Damit hast du meine Frage aber immer noch nicht beantwortet. Nun sag schon, habt ihr Kontakt?«

Lu weicht aus, sie versucht abzulenken. Ich vermute, er hat sie gebrieft, mir gegenüber nichts zu sagen. Er will mich schmoren lassen. Einzig und allein aus diesem Grund schwärme ich ihr von Timos Besuch am Wochenende vor. Sie wird es Pascal mit Sicherheit weitererzählen.

»Stell dir vor, Timo will mit mir shoppen gehen. Er kommt Samstagmittag und kann dann bis Sonntag bleiben.«

»Er will mit dir shoppen, verstehe ich das richtig? Das ist doch nur ein Vorwand, wenn du mich fragst. Der will mit dir ins Bett. Oder will er dich neu einkleiden, oder wie muss ich mir das vorstellen? Pauli!« Meine allerliebste Freundin spielt Moralapostel und meint, mich bemuttern zu müssen.

Wir lachen beide über die absurde Idee. Wir müssen uns unbedingt ganz bald wieder einmal verabreden.

»Und wo will er übernachten?« Ich weiß genau, was sie denkt.

»Bei mir. Wo denn sonst? Auf dem Sofa.«

»Wer's glaubt.« Sie schnaubt vernehmlich, es scheint ihr nicht zu gefallen. »Paulina, mach keine Dummheiten. Hörst du? Dominik bekommt alles mit. Und er erzählt es mir. Also, sieh dich vor.«

»Ja, Mama. Sonst noch was?«

»Sonntagabend komme ich vorbei und erwarte deinen Bericht«, droht sie.

Mir soll es recht sein. Es wird nichts passieren. Ich habe nicht vor, Timo in meinem Bettchen schlafen zu lassen.

Mit meinen Vorbereitungen für den Wochenendbesuch bin ich früher fertig als geplant. Nun sitze ich vorm Fernseher und seh mir an, wie man zum Millionär wird. Seitdem ich die Sendung laufen habe, hat noch nicht einer die volle Summe abgeräumt. Manche sind so aufgeregt, dass sie nicht mehr logisch denken können. Wie das wohl bei Melanie ist? Ich weiß nicht einmal, wie sie aussieht und was sie beruflich macht. Nächste Woche ist es schon so weit, mit ganz viel Glück könnte sie dabei sein.

In eine Decke gekuschelt lasse ich auf dem Balkon den Tag ausklingen und denke über die Wochenendgestaltung mit meinem alten Schulfreund nach. Timo wird bestimmt nicht den ganzen Tag in der City verbringen wollen. Das wäre für einen Mann ziemlich ungewöhnlich.

Als ich wieder einmal auf mein Handy schaue – ich habe

Pascal ein schönes Wochenende gewünscht –, finde ich eine Mail von Dr. Kim in meinem Postfach. Er hat mir die Stellenausschreibung geschickt, von der er auf dem Weinfest gesprochen hat. Es ist verlockend, die Konditionen könnten nicht besser sein. Wenn möglich soll ich mich bis Oktober melden, wenn ich interessiert bin, danach geht die Ausschreibung offiziell raus.

Hmm. Im Grunde fühle ich mich in der Praxis hier sauwohl. Eine Veränderung muss ich mir in aller Ruhe durch den Kopf gehen lassen. Am besten bespreche ich das mit Lu. Sie würde mir keine Steine in den Weg legen, aber sie wäre bestimmt sehr traurig. Und ich auch. Es ist ja schon schwierig genug, einen Termin zu finden, damit wir uns sehen können.

Wenn Pascal doch nur ein Lebenszeichen von sich geben würde, wenigstens einen winkenden Smiley.

Am Samstag um zehn Uhr läuft Timo bei mir auf. Etwas verlegen stehen wir voreinander und sind unsicher, wie wir uns begrüßen sollen. Bei unserem letzten Treffen hatten wir nach dem Genuss von reichlich Wein auch reichlich geknutscht. Timo macht Anstalten, an dem Punkt wieder anzuknüpfen.

»Nee, Timo, das lassen wir heute«, wehre ich ihn ab. »Lass uns in alter Freundschaft weitermachen«, sage ich, »ohne Knutschen.«

Er lässt sich seine Enttäuschung nicht anmerken, es gibt Wangenküsschen. »Okay«, sagt er gedehnt. »Ein Bett hast du aber für mich, oder ist es dir lieber, wenn ich abends wieder nach Hause fahre?«

»Quatsch. Du kannst auf dem Sofa schlafen, das kann man ausziehen.« Mit zwei Griffen demonstriere ich ihm den Mechanismus und zeige auf das frisch bezogene Bettzeug.

Als das geklärt ist, frühstücken wir in aller Ruhe. Timo

erzählt von gemeinsamen Bekannten und schwärmt mir von der Kulturnacht vor, zu der ich unbedingt in meine Heimatstadt kommen soll. Die Veranstaltung habe ich in guter Erinnerung, ebenso die legendäre Maiwoche. Lust hätte ich schon dazu.

»Hast du bereits einen Plan, in welche Läden und was du einkaufen willst?«, erkundige ich mich.

Er grinst, nickt kauend und schiebt mir den Prospekt eines Herrenausstatters hin. Alles hochpreisig, aber auch sehr schick. »Da würde ich gern mal stöbern. Du berätst mich doch?«

Auf der vorletzten Seite der wertig aufgemachten Beilage springen mir die Augen aus dem Kopf. Nur mit Boxershorts bekleidet, posiert Pascal vor einem Oldtimer. Seine Muskeln glänzen wie geölt, und sein Blick scheint mich einzufangen.

»Bei allem berate ich dich, aber bei Unterhosen bin ich raus. Das musst du alleine machen.«

Er grinst noch breiter. »Das ist dir doch nicht peinlich, oder? Mein Body ist genauso perfekt wie der von dem Model. Was starrst du da eigentlich so lange drauf? Hast du so lange keinen nackten Mann mehr gesehen? Dann wird's aber Zeit!«

Es soll witzig sein, mein Humor hat sich aber gerade verabschiedet.

»Ha. Ha«, fauche ich zurück und drehe den blöden Prospekt um. Das Bild hat sich jedoch bereits in mein Hirn eingebrannt, noch dazu steigt mir die Hitze ins Gesicht.

»Hey? So sensibel? Was ist denn los mit dir? Lucky, das ist ja eine ganz neue Seite an dir.«

Meine Schlagfertigkeit lässt zu wünschen übrig, also widme ich mich einfachen Aufgaben, wie dem Abräumen des Geschirrs, während Timo sich ins Bad verzieht. Ich bringe es nicht übers Herz, die Kaufhausbeilage wegzuwerfen. Die Fotos von meinem Supermodel sind atemberaubend. Wow!

Mit dem Finger tippe ich ihm auf die Brust, am liebsten würde ich einen Kuss auf dem Foto hinterlassen. Ich verstecke ihn vorläufig im Altpapier, unter einer anderen Zeitschrift.

Mit einem Mann wie Timo zu shoppen, die Einkaufsstraßen entlangzubummeln, vor Schaufenstern stehen zu bleiben, um schließlich doch das Geschäft zu betreten und sich in aller Ruhe umzusehen, ist eine völlig neue Erfahrung für mich. Darius war ein Shoppingmuffel, dem es nicht schnell genug gehen konnte, seine Einkaufsliste abzuhaken.

Stundenlang schlendern Timo und ich durch die Geschäfte. In einer Parfümerie – zum Glück nicht die, in der Lu arbeitet –, schnuppert er an neuen Herrendüften, aber auch an denen für Damen, die mir gefallen. Für schöne Flakons kann ich mich begeistern. Wenn dann auch noch der Duft stimmt, ist es um mich geschehen. Aber wie so oft ist mein Geschmack sehr exklusiv und verträgt sich nicht mit meinen Finanzen. Schnuppern, aufsprühen, noch einmal schnuppern und mit einem tiefen Seufzer ins Regal zurückstellen, so geht das bei mir. Timo schaut mir von der Kasse aus belustigt zu. Die Warteschlange ist lang, und es gibt noch so viel zu entdecken. Als wir die Parfümerie verlassen und in einem Straßencafé sitzen, schenkt er mir den Duft, der auch seine Sinne angesprochen hat.

»Für dich. Weil du so viel Geduld mit mir hast beim Shoppen. Es macht mega Spaß, mit dir zusammen unterwegs zu sein. Das könnten wir doch öfter machen?«

»Du bist ja verrückt«, sage ich.

»Nö, das ist ganz normal. Wenn ich einem besonderen Menschen eine Freude bereiten kann, dann überlege ich nicht lange, sondern tue es einfach. Lucky, du bist immer noch so süß, wenn du dich so freust. Du müsstest mal sehen, wie deine Augen glänzen.« Er legt seine Hand auf meine und lässt sie warm und ruhig für einen Moment dort liegen.

»Lass mich dich ein bisschen verwöhnen, Paulina. Du warst schon immer etwas Besonderes für mich, das wird sich auch nie ändern.«

»Das ist so süß von dir!«, kann ich dazu nur sagen. Nicht besonders intelligent, ich weiß. Mit einem Küsschen auf seinen Mund bedanke ich mich. »Mit dir zu shoppen ist so unkompliziert, es macht richtig Spaß. Zugegebenermaßen hatte ich so meine Zweifel, ob ich einen ganzen Samstag dafür opfern will. Bis jetzt ist mir noch nicht langweilig. Also, wollen wir weiter?«

Hand in Hand schlendern wir von einem Geschäft zum nächsten, bis Timo für die kommende Saison mit Hemden, Pullis, Wäsche, Schuhen und einem Anzug ausgestattet ist.

Dass der Einkaufsbummel nicht spurlos an uns vorübergegangen ist, macht sich in unseren Knochen bemerkbar, als wir abends zur Ruhe kommen. Tschüss, Hamburger Nachtleben! Wir haben nicht einmal mehr Lust, uns aufzuraffen und essen zu gehen oder in einer Bar abzuhängen. Wir rufen beim Pizzadienst an, und eine halbe Stunde später sieht es auf meinem Tisch aus wie beim Italiener. Mit jedem Glas Wein findet er neue Argumente, mit denen er mich überzeugen will, wieder nach Osnabrück zu ziehen. Wie gut, dass ich die No-Alk-Challenge begonnen habe, mich nicht verplappere und von dem Jobangebot erzähle. Schon immer konnte er andere begeistern, motivieren, und wenn es sein musste, so geschickt manipulieren, dass derjenige es nicht einmal merkte.

»Wieso trinkst du eigentlich nichts? Bist du schwanger?«, fragt er unvermittelt und erwartet offenbar eine Antwort von mir.

Ich muss schlucken. Mein letzter Sex ist ja gerade erst vier Wochen her. Mein Schweigen interpretiert Timo offenbar als Bestätigung seiner Vermutung.

»Pauli«, sagt er, wobei er meinen vollgefutterten Bauch tätschelt, der sich wirklich schön rund vorwölbt. »Ich bin immer für dich da, das solltest du wissen. Auch, wenn du ein Baby bekommst. Ihr seid nicht mehr zusammen, oder sehe ich das falsch?«

»Ach Timo …« Ich seufze gerührt und will das richtigstellen, aber er lässt mich nicht ausreden.

»Sag jetzt nichts, meine Süße. Ich sehe doch, was los ist. Du spuckst ja sonst auch nicht ins Glas.« Mit weinverklärtem Blick schaut er wieder auf meinen Bauch, dann in mein Gesicht und rutscht immer näher an mich heran. »Sprich dich aus mit dem verfluchten Typen, der dich geschwängert hat. Sag ihm, du kommst auch ohne ihn klar. Erzähl ihm ruhig von mir. Paulina.« Jetzt wird er feierlich. »Willst du mich heiraten?«

Mir bleibt die Luft weg, ich springe auf und stürze ins Bad, was für eine Schwangere ja völlig normal ist. Nur, dass ich nicht schwanger bin. Soll ich ihn in dem Glauben lassen? Mit einem Handtuchzipfel im Mund dämpfe ich mein Lachen. Die Geräusche rufen aber gleich wieder Timo auf den Plan. Er klopft an die Tür und fragt, ob alles in Ordnung ist. Ich knurre ein Ja, während ich mir Wasser ins Gesicht spritze, und lasse Timo in seinem Glauben.

»Da war ich wohl ein bisschen zu forsch mit meinem Heiratsantrag«, sagt er entschuldigend. »Überschlaf meinen Antrag ruhig ein paar Nächte. Ich komme wieder und frage dich dann noch einmal. Dann aber auch richtig, mit Ring und allem, was ein Mädchen sich wünscht.«

»Ooch Timo, du bist so ein Guter.«

Er nickt, sieht auf die Uhr und meint, für mich wäre es Zeit fürs Bett. Ganz anständig, ohne auch nur einen Annäherungsversuch klappt er das Sofa aus und kriecht nach einem sanften Gutenachtkuss unter die Decke.

Mit Timo wäre mein Leben so einfach, so schön geregelt,

so furchtbar unaufgeregt. Aber will ich das? Kompliziert prickelt viel mehr. Vor allem unter der Haut. Und da sind sie auch schon wieder, die Schmetterlinge in meinem Bauch, als ich nebenan im Bett liege und den großen Blonden mit den feinen Härchen auf den Händen und diese Hände überall auf meinem Körper so greifbar nah vor mir sehe, dass es wehtut.

24

Meine Stimmung kann nur noch durch ein Lebenszeichen von Pascal getoppt werden, der mir aber nicht den Gefallen tut, auch wenn ich mein Handy hypnotisiere.

Der Sonntag begann mit einem Frühstück im Bett, von Timo mit allem Drum und Dran serviert. Er hat auf meinem Bettrand gesessen und mir beim Essen zugesehen. Nicht ohne mir nochmals zu versichern, dass er jederzeit für mich da ist und dass sein Heiratsantrag nicht aus einer Laune heraus, sondern wohlbedacht ist. Ich muss mich nur melden.

Das Missverständnis mit der nicht gegebenen Schwangerschaft habe ich dann auch nicht aus dem Weg geräumt. Ich hab's nicht übers Herz gebracht, obwohl ich normalerweise nicht lüge. Aber manchmal heiligt der Zweck die Mittel. Eine richtige Lüge war es ja nicht einmal, ich habe nur etwas nicht gesagt und ihn in seinem Glauben gelassen. Mein alter Schulfreund Timo war sooo süß zu mir.

Sobald die Tür hinter ihm ins Schloss gefallen ist, bin ich aus dem Bett, habe die Kaufhausbeilage aus dem Altpapier hervorgeholt und Pascal so angeschmachtet, als könnte ich ihn mit etwas Magie da rausbeamen und mich in seine Arme kuscheln.

Beim Aufräumen ist mir dann auch wieder der Briefumschlag ohne Absender in die Hände gefallen, den ich nach der Shoppingtour aus dem Kasten gefischt habe. Vielleicht ist er das erhoffte Lebenszeichen von Pascal, und dann noch als Liebesbrief. Kann ja sein, dass er mit so etwas genauso talentiert ist wie seine Oma Lisette.

Vorsichtig öffne ich den Umschlag und bin enttäuscht. Es ist nur das angekündigte Schreiben meines Vermieters. Meine Enttäuschung schlägt aber sofort um in Freude, nachdem ich es gelesen habe. So wie es aussieht, hat mich das Glück doch nicht endgültig verlassen und zwinkert mir zu. Ich kann es nicht fassen, die Mieterhöhung ist erst mal vom Tisch. Im nächsten Jahr will er mit mir erneut darüber verhandeln. ›Bis dahin haben Sie bestimmt einen netten jungen Mann gefunden, mit dem Sie sich die Miete dann wieder teilen können‹, schreibt Lothar Althaus. Ich quietsche vor Freude, kremple die Ärmel hoch und bereite einen Flammkuchen für später vor, wenn Ludmilla vorbeischaut.

»Bist du auch schön brav gewesen?«, begrüßt Lu mich, als sie nach ihrem Job als Hausdame abends zu mir kommt. Sie trägt noch eines der Retrokleider, mit dem man sie am liebsten auf eine Tanzfläche zerren würde.

Ich nicke wie ein Wackeldackel, das Grinsen steht mir breit im Gesicht. Glaubwürdig komme ich wohl nicht rüber.

»Hm. Neuer Duft? Passt zu dir. Das ist doch ... Warte, ich hab's sofort.« Lu legt die Stirn in Falten, dann nennt sie den Namen und landet, wie nicht anders zu erwarten, einen Volltreffer. »Hat Timo dir das geschenkt?« Ich ahne, worauf sie hinauswill. »Weißt du eigentlich, was das kostet?«

»Und ob ich das weiß! Über hundert Euro, deshalb habe ich es auch ganz schnell wieder ins Regal zurückgestellt. Ich hab es überhaupt nicht bemerkt, dass Timo es gekauft hat. Ist doch total süß von ihm, mir das zu schenken.«

»Und was war die Gegenleistung?«

»Nichts«, sage ich mit Unschuldsmiene, die sie mir aber nicht abnimmt.

Während ich vom Shoppen erzähle, schiebe ich den Flammkuchen in den Ofen. Lu blättert interessiert in dem Prospekt mit Herrenkleidung und kann ihren Blick nicht von dem Unterhosenmodel lassen, das wir beide kennen.

»Der Mann ist jede Sünde wert. Zu dumm aber auch, dass er von Anfang an auf dich fixiert war.«

»Er ist ja jetzt wieder frei, auf mich ist er jedenfalls nicht mehr heiß«, schnappe ich.

Ludmilla gluckst albern und verlangt nach einem geistigen Getränk. Die offene Flasche Wein von gestern überlasse ich ihr gern.

»Was trinkst du denn da? Wasser?« Sie zieht eine Grimasse, als hätte sie in eine Zitrone gebissen.

»Ich mache seit Valentins Geburtstag eine No-Alk-Challenge. Läuft gut. Timo musste auch allein trinken.«

»Wie langweilig.«

»Überhaupt nicht. Du hast ja keine Ahnung, was das für Folgen haben kann. Davon wird man ruck, zuck schwanger.«

»Hä? Wieso schwanger?«

Unter Lachen gebe ich Timos Mutmaßung mit der Schwangerschaft wieder, die ich beim besten Willen nicht entkräften konnte. Ich hab's ja versucht, aber wenn man mich nicht zu Wort kommen lässt ...

»Und du hast ihn in dem Glauben nach Hause fahren lassen?«

»Was sollte ich denn tun?« Ausführlich erzähle ich nun von seinem Heiratsantrag. »Was sagst du dazu?«

Ludmillas Augenbrauen schnellen in die Höhe, bis sie von ihrem Pony bedeckt sind. »Pauli! Ist das wahr? Und was hast du geantwortet? Du hast doch nicht etwa Ja gesagt?«

»Ich soll mir das in Ruhe überlegen. Dann hat er meinen Bauch gestreichelt und mich früh ins Bett geschickt. Heute Morgen ging das Verwöhnprogramm weiter. Frühstück ans Bett.«

»Krass. Das ist sowas von krass!«

»Aber es kommt noch besser«, lege ich noch einen drauf. »Mein Vermieter zieht die Erhöhung für ein Jahr zurück. Und stell dir vor, aus Osnabrück habe ich ein Jobangebot erhalten. Die Praxis, in der ich vor Hamburg war.«

»Du gehst aber doch nicht zurück?«

Hey, da sehe ich einen Funken Angst in ihren Augen aufglimmen. Schnell beruhige ich sie, obwohl ich nicht hundertprozentig sicher bin, ob ich es nicht doch tue.

Dann erzählt Lu von Valentin, was sie Schönes unternommen haben und wie gut sie in seinem Gästezimmer geschlafen hat. Sie hat dabei so einen seltsamen Zug um den Mund, der mich beunruhigt. Ist es ein Schmunzeln? Ich kann es nicht einordnen. Daher erzähle ich ihr von meinem Septemberdate, das nicht stattfindet, dass die Dame mich aber unbedingt als Joker bei *Wer wird Millionär* angeben will und ich zugesagt habe.

Nächsten Donnerstag ist die Sendung. Ich bin schon gespannt, wie sie so ist und wie sie aussieht. Und ob ich als Joker zum Zuge komme.

»Bei dir ist ja richtig was los momentan! Dagegen ist mein Leben total langweilig. Das Glück hat dich wieder.«

»Schön wär's. Pascal hätte ich gern wieder«, sage ich traurig. Was soll ich mit dem ganzen Glück, wenn ich es mit niemandem teilen kann? »Hast du mit ihm gesprochen?«

»Nee. Kein Wort. Ich schwöre.«

Trotzdem nehme ich ihr das nicht ab, sie verhält sich eigenartig. Aber dann erfahre ich auch, warum. Ludmilla hat sich hinter meinem Rücken etwas überlegt.

»Was machst du eigentlich mit deinem Urlaub? Du hast mir doch erzählt, dass du im Oktober zwei Wochen Urlaub hast. Das ist ja schon bald. Fährst du wieder zu deinen Eltern? Oder hast du was anderes geplant?«

»Ach hör mir auf damit. Ich bin schon froh, wenn ich ne Tagestour rund um Hamburg machen kann. Was ist denn mit deinen Urlaubsplänen? Willst du mit Dominik verreisen?«

»Nö. So weit sind wir noch nicht.«

»Aber du fährst doch weg? Hast du nicht einen Onkel, der eine Finca irgendwo auf den Kanaren besitzt?«

Ihre Augen sprühen, als sie mir eröffnet, dass sie einen Mädelsurlaub mit mir geplant hat. »Du bist eingeladen. Ich hab das Gehalt von Valentin an die Seite gelegt, und da hab ich gedacht, ich mach dir mal eine Freude. Schließlich bin ich ja nur durch dich an den Job gekommen.«

»Lu!«, kreische ich. »Du bist ja verrückt! Wohin soll's denn gehen?«

Mir kullern Tränen aus den Augen, Ludmilla ebenfalls, als wir uns ansehen. Immer wieder muss ich sie drücken und küssen und kann mein Glück kaum fassen. Von unten klopft Dominik gegen die Decke, wir sind eindeutig zu laut.

»Lass dich überraschen. Ich habe etwa richtig Schönes gebucht, allerdings nur für zehn Tage. Am letzten September geht's los. Pack dir auch Badezeug ein.«

»Ein Wellnessurlaub! Ludmilla, womit habe ich dich verdient?«

»Gar nicht. Freundschaft kann man nicht verdienen, da wird nicht gegeneinander aufgerechnet. Freunde hat man, oder man hat sie nicht.« Ludmillas Weisheiten sind so wunderbar leicht verständlich.

»Boah. Ich bin immer noch völlig sprachlos. Aber warum hast du das nicht schon früher gesagt? Dann hätte ich länger was von der Vorfreude.«

»Nun auch noch meckern? Lass uns darauf anstoßen!«, schlägt sie vor und versucht, mich zu verführen, die Regeln meiner Challenge zu missachten. Aber ich bleibe eisern.

»Keine Sorge, wenn wir im Urlaub sind, dann ist es mit der Challenge vorbei, dann musst du nicht alleine trinken. Was sagt denn dein Schatz dazu?« Mit dem Daumen zeige ich auf den Boden.

»Dominik? Der hat noch keine Ahnung. Ich geh gleich zu ihm runter und verkünde die frohe Botschaft, dass er zehn Tage *sturmfrei* hat.«

»Wie kannst du dabei nur so gelassen bleiben? Wir wissen doch beide, wie sehr er die Frauen liebt.«

»Stimmt. Es würde nicht einmal jemand hören, wenn er fremdvögelt. Ich vertraue darauf, dass er unsere Abwesenheit nicht ausnutzt. Er muss mir ja auch vertrauen.«

Den Aspekt habe ich völlig ausgeblendet, dass Ludmilla einen Urlaubsflirt haben könnte.

»Sag ihm, ich werde rund um die Uhr mit dir zusammen sein und auf dich aufpassen, dann ist er beruhigt.«

»Spinnst du? Wer muss wohl auf wen aufpassen? Außerdem habe ich uns getrennte Zimmer gebucht.«

So ist das also. Interessant! Ich liebe meine temperamentvolle Freundin und bin überwältigt, wie sehr sie für mich da ist und was sie alles anstellt, damit ich nicht noch einmal abstürze in ein emotionales Loch.

»Wenn ich Telefonjoker bin, musst du mir unbedingt die Daumen drücken«, sage ich, als sie sich verabschiedet.

25

Abenteuer beginnen, wo Pläne enden. Den Kalenderspruch verwende ich für eine Nachricht an Pascal. Aber wie weiter? Das gefrustete Biest in mir hat große Lust, ihn mit Timos Antrag so richtig krass eifersüchtig zu machen. Auch von meinen Urlaubsplänen soll er ruhig erfahren. Wenn er sich darauf immer noch nicht meldet, dann kann er mich mal. Für immer!

Gedacht, getan! WhatsApp abgeschickt. Nun heißt es abwarten. Doch etwas anderes mache ich seit Wochen nicht, außer whatsappen, abwarten, Glückshormone mit Schokolade stimulieren und mich ärgern, über mich selbst und noch mehr über Pascal.

Im Job bin ich abgelenkt, aber in meiner Freizeit kann ich nicht anders, als andauernd einen Blick aufs Handy zu werfen. Eine Menge netter Nachrichten gehen ein, nur die eine, auf die ich so heiß bin, ist nicht dabei. Timo schreibt seit seinem Besuch morgens und abends und erkundigt sich, wie es uns beiden geht. Seinen launigen Sprüchen entnehme ich, dass er auf ein Signal von mir für ein nächstes Treffen wartet.

Die Sache mit der Schwangerschaft muss ich unbedingt aufklären. Ich nehme es mir fest vor. Ob er mich dann immer noch heiraten will? So wie ich ihn kenne, hat er schon einen kostbaren Ring gekauft, der in einem Schmuckkästchen auf mich wartet. Knapp, oberflächlich, aber trotzdem nett, manchmal auch witzig, beantworte ich all seine Nachrichten. Schwülstige Gefühlsduselei liegt mir nun mal nicht.

Der heutige Abend könnte ein Meilenstein in meinem Leben sein, wenn Melanie die Fragen in der Auswahlrunde schnell und korrekt beantwortet und sich den Platz auf dem heißen Stuhl erobert.

Als ich den Fernseher einschalte und das Intro zu *Wer wird Millionär* abgespielt wird, bin ich wider Erwarten doch etwas aufgeregt. Für diesen Abend habe ich mir extra eine sündhaft teure Schokolade gegönnt. Das Luxustäfelchen verströmt so einen berauschenden Duft, dass ich es nicht einmal essen müsste, um die Wirkung der viel zitierten Glückshormone zu spüren. Ausgepackt liegen lassen und nur anschauen kann ich es allerdings auch nicht. Schließlich ist Schokolade dafür da, vernascht zu werden.

Melanie kommt gerade als eine von fünf Kandidaten ins Bild und wird kurz vorgestellt. So sieht also die Person aus, die an mich, Paulina Kleemann, als ihre persönliche Glücksgöttin glaubt. Hoffentlich enttäusche ich die unscheinbare, sympathisch wirkende Frau nicht.

In der ersten Runde ist Melanie nicht schnell genug mit ihren Antworten, aber sie sind alle richtig. War auch nicht besonders schwierig, das hätte ich auch gewusst. Der erste Kandidat ist ein nerviger Wichtigtuer, der viel herumlabert und über eigenwillige Theorien nachgrübelt, ehe er sich für A, B, C oder D entscheiden kann. Erfreulicherweise muss er sich mit sechzehntausend Euro verabschieden und bleibt den Zuschauern sowie dem gequält dreinblickenden Moderator für weitere Fragen erspart.

Auf geht's in die zweite Runde.

Hibbelig sitze ich, bekleidet mit Adas Hut, auf dem Sofa, schließe die Augen und quetsche meine Daumen in die Handflächen, als die Eingangsfragen gestellt werden. Juhu! Es hat geklappt. Melanie schwingt sich souverän auf den

Kandidatenstuhl, nippt an dem Wasserglas und platziert etwas auf das Pult vor sich.

Mit Leichtigkeit nimmt sie die Fünfhundert-Euro-Hürde. Der Moderator plaudert mit ihr, und so erfahre ich von Melanies langgehegtem Traum, den sie sich von dem Gewinn erfüllen will. Bis zu der Million ist es aber noch ein weiter Weg, insgesamt fünfzehn Fragen müssen richtig beantwortet werden.

Die Kamera schwenkt ins Publikum und zeigt auf ihre Begleitperson, ihre Schwester. Wenn es um die Verwirklichung von Melanies Traum geht, einer Kaffeestube mit Kultur, ist ihre Schwester mit von der Partie.

Die Augen der Kandidatin fangen immer mehr an zu leuchten, als sie dem Moderator von den Kuchen und Torten erzählt, die sie schon in einer schönen Vitrine ausgestellt sieht, um damit ihre Gäste zum Probieren zu verführen. Mir läuft beim Zuhören das Wasser im Munde zusammen. Aber nicht nur mir, wie ein Schwenk der Kamera ins Publikum zeigt. Der pummeligen Frau mit den grauen Haaren fliegen die Herzen aller zu, als sie so charmant ihr hoffentlich neues Leben beschreibt. Mich hat sie längst erobert, und ich werde alles geben, um ihren Wunschtraum wahr werden zu lassen. Vorausgesetzt, ich bekomme die Gelegenheit dazu.

Gebannt verfolge ich, wie sie sich Frage für Frage immer ein Stückchen weiter nach oben kämpft. Den Publikumsjoker hat sie bei einer Sportfrage eingesetzt, die sogar ich hätte beantworten können. Der ist also schon mal weg. Melanie ist doch angespannt, auch wenn sie es sich kaum anmerken lässt. Das macht sie noch sympathischer.

Ihre Allgemeinbildung scheint breit gefächert zu sein, das liegt sicher an ihrer Lebenserfahrung. Ganz jung ist sie ja nicht mehr, aber auch noch nicht alt. Leider war ich durch mein vibrierendes Handy abgelenkt, als sie nach ihrem Alter gefragt wurde. Zu ihrem beruflichen Werdegang hat sie lediglich geäußert, dass es etwas mit Buchhaltung und Finanzen zu tun hat. Hatte! Auf Buchhaltung hätte ich nicht getippt. Schon erwische ich mich wieder einmal dabei, jemanden nach seinem Äußeren zu beurteilen und vorschnell in eine Schublade zu stecken.

Schwupps, schon ist Pascal wieder in meinem Kopf. Der Idiot hat sich immer noch nicht gemeldet. Bin ich ihm wirklich so wenig wert? So unwichtig? Habe ich mich so in ihm getäuscht? Ich kann und will es einfach nicht glauben. Seufzend schiebe ich die Gedanken beiseite, richte meinen Hut neu aus und konzentriere mich voll auf die Sendung. Melanie ist inzwischen bei sage und schreibe fünfhunderttausend Euro angekommen. Mir stockt der Atem, als sie auch diese Frage nach dem Ausschlussprinzip beantwortet, sich vom Moderator nicht in die Irre führen lässt und gewinnt. Eine heiße Welle der Zuversicht durchströmt mich. Etwas anderes kann es nicht sein, von Hitzewellen bin ich noch weit entfernt. Ich hab's im Gefühl: Sie knackt den Jackpot, Melanie holt sich die Million!

Die letzte Frage wird eingeblendet, ich könnte sie im Schlaf beantworten. Meine Septemberdame kann das allerdings nicht. Sie legt die Fingerspitzen aneinander und schließt die Augen, als ob sie auf diese Weise Hilfe vom Universum herbeizaubern könnte. Sie atmet tief, ihre Brust hebt und senkt sich, dann entscheidet sie sich für den Fifty-fifty-Joker. Zack! Zwei Antworten scheiden aus. Aber die verbliebenen Möglichkeiten lassen die Kandidatin schier verzweifeln. Sie kann sich nicht entscheiden zwischen A und D, ob ein Scaler ein Entwickler für Skalierungsprogramme ist oder ob es sich bei dem Begriff um ein medizinisches Instrument handelt.

Der Moderator macht sie auf die Joker aufmerksam, die sie noch nicht verspielt hat, sie kann immer noch ihre Telefonjoker einsetzen. Melanie nickt, sie nimmt das Tütchen vom Pult und legt beide Hände darum. Ihre Telefonjoker werden eingeblendet, für einen von ihnen muss sie sich entscheiden.

Mein Telefon klingelt. Atemlos nehme ich ab.

»Hallo, Paulina Kleemann?«

Mein Herz flattert. Noch nie war ich im Fernsehen.

»Hier ist *Wer wird Millionär.*«

Als ob ich das nicht wüsste!

»Es geht um die letzte Frage, um eine Million Euro. Sie wissen, was auf dem Spiel steht? Trauen Sie sich das zu? Sind Sie bereit?«

Noch einmal tief durchatmen.

Dann kommen die Frage und die Antworten, zwischen denen Melanie wählen muss. Sie hat noch nicht einmal zu Ende vorgelesen, da platze ich schon mit der Antwort raus.

»Antwort D ist richtig! Ein Scaler ist ein medizinisches Instrument.«

»Sicher?«

Na klar. Die Zeit ist aber schon um. Melanie nimmt Antwort D. Es wird eingebongt und dann ... wird Werbung gezeigt. Meine Antwort ist hundertpro richtig. Täglich habe ich in der Zahnarztpraxis einen Scaler in der Hand, mit dem ich Zahnstein an schwierigen Stellen entferne.

Mein Herz rast. Das von Melanie wahrscheinlich noch tausendmal schneller. Wie eine Irre springe ich auf, hüpfe und tanze über den Boden und stoße wilde Juchzer und Schreie aus. Dominik wird seine Freude daran haben. Den Siegestanz, den ich gerade vollführe, könnte Rumpelstilzchen nicht besser hinlegen. Mein Herumgehüpfe dauert so lange, bis die Werbung vorbei ist. Der Moderator zieht die Spannung qualvoll in die Länge mit seinen unnötigen Kommentaren. Melanie sitzt kerzengerade auf ihrem Stuhl, das Tütchen fest in der manikürten Hand. Sie sieht aus wie eine Puppe aus dem Wachsfigurenkabinett.

Dann endlich kommt der erlösende Moment. Antwort D ist RICHTIG!

Melanies Unterkiefer klappt auf, mit offenem Mund starrt sie den Moderator an. Nur einen kleinen Augenblick, denn im nächsten scheint sich der Himmel zu öffnen und berieselt die Gewinnerin mit einem Goldregen aus Glitzer und Konfetti. Der neuen Millionärin laufen Tränen übers Gesicht, ihre Schwester kommt auf die Bühne gelaufen und hält sie minutenlang in den Armen. Beide weinen hemmungslos all die unvergossenen Freudentränen, für die es wohl noch nie eine Gelegenheit gab. Sämtliche Kameras sind auf die Gewinnerin gerichtet, die mehrere Anläufe nimmt, um überhaupt sprechen zu können.

»Was ich mit dem Gewinn mache? Ich hab's Ihnen ja schon verraten. Hiermit sind Sie jetzt schon ganz herzlich eingeladen zur Eröffnungsfeier meines Cafés. Und du, Paulina«, sie lacht in die Kamera, »du bist mein Ehrengast. Und mein Versprechen, das halte ich! Zehn Prozent vom Gewinn gehören dir.«

Mein Herz setzt aus, als sie das in aller Öffentlichkeit verspricht. Ich kann zwar kopfrechnen, nehme sicherheitshalber aber doch den Taschenrechner hinzu.

»Das sind ja hunderttausend Euro!«, lese ich ungläubig die angezeigte Summe. Ich muss in den Schockraum! Schnappatmung! Herzchaos und geistige Umnachtung! Meine Augen kleben am Bildschirm.

Der Moderator vergewissert sich, sich nicht verhört zu haben. »Sie wissen aber schon, wie viel zehn Prozent von einer Million sind?«

»Da können Sie Gift drauf nehmen. Wenn ich eins kann, außer backen, dann ist das rechnen. Auch kopfrechnen. Dafür brauche ich nicht einmal einen Taschenrechner.«

Im Publikum ist es mucksmäuschenstill geworden, die Zuschauer scheinen auf eine Erklärung zu warten.

Der Moderator schaltet sich wieder ein und zeigt auf das Tütchen in Melanies Händen. »Wenn ich mit meiner Vermutung nicht danebenliege, haben Sie darin einen Glücksbringer. Richtig?«

»Richtig!«

Melanie greift hinein und holt einen Glückskeks heraus. *Meinen* Glückskeks! Der Zettel, den sie jetzt in die Kamera hält, steckt auch noch darin. Gott sei Dank hat sie meine Handynummer unkenntlich gemacht.

»Damit hat alles angefangen«, erzählt Melanie wie in einem Glückstaumel die ganze Geschichte. »Ursprünglich war mein Wunsch, mit Paulina zu wandern. Wir hatten schon einen Termin abgemacht, es war alles vorbereitet. Aber dann kam die Einladung vom Sender dazwischen, und ich hab Paulina gefragt, ob sie sich als Telefonjoker zur Verfügung stellen würde. Wir kennen uns noch nicht einmal persönlich. Aber seit ich diesen Glückskeks habe, passieren mir lauter gute Dinge.« Sie wischt sich eine Träne von der Wange. »Als ich mit meiner Wunschfee gesprochen habe, da wusste ich, es wird alles gut, und mein Traum bleibt nicht länger ein Traum. Ein dickes Danke an dich, Paulina. Für mich bist du ein Glückskeks auf zwei Beinen. Und ich freue mich jetzt schon, dich bald zu treffen.«

Das Publikum erwacht wieder zum Leben, Applaus brandet auf und nimmt kein Ende. Es gibt Standing Ovations, der Sekt schäumt über, ebenso die Stimmung im Fernsehen. Wieder ein Millionär. Eine Millionärin!

Irgendwann ist die Sendezeit vorbei, und ich fange langsam an zu begreifen, was soeben geschehen ist. Ich bin reich! Es hat wieder einmal geklappt. Ich habe mehr Glück als Verstand. Jetzt fehlt mir nur noch etwas Glück in der

Liebe. Wer weiß, was mein liebes Glück sich als Nächstes für mich einfallen lässt?

Ludmilla hat die Sendung auch gesehen und kommt noch am selben Abend vorbei.

»Gratuliere! Wegen der Miete musst du dir ja nun keine Sorgen mehr machen. Pauli, du hast aber auch immer ein Schwein!«

»Wer weiß, ob die Kandidatin sich das nicht doch noch anders überlegt. Im Überschwang der Gefühle kann das schon mal passieren, dass man Versprechungen macht, die man hinterher wieder zurücknehmen möchte.«

»Glaub mir, die Frau weiß genau, was sie tut.«

»Lassen wir uns überraschen. Das Geld muss erst mal auf dem Konto sein, dann können wir Pläne schmieden. Den nächsten Urlaub übernehme ich dann aber! Und Lu ... Sei so gut und behalt das mit dem Geld für dich. Erzähl es auch nicht Dominik. Und kein Wort zu Pascal! Ihr seid doch noch in Kontakt?«

»Hm.«

»Fragt er hin und wieder nach mir?«

»Hm, ich sollte dir ja eigentlich nichts davon sagen«, beginnt Ludmilla. »Aber ich glaube, er meldet sich nur bei mir, weil er hören will, was du machst und wie es dir geht. Er fragt immer nach dir.«

»Das könnte er doch auch mich selber fragen.« Das beschäftigt mich schon die ganze Zeit. Es muss doch einen Grund dafür geben, dass er sich so unmöglich verhält. »Ich hab ihm sogar geschrieben, dass es mir leidtut. Was will er denn noch mehr? Sag du mir, warum er das macht.«

Lu zuckt die Schultern, deutet aber an, dass er sich bestimmt bald melden wird. Sie lächelt dabei so hinterhältig, verrät aber nichts mehr. Ich werde den Eindruck nicht los, dass die beiden hinter meinem Rücken irgendwas aushecken.

Als sie weg ist, lasse ich mir die letzten Stückchen der edlen Schokolade auf der Zunge zergehen. Anschließend falle ich ins Bett, in einen Traum, in dem erst Ada bei mir ist, und in der nächsten Traumphase bin ich mit Pascal zusammen, sehr innig. Ich bin so happy!

26

Mit allen erdenklichen Fangfragen habe ich Lu gelöchert, wohin die Reise geht, aber wie nicht anders zu erwarten ohne Erfolg. Einen Tag vor der Abreise bin ich immer noch nicht viel schlauer. Vormittags ab elf soll ich mich bereithalten, dann werde ich abgeholt. Das ist alles an Informationen. Okay! Ich bin bereit. Mein Koffer steht im Flur, die Wohnung ist aufgeräumt, und Dominik wird während meiner Abwesenheit nach der Post sehen und die Blumen hoffentlich nicht ertränken.

In den Tagen zuvor habe ich alle wichtigen Punkte meiner To-do-Liste abgearbeitet. Auslöser für meine Aktivitäten war ein Lebenszeichen von Pascal. Er schrieb nur vier Worte: ›Hast du Ja gesagt?‹

›Nein‹, habe ich geantwortet.

Danach wieder Schweigen.

Aber egal. Hauptsache, es lässt ihn nicht kalt, dass ein anderer um meine Hand angehalten hat. Mein Herz zerspringt jedes Mal vor Freude, wenn ich seine WhatsApp anschaue.

Mit Timo und mir, das wird nichts. Das ist mir von Anfang an klar gewesen. Es tut mir leid, und ich schäme mich, ihn als zweite Wahl, als Trostpflaster für meine verletzte Eitelkeit missbraucht zu haben. Das hat Timo nicht verdient. Ich habe lange darüber nachgedacht, wie ich ihm die Wahrheit beibringen kann. Auch das Missverständnis mit der Schwangerschaft.

Schließlich habe ich ihn angerufen. Wir haben lange miteinander telefoniert, und ich habe ihm gestanden, dass ich nicht schwanger bin, aber da seine Fürsorge so rührend war, habe ich ihn in dem Glauben gelassen. Keine Ahnung, was ich gemacht habe, aber Timo hat es toll aufgenommen. Auch, als ich ihm sagte, dass mein Herz noch nicht wieder frei ist und ich ihn nicht heiraten kann, so gern ich ihn auch habe. Und dass ich mich außerdem in Hamburg sauwohl fühle und nicht vorhabe umzuziehen. Vielleicht war das das ausschlaggebende Argument, dass er mir verzeihen konnte. Wie vermutet, hatte er schon einen Ring ausgesucht, den er aber zurückgeben kann. Wir bleiben Kumpels, so hat er sich von mir verabschiedet. Wenn ich es mir aber anders überlegen sollte oder jemals seine Hilfe bräuchte, dann soll ich mich melden. Mir ist ein Stein, nein, ein Felsbrocken vom Herzen gefallen, als ich den Hörer aufgelegt habe.

Der nächste Punkt auf meiner Liste war das Stellenangebot von Dr. Kim. Ich habe ihm eine freundliche Mail geschrieben, wie sehr mich das Angebot freut, dass ich es aber leider nicht annehmen kann. Als ich auch dahinter einen Haken setzen konnte, fühlte ich mich wahnsinnig erleichtert. In dieser Stimmung erwischte mich schließlich Melanies Anruf. Die frischgebackene Millionärin kann es immer noch nicht glauben und will mich endlich persönlich kennenlernen. Am liebsten noch am selben Tag. Doch den Wunsch musste ich ihr abschlagen. Nach meinem Urlaub wollen wir uns treffen, doch zuvor musste ich ihr meine Kontonummer geben.

Pünktlich um elf klingelt Dominik an meiner Tür.

»Sie haben ein Taxi bestellt?«, fragt er ziemlich unverschämt grinsend. Er packt meinen Koffer und trägt ihn nach unten, als wäre nichts drin.

»Jetzt erzähl mir nicht, du fährst mit? So haben wir nicht gewettet, mein lieber Nachbar.«

»Nee?« Er zieht die Augenbrauen hoch, verstaut mein Gepäck und hält mir die Autotür auf. Ludmilla amüsiert sich auf dem Beifahrersitz über unser Geplänkel. Mit einem Bein bin ich schon im Auto, da fällt mir auf, dass ich meinen Hut im Flur habe liegen lassen. Ohne den kann ich nicht los, auf gar keinen Fall.

»Mein Hut! Ich hab ihn vergessen«, rufe ich, laufe zur Tür, haste bis in den vierten Stock, schnappe ihn mir und sprinte wieder nach unten. Japsend lasse ich mich auf den Rücksitz fallen, Ludmilla pocht auf ihre Uhr und treibt Dominik an, schneller zu fahren. Zum Bahnhof geht es jedenfalls nicht. Langsam dämmert mir, dass wir auf dem Weg zum Flughafen sind.

»Wir fliegen?«, frage ich nicht gerade scharfsinnig.

»Gut erkannt«, kommt es von unserem Fahrer. »Nur schade, dass ihr ohne mich fliegt.«

»Und nun rate mal, wohin?«, veralbert mich meine herzallerliebste Freundin.

»Paris?«, grüble ich. Da wollte ich doch immer schon mal hin.

»Kalt. Weiter südlich.«

»Rom? Mit einer Audienz beim Papst?«, lasse ich mich auf das Spiel ein.

»Damit er dir deine Sünden vergibt?«, scherzt Ludmilla.

»Welche Sünden? Du hast bestimmt mehr zu beichten.«

Ich tippe auf Venedig, als wir unser Ziel so gut wie erreicht haben. Das Spielchen ist vorbei.

Wir karren unser Gepäck zur Abflughalle, Lu immer allen voran. Zielstrebig steuert sie den Counter nach Barcelona an, vor dem Valentin mit seinem Koffer auf uns wartet.

Er winkt uns freudig zu, als er uns kommen sieht, und

begrüßt uns dann der Reihe nach mit einem kräftigen Händedruck.

»Liebe Paulina, was bin ich glücklich, dich zu sehen«, empfängt er mich. Den Zwischenfall an seinem Geburtstag hat er wohl vergessen. »Ich habe so gehofft, dass du mit uns nach Barcelona fliegst und mir das nicht abschlägst.«

»Mit uns?«, frage ich erstaunt. Wie meint er das denn?

Lu grient, sie stellt dem alten Herrn erst einmal ihren Freund vor, ehe Valentin sich zu dem ›uns‹ äußern kann.

»Wenn Lu nach dem Urlaub wieder zu mir kommt, dann kommen Sie gern mit, Dominik.«

Der Smalltalk geht an mir vorbei, krampfhaft halte ich mich am Koffergriff fest, unentschlossen, ob ich nicht lieber auf der Stelle flüchten sollte. Doch Lu ist hinter mir und schiebt mich weiter voran, bis wir direkt vor dem Counter stehen. Sie hievt mein Gepäck aufs Band, legt die Tickets vor, und meinen Rückzieher kann ich vergessen.

»Mädelsurlaub?«, tobe ich. Innerlich muss ich allerdings schmunzeln. »Was ist das für ein abgekartetes Spiel, das ihr mit mir treibt?«

»Das musst du doch verstehen«, sagt Valentin zu mir. »Ich kann Lu wirklich nicht zumuten, mit einem alten Mann allein zu verreisen. Das ist doch langweilig für sie. Sieh das mal so: Für Lu ist dieser Urlaub eine Dienstreise. Ich habe sie dazu eingeladen und ihr ans Herz gelegt, dich zu überreden, mitzukommen. Mir ist es ein großes Vergnügen, mit zwei so hübschen jungen Frauen die Welt zu entdecken. Wer weiß, wie lange ich noch so fit bin? Vielleicht ist es mein letzter Urlaub. Hat sie dir das denn überhaupt nicht gesagt?«

»Nö. Das ist mir neu.« Ich schnaube und fächle immer schneller, so dick ist die Luft. Ludmilla, dieses raffinierte Luder! Was hat sie wohl noch alles ausgeheckt?

Nach zweieinhalb Stunden am Fensterplatz über den Wolken ist mein Ärger verraucht. Zwischen Lu und mir sitzt Valentin und plaudert abwechselnd mit ihr und mir. Von Müdigkeit oder Erschöpfung ist ihm nichts anzumerken, im Gegenteil, er ist regelrecht aufgekratzt. Das kann natürlich auch an dem Glas Sekt liegen, das er spendiert hat.

Je näher wir unserem Ziel kommen, umso aufgeregter werde ich. Die Wolken haben wir hinter uns gelassen, über uns wölbt sich ein strahlend blauer Himmel, und unten schimmert das Mittelmeer, Autobahnen schlängeln sich durch die Landschaft, die Stadt mit ihren prachtvollen Bauten scheint uns gutgelaunt zu erwarten. Die Geschwindigkeit wird gedrosselt, die Durchsage ertönt, dass wir in wenigen Minuten landen werden. Mein Blick klebt am Fenster, während ich Valentins Hand halte. Jeden Moment müssen wir aufsetzen. Ein leichtes Ruckeln, dann rollen wir auf der Landebahn in die Endposition.

»Wir sind in Barcelona!«, juchze ich. »Auf ins nächste Abenteuer! Wie geil ist das denn?«

Ich kann selbst nicht mehr verstehen, weshalb ich mich in Hamburg noch so darüber aufgeregt, sogar Fluchtreflexe an den Tag gelegt habe, bei der Aussicht auf einen wunderschönen Urlaub mit viel Sonne und Wärme, zusammen mit meiner besten Freundin und unserem zauberhaften Valentin. Und mit der Aussicht auf ein Wiedersehen mit Pascal.

Sobald wir spanischen Boden unter den Füßen haben, fühlt sich die Luft anders an. Spätsommerlich heiß legt sie sich auf unsere Haut, dringt in jede Pore und ist angefüllt mit Leben, mit melodischen Klängen, mit dem Duft von Oliven und Knoblauch. Und mit flirrender Lust, die von mir Besitz ergreift, ihren Landeplatz aber noch nicht gefunden hat.

Vor Glückseligkeit überschäumend küsse und drücke ich Valentin und Ludmilla und bin von einer solchen Dankbarkeit erfüllt, die mich laut lachen, komisch kieksen und ununterbrochen sabbeln lässt. Unzusammenhängende Sätze, erste Eindrücke, seltsame Urlaute stoße ich hervor, an denen sich niemand der Anwesenden stört. Gelegentlich sieht ein fremder Passagier zu uns rüber, dem ich dann fröhlich zuwinke.

»Holt er uns ab?«, frage ich meine Begleiter. Die Frage beschäftigt mich, seit wir die Alpen überquert haben. »Pascal? Am Flughafen?«

Wie wird es sein, wenn wir uns wiedersehen? Unentwegt fächele ich mir Luft zu, als wir am Rollband auf unser Gepäck warten.

»Überraschung!«, zwitschert Ludmilla ebenso aufgedreht. »Was schätzt du? Wird der liebe Kalli seinen Opa abholen, oder nicht?«

»Zicke!«, zische ich. Was für eine dämliche Frage von mir. Es ist doch wohl selbstverständlich, dass Valentin von seinem Enkel abgeholt wird. »Puh!«

Wir passieren die Zollabfertigung, davor warten Angehörige auf ihre Liebsten oder auch Reiseveranstalter mit Schildern, an denen sich die Neuankömmlinge orientieren können. Das alles nehme ich wahr wie die Unschärfe eines Fotos rings um das scharf hervorstechende Motiv. Unser Mittelpunkt steht groß, blond, breitschultrig und breitbeinig wie ein Türsteher vor einem Rockerclub, unübersehbar in der hinteren Halle und eilt jetzt mit langen Schritten auf uns zu. Er sieht noch besser aus, als ich ihn in Erinnerung habe. Leise kichere ich, Lu guckt mich schief an und tippt sich an die Stirn. Sie ahnt ja nicht, dass ich gerade an unser Zusammenrasseln beim Zahnarzt denke.

Mit einem Mal stehen wir uns gegenüber. Pascals Freude über das Wiedersehen glänzt in seinen Augen. Er hat sich einen Bart stehen lassen, fällt mir auf. Verdammt sexy. Die beiden Männer umarmen sich und scheuen auch keine Wangenküsschen. Valentin ist vergnügt wie ein frisch verliebter junger Mann.

»Da bin ich, mein Junge«, sagt er, »und meine reizenden Begleiterinnen haben sich nicht mit mir gelangweilt, haben sie gesagt.« Er legt den Arm um uns, und Pascal macht sofort ein Foto von uns dreien.

Er sieht Lu streng an und fragt, ob sie während des Flugs gut auf seinen Opa aufgepasst hat.

»So gut es ging.« Sie grinst. »Den spanischen Sekt konnte ich ihm nicht ausreden. Er ist manchmal ein Sturkopf.«

»So wie sein Enkel«, rutscht es mir raus. Pascal zieht amüsiert eine Augenbraue hoch, legt mir die Hände auf die Schultern und gelobt Besserung.

»Pauli, du ahnst nicht, was es mir bedeutet, dass du endlich hier bist. Bei mir.« In seinen Augen liegt unheimlich viel Zärtlichkeit, als er das sagt. Da er immer noch keine Anstalten macht, mich wie die anderen auch mit Küsschen zu begrüßen, ergreife ich die Initiative. Rechte Wange, linke Wange, ein flüchtiges Berühren seiner Lippen mit meinen. Der Bart kitzelt, sofort habe ich Bilder im Kopf, die ich nicht haben sollte, weil sie mir zeigen, an welchen Körperregionen mich sein Bart überall kitzeln darf.

Ludmilla hat wieder ihr Luderlächeln drauf und gibt jetzt den Ton an. »Alles Weitere im Hotel, würde ich sagen. Pascal, du bist unser Reiseführer, bring uns auf dem schnellsten Weg dorthin.«

Pascal steht stramm und lotst uns zum Aerobus, dem wir eine Dreiviertelstunde später entsteigen, um anschließend mit der U-Bahn zu unserem Hotel zu gelangen. Nun sind wir endlich da. Vor uns erhebt sich ein mehrstöckiges historisches Gebäude, das frisch restauriert aussieht und bei einem Blick durch die Glasfronten sehr modern, sehr hipp wirkt.

»Wow! Wer hat das denn ausgesucht?«

»Wer schon? Pascal hat ja einen Heimvorteil«, sagt Lu. »Oder dachtest du, es ist mein Verdienst?«

»Das liegt ja direkt am Hafen«, stelle ich erfreut fest. Ich komme aus dem Staunen nicht mehr heraus, als wir die großzügige Lobby betreten. Und dann erst die Zimmer! Wahnsinn! Diese Aussicht! Von meinem Fenster aus sehe ich auf das Hafenbecken, und weiter hinten erhebt sich ein mega Riesenrad. Lu hat sich vorbereitet, sie muss mindestens einen Reiseführer auswendig gelernt haben. Sofort trumpft sie mit ihrem Wissen auf und nennt mir den Namen des Parks, in dem dieser Besuchermagnet seine Runden durch die Luft dreht.

Gemeinsam begutachten wir alle Zimmer. Das von Lu liegt direkt neben dem von Valentin. Meines liegt ihrem gegenüber. Pascal scheint mein Urlaubsquartier auch zu gefallen, er zwinkert mir kurz zu, womit er augenblicklich einen Alarm für meine Schmetterlinge im Bauch auslöst.

»Und wo wohnst du?«, frage ich.

»Ich hab ein kleines Apartment in der Nähe des Campus. Wenn du willst, zeige ich es dir. Aber nicht mehr heute.«

Natürlich will ich sehen, wie er dort lebt. Alles will ich sehen und noch viel mehr. Inzwischen ist es jedoch schon spät, und wir sind kurz vorm Verhungern.

27

Nachdem wir uns im Hotelrestaurant gestärkt haben, lassen wir den Abend an der Bar ausklingen. Wir trinken spanischen Cava-Sekt, erstaunlicherweise trinkt auch Pascal ein Glas mit. Zu viert schmieden wir Pläne, was wir alles unternehmen wollen und was wir unbedingt gesehen haben müssen.

»Ich habe schon alles organisiert«, sagt Lu. Sie liest von ihrem Handy ab, was sie sich für die nächsten Tage ausgedacht hat. »Es darf für Valentin natürlich nicht zu anstrengend werden. Es gibt auch immer eine Alternative, falls jemand nicht einverstanden ist. Das ist euch doch recht?«

Sie erwartet offenbar keinen Widerspruch. Doch Valentin hat auch eigene Pläne, die etwas anders aussehen. Der nächste Tag soll nämlich ab nachmittags allein den beiden Männern gehören.

»Ich bin ja wegen meines Jungen hier. Wir haben ein paar Dinge zu regeln, geschäftlich.«

»Was denn für Geschäfte?« Gibt es da schon wieder diese verfluchte Heimlichtuerei?

»Das ist reine Männersache.« Valentin hat etwas verdammt Verschmitztes in den Augen, als er von seinen Plänen erzählt. »Und ihr zwei Hübschen könnt in der Zeit machen, was ihr wollt. Die Rambla ist ganz in der Nähe. Mädchen gehen doch immer noch gern shoppen, oder hat sich das heutzutage geändert?«, fragt er. Über das Taschengeld, das er uns zusteckt, will er nicht diskutieren, das sollen wir gut anlegen und uns was Schönes kaufen.

»Gut, Chef«, gibt Lu sich nach einem kleinen Wortgefecht geschlagen. Mir bleibt auch nichts anderes übrig, und Pascal scheint es gleichgültig zu sein, wie sein Opa mit dem Geld um sich wirft.

»Ist dir der Alkohol schon zu Kopf gestiegen?«, stichle ich. »Oder warum sagst du nichts dazu?«

Er blickt mich angriffslustig an und erklärt seelenruhig, dass er sein Gelübde, keinen Alkohol zu konsumieren, für die Zeit in Barcelona abgelegt hat. »Du siehst also, ich bin im Training. Und was Valentin angeht, der kann mit seinem Vermögen machen, was er will.«

Wieder einmal hat er es geschafft, mich sprachlos zu erleben.

Bevor wir zum Schlafen auf unsere Zimmer gehen – die vielen Eindrücke des Tages hinterlassen ihre Spuren –, will Pascal uns um jeden Preis noch die Dachterrasse des Hotels zeigen.

»Die Aussicht ist einfach überwältigend«, verspricht er.

Das ist noch untertrieben, denke ich, als wir oben ankommen. Der Ausblick ist phänomenal atemberaubend. Die bunten Lichter der Stadt, in der Ferne das hell erleuchtete Riesenrad, die Kreuzfahrtpötte im Hafenbecken, alles untermalt von den gedimmten Geräuschen einer pulsierenden Großstadt. Hier oben weht ein mildes Lüftchen, das uns warm umfängt. Oder bilde ich mir das nur ein, und es ist Pascals Nähe, sein Atemhauch an meinem Gesicht? Ich muss mich an ihn lehnen, ihn fühlen, um nicht vor Wonne und Lebenslust zu taumeln. Er hält mich in seinen Armen, zieht mich ganz nah an seine Vorderseite und flüstert mir zu, dass ich wieder einmal schuld bin. Ich kiekse verhalten, spüre an meiner Rückseite sehr genau, was er meint.

»Paulina, ich glaube, ich muss dir was erklären. Und ich …« Pascal zögert einen Moment und wird dann wieder ernst. »Ich habe mich saublöd verhalten. Nimmst du mich mit? Auf dein Zimmer?«

»Wie lange dauert das denn, das mit dem Erklären?«, frage ich, krampfhaft um Coolness bemüht.

»Kann ich nicht so genau sagen. Vielleicht die ganze Nacht«, raunt er mir ins Ohr.

Endlich ist es raus! Mein Gott, der Kerl ist ja mal richtig schüchtern. Mein Herz klopft mir bis zum Hals, als unsere Hände sich finden und unsere Finger sich miteinander verknoten, als wollten sie sich nie wieder loslassen.

»Gehen wir.«

Lu zwinkert mir zu, als wir die Dachterrasse verlassen. Valentin und sie haben sich auf den Relaxliegen ausgestreckt und plaudern leise miteinander.

»Schlaft schön!«, ruft Valentin uns hinterher, als ob er längst wüsste, dass Pascal diese Nacht in meinem Bett verbringen wird.

Sobald wir in meinem Zimmer sind, setzt Pascal zu einer Erklärung an. »Paulina, ich hab mich unmöglich aufgeführt.«

Auf dem Bett verstreut liegen noch Klamotten von mir. Ich bin vorhin nicht fertig geworden mit dem Auspacken. Ohne den Blick von ihm abzuwenden, räume ich alles in den Schrank.

»Stimmt! Was hat der Angeklagte zu seiner Verteidigung zu sagen?«, frotzele ich.

»Nichts. Oder doch. Das hat mich nämlich tierisch geärgert, wie du beim Zahnarzt mit mir umgesprungen bist. Du hast mich die ganze Zeit gesiezt, als würden wir uns nicht kennen.«

»Ach, echt? Du bist ja ne richtige Diva. Hätte ich nicht

gedacht«, nehme ich ihn hoch. Was natürlich nicht ohne Folgen bleibt.

»Diva? Na warte!« Pascal schubst mich aufs Bett und hält meine Handgelenke überm Kopf fest umklammert. Mich aus seinem Griff zu befreien ist unmöglich.

»Und nun, du Diva?«, blitze ich ihn an.

In seinen Augen liegt dieses eigentümlich gefährliche Funkeln. Mein ganzer Körper steht unter Strom, als er sich zu mir herunterbeugt, an meinen Lippen knabbert, leckt und mich endlich leidenschaftlich küsst.

»Noch Fragen?«, kommt es keuchend von ihm.

Vielleicht nachher, schießt es mir durch den Kopf, bevor ich ihn ausschalte und mich diesem kraftvollen Kerl hingebe, bis ich nur noch Sterne sehe.

Erschöpft liegen wir später beieinander, überschütten uns mit Zärtlichkeiten und reden nach und nach über die Dinge, die dumm gelaufen sind. Wir lachen über uns und finden zumindest die eine Gemeinsamkeit heraus, dass wir beide ausgemachte Sturköpfe sind. Ganz nebenbei erfahre ich von Ludmillas Idee, er solle mich ruhig ein bisschen zappeln lassen und nicht sofort auf meine Nachrichten antworten. Zicke! Und das nennt sich beste Freundin!

Pascal erzählt mir von seinem Studium, und ich texte ihn gähnend mit all dem voll, was in seiner Abwesenheit geschehen ist.

»Wie wäre es denn zur Abwechslung mit ein bisschen Schlaf?«, schlägt er vor. »Wir haben ja noch ein paar Tage Zeit zum Quatschen.«

Ich seufze. »Und Nächte.«

Pascal fängt an, von seinen Kindheitserinnerungen zu berichten, die fast alle mit seinen Großeltern verknüpft sind. Schöne Bilder schwirren mir durch den Kopf, sie kommen und verschwinden wieder. Seine Stimme ist angenehm leise und so beruhigend wie ein Hörbuch gegen Schlafstörungen.

Ich dämmere weg in einen tiefen Schlaf, aus dem ich gegen Morgen so panisch erwache, als stünde der Ginkomörder höchstpersönlich vor mir und stellte mich vor die Wahl: Geld oder Leben?

Pascals Wärme tut gut. Es war nur ein Traum. Um ihn nicht aufzuwecken, tappe ich auf Zehenspitzen aus dem Bett, hole mein Handy und krabble zurück unter die Decke. Ich öffne meine Sparkassen-App, ich muss unbedingt meinen Kontostand checken. Die Luft anhaltend starre ich aufs Display, dann juchzt ein Freudenschrei aus meiner Kehle. Das war's dann mit Schlafen, auch für Pascal.

»Was ist passiert?« Er reibt sich die Augen. »Hast du schlecht geräumt? Schlaf weiter«, murmelt er.

»Geht nicht, ich brauch frische Luft.«

»Was'n los?« Er zieht mich an sich, bis ich ihm mein Handy unter die Nase halte und ihn bitte, laut vorzulesen, was da schwarz auf weiß geschrieben steht.

»Hunderttausend Euro.« Er setzt sich mit einem Ruck auf. Seine Müdigkeit ist wie weggeblasen. »Hast du eine Bank überfallen, oder machst du krumme Geschäfte? Drogen?«

»Da steht noch mehr«, sage ich.

»›Danke für deinen zauberhaften Glückskeks. Deine Melanie.‹ Steht da noch.«

»Melanie war mein Septemberdate, mit der ich eigentlich wandern wollte.«

Ich erzähle Pascal von ihrem Wunsch, mich als Telefonjoker bei *Wer wird Millionär* zur Verfügung zu stellen, und dass sie mit meiner Unterstützung den Jackpot geknackt hat. »Ich hab's nicht glauben wollen, dass sie das wahrmacht.«

»Wer hätte das gedacht? Du bist jetzt ein wohlhabendes Mädchen und kein armes Mäuschen mehr. Weiß Lu schon von deinem Gewinn?«

»Nein. Du bist der Erste. Sie weiß nur, dass meine Septemberdame es vor laufender Kamera versprochen hat. Aber zwischen Theorie und Praxis ist ein himmelweiter Unterschied.«

Das *arme Mäuschen* lass ich ihm ausnahmsweise durchgehen, denn ich bin einfach nur geflasht, mache Luftsprünge, statt laut zu schreien, und wenn ich könnte, würde ich die ganze Welt umarmen.

»Wie soll ich denn jetzt bitte schön wieder einschlafen?«

Pascal zuckt die Schultern.

»Lass uns nach oben auf die Dachterrasse gehen«, schlage ich vor. »Wir nehmen ein paar Decken mit und machen es uns auf den Liegen bequem.«

Wie zwei Diebe schleichen wir über die menschenleeren Flure zum Fahrstuhl. Wir drücken den obersten Knopf, küssen uns, und dann geht es in Windeseile aufwärts.

Schwalben oder Mauersegler gleiten elegant durch die Luft, die Stadt fängt wieder an zu atmen, man kann es schon hören. Ergriffen sehe ich den Vögeln zu, die Dämmerung ist nicht mehr aufzuhalten. Mitten hinein in diesen andächtigen Moment fängt Pascal davon an, dass er mir noch etwas verschwiegen hat.

Wusste ich es doch. So viel Glück kann nicht normal sein, denke ich, bemüht, mir nichts anmerken zu lassen. Und wo ist mein Hut? Ich habe ihn im Hotelzimmer liegen lassen und will schon lossprinten, ihn zu holen. Wenn ich meinen Hut aufhabe, wird alles gut.

»Was Schlimmes?«, frage ich zaghaft.

»He, nun schieb mal nicht gleich wieder Panik.« Er nimmt mich zärtlich in den Arm.

»Hast du noch mehr zwielichtige Jobs? Bist du nicht nur Unterhosenmodel, vielleicht auch noch Stripper?«

Pascal kriegt sich kaum wieder ein vor Lachen. »Das traust du mir zu? Aber wenn du willst, dann mache ich das für dich. Exklusiv. Nur für dich.«

Ohne dass ich es bemerkt habe, hält er ein kleines Kästchen in der Hand. Mein Herz wummert wie wild in meiner Brust. Ist es ein Ring?

Pascal macht keinerlei Anstalten, es mir zu geben. Er öffnet es quälend langsam, dann holt er einen von meinen Glückskeksen heraus.

»Nummer dreizehn«, lese ich. »Wow! Wie kommst du denn daran? Du bist mein Joker. Und ich hab mich schon gewundert, warum der sich noch nicht gemeldet hat.«

»Er ist aber noch gültig, oder?« Spitzbübisch sieht er mich an.

»Was denkst du denn.« Ich lache. »Welchen Wunsch soll ich dir denn erfüllen? Den Monat darfst du selbst aussuchen«, erkläre ich ihm die Spielregeln.

»Paulina Kleemann«, sagt er nun furchtbar feierlich, sodass ich weiche Knie bekomme. »Ich habe nur einen einzigen Wunsch. Der ist nicht kriminell, er kostet dich nichts, nur die Sache mit dem Sex, die müssten wir neu verhandeln.«

Gebannt hänge ich an seinen Lippen. Was nun wohl kommt? Schon redet er weiter.

»Willst du mein Mädchen sein? Für unsere Zeit in Barcelona?«

Ich nicke ohne Weiteres, doch dann muss ich schlucken und frage, wie das gemeint ist.

»Du meinst für neun Tage?«

»Nochmal von vorne«, sagt Pascal. Er nimmt einen zweiten Anlauf und hat wieder diesen ernsthaften Ausdruck in den Augen.

»Paulina. Ich wünsche mir von ganzem Herzen, dass du mein Mädchen bist und bleibst. Für immer. Ich möchte mit dir zusammen alt werden.«

»Echt jetzt?«, rutscht es mir raus.

»Ja, echt jetzt. Pauli, du hast mir so gefehlt, du süßer, verrückter Glückskeks. Ich liebe dich.«

»Und ich liebe dich«, flüstere ich nun die Worte, die schon lange in meinem Herzen und in meinem Kopf sind. »Deshalb hab ich ja so eine verdammte Angst, dass alles nur ein Traum ist und ich wieder verlassen werde.«

»Nein, es ist kein Traum. Damit du das auch glaubst, habe ich noch eine Kleinigkeit für dich. Vielleicht hilft es dir, deine Angst zu überwinden.«

»Schau mal, die Sonne«, lenke ich ab. Der Feuerball steigt aus dem Meer empor und färbt den Himmel in rotgoldenes Licht. »Heute ist ein guter Tag«, sage ich leise.

»Jeder Tag mit dir ist ein guter Tag«, erwidert Pascal. »Mach mal die Augen zu.«

Ohne zu blinzeln, schließe ich die Lider. Ich spüre die Wärme der frühen Sonnenstrahlen im Gesicht und fühle mich unendlich geborgen und lebendig und so voller Liebe für diesen Mann, für meine Freunde und meine Familie und für diese wunderbare Welt. Was für ein Glück!

Pascal legt mir etwas auf meine ausgestreckte Hand. Nein, es ist kein Ring. Ich versuche es zu ertasten und fange an zu grinsen. Ich ahne, was es sein könnte.

Meine Vermutung bestätigt sich. Als ich die Augen öffne, finde ich in meiner Hand einen mattgoldenen Glückskeks an einer Kette, in den eine Dreizehn eingeprägt ist. Heraus schaut ein silberner Streifen mit der Gravur:

Pascal & Paulina

– Happy End –

Epilog

Zwei Monate später

Das Glück hat mir nicht nur zugezwinkert, es ist bei mir wieder eingezogen. So kommt es mir jedenfalls vor, wenn ich an die vergangenen Monate und an mein Projekt Glückskeks zurückdenke.

Lu hatte wohl doch recht mit ihrem Spruch, das Glück verdoppelt sich, wenn man es teilt. Anfangs wollte ich das nicht glauben, und von geteiltem Glück konnte überhaupt keine Rede sein. Ich habe nur versucht, das Glück anzulocken, indem ich anderen eine Freude mache. Das ist mir gelungen!

Nein, ich übertreibe nicht, denn in meiner Wohnung hängt jetzt ein Gemälde, mit dem Hanro und Carla mich beschenkt haben. Es ist das Bild von der Vernissage, das ich so toll fand, weil es etwas in mir anrührte, für mich jedoch unerschwinglich war.

Auch das hat sich geändert. Meine Finanzen sahen noch nie so gut aus wie jetzt. Ich kann wieder in Urlaub fahren und auch die Miete für diese Wohnung zahlen. Wobei ich mir nicht sicher bin, ob ich das nach unserem Urlaub in Barcelona überhaupt noch will. Die gemeinsame Zeit mit Pascal, Lu und Valentin war wie ein Traum. Seitdem vertraue ich wieder auf das Glück und glaube mehr denn je an die Liebe.

Hanro und Carla sind so ein zauberhaftes Beispiel dafür, etwas zu wagen. Nur sechs Wochen nach ihrem Kennenlernen sind sie zusammengezogen. Und an meiner Pinnwand hängt eine Einladung, auf der ›Save the Date‹ steht, im Mai nächsten Jahres wollen sie sich trauen.

Wenn ich mit Pascal zusammenziehen würde, müssten Dominik und Lu auch keine Rücksicht mehr auf mich nehmen. Somit würde ich noch zwei Menschen glücklich machen. Dominiks Liebesleben ist immer noch sehr aktiv, aber seit er mit Lu zusammen ist, wechselt er seinen Partnerinnen nicht mehr.

Aber nun zurück zu unserem Urlaub in Barcelona, den ich im Grunde genommen Valentin zu verdanken habe. Natürlich war es kein Mädelsurlaub mit meiner Freundin Lu, sondern eher so etwas wie ein Familienurlaub.

Nach der ersten Nacht, mit meinem Glückskeks Nummer dreizehn und einem traumhaften Sonnenaufgang, wurde jeder Tag unbeschreiblich schön. Oft sind wir als vierblättriges Kleeblatt unterwegs gewesen, das war erstaunlich unkompliziert. Es gab aber auch einen Mädelsnachmittag mit Lu, den Valentin uns aufgedrückt hat, da er mit Pascal allein sein wollte. Was die beiden Männer besprochen haben, kann ich nicht sagen. Pascal neigt ja dazu, aus allem ein Geheimnis zu machen. Nur nicht daraus, dass er mich liebt. Er erzählt immer wieder, dass er sich in dem Augenblick in mich verliebt hat, als ich Valentin aus dem Brief seiner Frau vorgelesen habe. Wieso hab ich das nicht früher gemerkt? Manchmal bin ich ein echter Spätzünder. Unsere Nächte in Barcelona waren heiß, sie gehörten allein Pascal und mir – und der Liebe. Diese zehn Tage in Spanien werde ich niemals in meinem Leben vergessen.

Der Abschied kam leider viel zu schnell und tat schrecklich weh. Hätte ich nicht Lu und Valentin auf dem Rückflug in den Sitzen neben mir gehabt, dann hätte ich von

Barcelona bis Hamburg geflennt. Valentin hat mir gestanden, dass er es im Gefühl hatte, dass sein Junge und ich zusammengehören.

Nach unserer Rückkehr hatte der Alltag mich schnell wieder. Die Zeit flog nur so dahin, ich verhalf unseren Patienten weiterhin zu einem strahlenden Lächeln, außerdem warteten noch zwei Glückskandidaten auf die Erfüllung ihrer Wünsche. Dem einen hab ich beim Ausmisten seiner Wohnung geholfen, und mit einer alleinerziehenden Mutter habe ich Plätzchen gebacken. Ein Tütchen davon bekommt Pascal.

Inzwischen habe ich auch Melanie, meine Millionärin, kennengelernt. Unsere Sympathien füreinander sind in echt noch größer als am Telefon oder aus der Fernsehsendung. Melanie und ich, wir sind schon jetzt Freundinnen, auch wenn wir uns erst so kurz kennen. Auf die Eröffnung ihres Cafés freue ich mich bereits sehr, hoffentlich dauert es nicht mehr so lange.

Auch Lars hat sich bei mir blicken lassen. So wie er von Mara erzählt, scheinen sie sich gegenseitig gutzutun. Lars braucht noch Zeit, hat er gesagt. Ich bin mir ziemlich sicher, dass die beiden sich ganz langsam näherkommen und dann zusammenbleiben werden. Ihr gemeinsames Hobby, die Musik, ist ein ungeheuer starkes Band, das sie verbindet. Und Ada hat nichts dagegen, das weiß ich. Ada bleibt unvergessen.

Von Sanne bekomme ich neuerdings bunte Postkarten. Sie ist viel auf Reisen und erkundet die Welt. Außerdem hat sie mit dem Klavierspielen angefangen, das war immer ein Traum von ihr.

Ach ja, da war ja noch mein traumatisches Erlebnis mit dem Ginkomörder. Sein neuer Thriller ist wieder auf Platz eins der Bestsellerlisten gelandet, und in einem Interview habe ich gelesen, dass er diesen Erfolg einem Glückskeks zu verdanken hat. Ha, ha! Ich werde das Buch trotzdem nicht lesen!

Auch Mirko hat sich bei mir gemeldet. Aber nicht, um meine Fensterputzdienste noch einmal in Anspruch zu nehmen, sondern um mir zu erzählen, dass er eine Paartherapie begonnen hat und auf dem besten Weg ist, seine Ehe zu retten. Ob es gelingt, das steht noch in den Sternen. Seine Kinder Emma und Finn haben mir einen Brief mit einem Bild geschickt. Das ist total süß, denn darauf ist ein großer schwarzer Hut zu sehen, aus dem Mama und Papa über eine Leiter mit ganz vielen Herzchen nach draußen klettern.

Ach ja, beinahe hätte ich meinen Ex vergessen. Von dem höre ich nur noch ganz selten. Er bleibt da, wo er ist.

Morgen um diese Zeit lande ich in Barcelona. Mein Koffer ist gepackt, ich muss nur noch Ludmillas Weihnachtsgeschenk für mich und eine Kleinigkeit von Pascals Opa hineinquetschen. Mein Hut liegt obenauf, und ich bin bereit für das Abenteuer Liebe. Das Glückschaos in meinem Herzen ist unbeschreiblich.

Über die Autorin

Rita Roth wurde an einem heißen Julitag in den Fünfzigerjahren in Osnabrück geboren und ist ein echtes Sommerkind. Die Leichtigkeit dieser Jahreszeit spiegelt sich auch in ihren Romanen wider, die sie mit viel Herz und Humor erzählt. Sie hat ihre Liebe zum Schreiben erst spät entdeckt und findet an jeder Ecke Inspiration für neue Geschichten.

Für ihren Roman »Ein Glückskeks zum Verlieben« hat Rita Roth viele Menschen – bekannte und unbekannte – nach ihren Wünschen befragt. Ein paar dieser Wünsche hat sie in der Geschichte in Erfüllung gehen lassen und sich selber mit diesem Buch einen Herzenswunsch erfüllt.

Printed in Poland
by Amazon Fulfillment
Poland Sp. z o.o., Wrocław

81414325R00160